点 ◎ 著

DUDAO

赌者道

中国华侨出版社

图书在版编目(CIP)数据

赌道/景点著. —北京:中国华侨出版社,2013.3
ISBN 978-7-5113-3502-9

Ⅰ.①赌… Ⅱ.①景… Ⅲ.①长篇小说－中国－当代
Ⅳ.①I247.5

中国版本图书馆 CIP 数据核字(2013)第 073564 号

●赌道

著　　者/景　点
策　　划/刘凤珍
责任编辑/宋　玉
责任校对/王京燕
装帧设计/玩瞳装帧
经　　销/全国新华书店
开　　本/710×1000　1/16　印张 17　字数 240 千字
印　　刷/北京中印联印务有限公司
版　　次/2013 年 5 月第 1 版　2020 年 5 月第 2 次印刷
书　　号/ISBN 978-7-5113-3502-9
定　　价/48.00 元

中国华侨出版社　北京市朝阳区静安里 26 号通成达大厦 3 层　邮编:100028
法律顾问:陈鹰律师事务所
编辑部:(010)64443056　64443979
发行部:(010)64443051　传真:(010)64439708
网　　址:www.oveaschin.com
E-mail:oveaschin@sina.com

目录

第一章　变态赌注

　　一山不容二虎，两位赌王不见面都分外眼红。他们做梦都会咬牙切齿地掐对方的脖子。在多次的赌战中，仇恨累积如山，报复的冲动像导火线似的，哧哧地去咬炸药包。发展到这种程度，他们感到用金钱进行较量已无法宣泄愤怒，便开始赌气、赌名、赌义节……西赌王赵之运为羞辱东赌王单印，在报纸上用黑体字赫赫表明，自己非常钦羡单印的二夫人刘芳，为她寝食难安，发誓要把她赢过来侍寝。这则声明不异于又把两人的仇恨推波助澜到决堤的程度。

　　说起赵之运与单印的仇恨，这要追溯到清朝末期。这时期出现了一位传奇人物，名叫裘玉堂。他是大名鼎鼎的袍哥会舵把子。说他是人物，因为袍哥会与青帮、洪门，在当时被称之为民国三大帮会，其势力让很多政要感到忧头。

　　据说，裘玉堂是个奇人，他不只具有杰出的管理能力，还拥有出神入化的赌术，能够做到隔墙看物。慈禧老佛爷听说有此奇人，命巡抚带他到京城打麻将，想亲自看看这位神话传说中的人物。裘玉堂在巡抚的授意下，故意把大宗财宝输给老佛爷，把老佛爷的马屁拍得非常舒服，便赏给他一款和田玉的扳指，并说，真乃我大清奇才也……

　　玉扳指原是满族人拉弓射箭时扣弦用的工具，套在射手右手拇指保护指头，后被引申为果敢和能力的象征，再后来就变成饰品了。裘玉堂常以这款和田玉的扳指为豪，每讲到与老佛爷玩牌的情景，都会转动着那个扳指说，嗯，百年之后，我把扳指传于谁，谁就是我的接班人。谁能想到，裘玉堂看戏回公馆的路上遭到枪杀，板指从此失去下落。由于事情突然，没指定接班人，扳指又不知下落，他的爱徒赵之运与单印为争袍哥会舵把子发生冲突，并扬言把成都搞得血雨腥风。

眼看着两师兄弟掐起来了，川军有位名叫谢光宁的师长出面，把他们约到桌上进行调解。赵之运与单印惊异地发现，谢师长的拇指上就戴着师父的玉扳指。他们的目光聚焦在那块空心石头上，呆得就像被点了定穴，但心里却是翻江倒海。谢光宁转动几下扳指，肥硕的眼皮帘下来，平静地说："你们可能会奇怪，这玩意儿为何在本座手上。实话告诉你们，本座的下属抓了个特务，从他身上翻出该物。这个，本座本想归还你们袍哥会，可你们同门师兄弟打打杀杀的，如果给你们，必定是火上浇油，危及平民的安全。这样吧，本座提议，从今以后以政府路为界，东归单印称之为东赌王。之远在城西称为西赌王。你们双方可以进行赌战，谁取得最终胜利，本座就把这个扳指给谁，谁从此就是袍哥会新大哥。"

从此之后，单印与赵之运便开始赌战，赌了不下十场，每次都是惊心动魄，互有输赢，但并未决出最终胜负，以至于他们发展到用老婆下注的程度。

当单印得知赵之运要赢他的二夫人，气得就像冰天雪地里穿着背心，手里的报纸哗哗直响。他沙哑着嗓子说："发表声明，如果他赵之运肯以全部家业作为赌注，老夫愿意让内人抛头露面见证这起胜利。"之所以这么决定，是料想赵之运不会拿全部的家业去赌个女人的，让他没想到，赵丝毫没有含糊，竟爽快地同意下来。

两位赌王在赌坛元老的见证下，在成都著名的豪胜大赌场签了赌约，落实了明细相关事项，随后在报上发布公告。

当大家发现单印用自己的二夫人刘芳跟赵之运赌，并在豪胜大赌场签约，便开始议论纷纷。把妻子或者美妾用来赌的，从古至今海了去了，但都是在赌得四壁徒空，无钱再赌的情况下采用的极端方式。单印在成都虽说不上首富，但身价也能排到成都前五位，为何同意拿自己的夫人去赌呢？大家更加疑惑的是，他赵之运为何会用全部的家业去赌个已育有两个儿子的女人呢？

　　这起赌博的猜测有多个版本，其中最受大家认同的是，赵之运膝下五个闺女，香火马上就要灭了，他想把刘芳赢过来帮他生儿子，因为刘芳曾替单印生下双胞胎儿子，是个能生儿子的身子骨，赢了她，赵家的香火可能还不会灭掉。

　　有人说，你喝米汤用筷子，人家爱用老婆赌碍你啥事了！是的，时下的成都，就算大熊猫不吃竹叶都不奇怪，喂（为）什么？可以说上到军政要员，下到平民百姓，老到白了汗毛，少到牙牙学语，都嗜赌成风。

　　成都的赌号大大小小的两千多家，袍哥会的场子也不下一千五百家，还有雨后春笋的势态。有句流行语叫："家有三场赌，犹如做知府！"自古想当"官"的人就很多。一场豪赌是两个赌王间的事情，但又不仅是两个赌王的事情。成都政府要员、名门望族、各界名流、赌坛众徒、普通百姓，他们都将借着赌台的东风，满载而归。就连街上望穿双眼的盲人都会因此富起来，每天被群人围着请他预测两个赌王谁会取胜。于是，术士就闭着眼睛说瞎话，想让谁赢就让谁赢，反正谁输了我也赚钱。

　　两位赌王的赌战，在大家的期盼中到来，届时，豪胜大赌场门前沸腾了。镶着汉白玉扶手的石阶两侧趴了很多小轿车，像岸上晒盖的王八。门前的空场里堆满人。私窝子的经营者在人群里招呼生意，声音沙哑而有穿透力。

　　私窝子是指那些不受官方保护的赌号经营者，他们规模小，服务的是小商小贩，场子一般设在家里。但私窝子的赌博方式较为灵活，冬天下不下雪、走路会不会崴脚脖子，新媳妇臀部有没有痣，都可用来赌博。据说有个"私窝子"拉出怀孕的老婆对大家说，我老婆肯定生男娃。于是有些认为是女娃的就下注。最终，那女人把怀里的枕头掏出来扔掉，两人裹着钱逃跑了。

　　在宽大明亮的赌厅里，所有的用具都是磨砂的。这样做可以预防反光被对手看到底牌或花色。一张宽大的红木赌台摆在那儿，单印与赵之运坐于两岸显得那么渺小。赌界的元老，军政官员的代表们都坐在贵宾座上，观摩这起特别的赌战。

由于是赌王级的战局，赌场老板李文轩亲自伺候。他戴着副厚厚的眼镜，穿黑色长衫，戴灰色帽子。身材瘦弱，一副尖嘴羊脸，整个人看上去就像没有脱掉豆皮的豆芽菜。别看其貌不扬，但他是川军师长谢光宁的小舅子。在世态动乱，群雄四起的年代，他靠拥有兵权的姐夫包揽了成都所有大型赌博活动，因此在赌坛也是个重量级的人物。

李文轩按事先约定的规则，端上两个硕大的摇筒，二十四枚骰子，分发给两位赌者。在两个人进行赌博时，最常采用的是摇骰子与港式五张牌。骰子也叫做色子，据说是三国时作七步诗的曹植发明的，自这玩意儿发明出来，"煮豆燃豆萁，豆在釜中泣。本是同根生，相煎何太急"的事情就不断发生。这首诗对于赵之运与单印这对师兄弟来说，更恰当不过了。

由于赌王的技术高超，他们用两枚骰子很难决出胜负，所以他们约定每人十二枚色子，摇完后全部叠成竖条者为胜，如双方都是竖条，骰点上面的点子多者为胜，如果再是同等多，再以边上的点子相同者最多的为胜。

头两局，两位赌王打了个平手，第三局赵之运又摇出满点，十二个骰子整齐地叠着，几个边面的点子都相同，他得意地瞅着单印，似乎感到这一筒自己是必胜了。围观的人目瞪口呆，能把十二枚骰子摇叠起来不是本事，难的是朝上的面都是六点，最难的是每个边的点子都是相同的。有人甚至开始联想，赵之运拥着单印的二房休息的情景了。

单印有压力了，他的表情显得非常凝重。他抄起竹筒，吸进十二枚骰子，在耳边把竹筒摇得重影层层，几近化没，那种沙沙响成一片，猛地扣到桌上，轻轻地提开摇筒。大家顿时都愣住了，因为单印同样也摇出赵之运的那种程度。就在单印脸上的笑容渐渐绽开时，他的骰子上面的那枚骰子掉在桌上，弹跳几下静在那里。单印大惊失色，手里的竹筒嗵地落在桌面上，噜噜地滚动着，最后落在地上，又噜噜地滚到围观者

长篇小说 赌道

的脚前。他像抽去衣架的湿衣般堆在地上，不省人事，是被几个人抬下去的……

早晨的成都醒来就是热闹的，勤奋的小商小贩满怀对生活的热爱，装着家人的幸福生活，老早便在街上摆摊，守候着希望，追求着生存的质量。这个早晨，最得意的莫过于赌王赵之运了。他率领着轿子与唢呐队，吹吹打打向单公馆奔去，要收取自己赢的赌注。火红的花轿金色的流苏。鼓乐手们，腰上系着红绸，脑海里装着可观的酬金，用力敲着鼓皮。唢呐手的脖子上的青筋鼓得老高，腮帮子变成球状。

由于这支迎亲队伍的特殊性，它就像滚雪球似的越来越壮大，最后组成人的长龙，扭曲着，伸展着，缓缓地停在单公馆门前，长长的尾巴卷动，最后折上来围成半月，轿子像阴阳图里的黑点。

赵之运从花轿里出来，脸上泛出厚厚的笑容，对大家不停地拱手，感谢大家捧扬。他上身穿古铜色的马褂，脚穿黑色皮鞋。由于身材短小，像个酒桶。赵之运在成都有两个绰号，流行版的叫赵矮子，特别版的叫三眼儿。为啥叫三眼？因为他的左眉毛上有个指甲盖大小的黑痣，猛地打个照面像是三只眼睛。赵之运来到单公馆门前，抬头盯到牌匾上对大家说："请大家给老夫做证，用不了多久，上面的'单'字会变成'赵'字。"

大家听了这话，发出"噢"的一声。

没多大会儿，身材高大的单印挽着二夫人刘芳从大门口出来。刘芳穿蓝色旗袍，胳膊上挽着金色的小包袱。她低垂着头，脸上泛着痛苦的表情。可怜的女人，当初由于她的父亲赌光了家业，最后把如花似玉的她作为赌资押上并输了。刘芳不想沦落到小痞子的手里，逃出来投奔单印寻求保护。单印给她交了赎金，随后娶她为妻。两人成婚后，刘芳为单印生了一对双胞胎儿子，可命运弄人，最终她还是被当做赌注输给了仇人。

赵之运来到刘芳面前，整整矮她半头。他跷起脚后跟，伸手捏捏刘芳白嫩的脸皮儿说："夫人天姿国色，体香宜人，女中极品也。单兄，如此尤物，足以销魂，你怎舍得被我领走呢。这样吧，今天我格外开恩，如果你能跪在我面前磕三个响头，那我可以把她还给你。"

单印并未回头，喝道："愿赌服输。不送！"

赵之运哈哈笑几声，猛收住笑："那，我不客气了。"说完夺过刘芳的小酥手，像纤夫那样扯往轿子。由于赵之运面色黑而四肢短，刘芳脸白而四肢修长，那样子看上去就像仕女牵着只猴子，显得十分可笑。刘芳太美了，她有白皙的脸庞，修挺的鼻子，红润的嘴唇。最美的应该算那双细长的眼睛，是相书上说过的丹凤眼，两个眼角稍微上吊，艳而不媚。她被拉到轿子前，扭头去看单印，目光里饱含着幽怨。她多想丈夫能够为了她跪倒在地，把她留下，可高大的背影是萎缩的。她的两行眼泪顿时流下来，冲开粉底，垂积在下巴像珍珠。

迎亲的队伍吹吹打打远了，单印的背影还镶在门框里，像幅落寞的油画。

当迎亲的队伍来到繁华街道上，两侧的小商小贩都站起来，脖子像被无形的手提着，跷着脚看轿子。赵之运索性让轿子停下，把刘芳拉出来，对大家说："从今以后，老夫再接再厉，争取把单印家所有的女人都给赢过来，让她们到我公馆里当佣人，这样会省下很多佣金的。"他还从人群中找出两个青年，出钱让他们去单公馆找单印，重复自己刚才说过的话。两个青年听说有大洋赚，用力点头，拔腿往单公馆跑……

自赵之运把刘芳领走之后，单印就在客房里抹眼泪。回想共同生活的日子，日子化成他无尽的痛楚与愧疚。他的结发妻子生孩子时落下毛病，变成药篓子，不能再生。自刘芳来到家里，帮着打理家务，把后勤管理得井井有条。刘芳与府里的任何人都处得非常好，并且特别尊敬单印的原配夫人，早晚请安，像对自己的母亲似的孝敬，因此赢得全家上下的尊重与赞赏。这时候，单印的原配正在埋怨他："老爷这就是你的不对了，别说是给赵矮子磕三个响头，就是磕三十个也应该把芳儿妹子留下的。"

"愿赌服输，这是规矩。"

"那好，我去赵之运的府上要人。"

"不准去。"单印喝道。

就在这时，单印的助手光头跑进来，说有两个年轻人拜见。单印点头说："让他们进来。"两个小伙子进门后，缩着脖子重复了赵之印的原话。单印听着听着，脸色越变越暗，随后又变得苍白，身子剧烈地晃晃，歪倒在沙发上不省人事。

光头马上把单印送到医院，安排妥当后，对坐在病床沿上的大太太说："太太，我带兄弟去把二太太抢回来，如果不给，就跟他们拼了。"单印猛地睁开眼睛，喊道："光头，站住！谢师长曾说过，我们之间的恩怨只能以赌解决，不能动用武力。"

单印何尝不想报仇啊，他谢光宁凭着军队，在他们师兄弟之间插了一足，让他展不开手脚。最让单印感到无奈的是，他谢光宁与赵之运狼狈为奸，利用赌博赚钱。如果自己贸然动武，谢光宁肯定不会善罢甘休的。

谢光宁本来就是土匪出身，刚出来混时追随袁世凯，眼见老袁不占上风了，便带着部队来到成都，成为最有实力的流氓头子。他的手伸得很长，伸进了各行各业的兜里，不停地往外掏钱，谁要是不出血，他极有办法对付你。比如，暗里派人把你的儿女绑架，又装好人帮忙查找，索要巨额费用，把人家给害死还让人家感谢他。淳朴的成都人一直都被蒙在鼓里，他们还以为谢光宁是仁义之师，为成都的安定做出了非常大的贡献，并到处宣扬他的好。

身为赌王的单印在医院里也是不能平静，其实，为赌者，就算死掉也不会平静。有个赌王死后，坟被人家挖成盘子，尸骨散落得像被炸飞。至于是仇人所为或是盗墓为财，这个谁都不知道。在单印住院的几天里，因为押他而输的赌徒们曾来闹过事，还送过死耗子，还有人送来斑驳着鲜血的恐吓信，还有人前来求师拜艺，把他烦得差点吐血。没办法，这就是赌徒的生活，你选择了惊险的行业，就拥有了惊险的生活。

单印勉强在医院待了三天，赶紧回家了。回家刚坐下，端起茶杯来还没凑上嘴唇，就有人前来送婚帖。原来，赵之运要跟刘芳举行婚礼，请他参加。上面写道："请单兄到场对所有的嘉宾说，祝我跟刘芳百年好合，儿孙满堂，余将不胜感激……"单印手里的茶杯落在地上摔成几瓣，他咆哮道："赵之运，你欺人太甚，我跟你没完！"

自赵之运赢了单印的二夫人刘芳，报纸几乎用整版的文字图片详细分析了他们同门为师，从互敬互爱到反目成仇的原因，并且指出，其主要原因是由于争夺象征袍哥会权力的扳指，以至于发展到血刃相见。随后，大家又从报上看到赵之运与刘芳的结婚照与婚帖，于是又掀起了议论的高潮。然而，人本善良，历来都肯同情弱者，大家想到刘芳母子分离，嫁与仇人为妻，都感到赵之运很恶劣，是个无赖。

由于谢光宁师长要亲自到赵公馆贺喜，各界名流捕捉到这个消息，哪敢不去凑这个热闹。毕竟，谢光宁在成都是最有实力的，可以决定他们的前程与生死。大家都带着礼物，纷纷赶往赵公馆。五短身材的赵之运穿西服，戴礼帽，显得不伦不类。他那张胖乎乎的脸，圆圆的眼睛，粗黑的眉毛中那枚指盖大小的黑痣，都在他得意的外表下更加丑陋。刘芳身穿拖地的洁白婚纱，表情像为死去的丈夫吊丧。两人站在一起就像白雪公主与小矮人，就像天鹅与鸭子，显得那么不和谐，那么的碍眼。

在宴会开始之前，谢光宁与赵之运来到书房。这是个三面围着书架，当中摆有书桌的房子。红木的书架上塞满整齐的书籍，并有不少大部头，竟然还有石印的《骈字类编》。这部书共有240卷，是清张廷玉编。本书是专收"骈字"，即两字相连的词语。收单字1604个。这些单字分编入13门中，即天地门、时令门、山水门、居处门、珍宝门、数目门、方隅门、彩色门、器物门、鸟兽门、虫鱼门、人事门。其实，赵之运并不认识几个字，也就用这些书来装饰罢了。

谢光宁背对着赵之运，面对书架。他身材高大，腰板笔直。由于身着军装，背影里都带着威严。他声音是低沉的，富有金属质感的："之运啊，赢个女人本来影响不好，有什么可张扬的！再者，这样的赌博根本没有任何意义，既不能给对方带来重创，也不能为自己增加名气，简直是愚蠢之极。记住，如果单印向你挑战，你要激发他把全部家业押上，然后果断赢取，把他彻底打垮。只要你能做到，本座就把扳指交付于你，然后帮助你成为袍哥会老大，从此你将一呼百应，前程似锦，足以光宗耀祖。"

赵之运点头说："谢谢师座，在下一定要把他打败。"

谢光宁猛转过身来，目光冷冷地说："平时呢，不要老是把精力都放在新娘子身上，还是多练练自己的赌技才是。刘芳作为人妻，人母，处于悲愤交加之时，你，小心睡觉的时候，新娘子会用剪刀对付你的脖子。"他说的话像开玩笑，但脸上的表情却很冷。谢光宁有张蜡黄的长脸，浓重的眉毛下是双三角眼，眼睛虽小但深幽锐利。自他来到成都之后，大家都没有见过他正儿八经地笑过，那副冷硬的表情像刻上去的，一般人都不敢跟他对视，因为看到他都会脖子梗发凉，别说去挑战他的目光了。

赵之运躲着谢光宁的目光，低下头说："谢谢师座关心。"

谢光宁耷下眼皮："今天本座过来，面子给你了，宴会就不参加了。"回去的路上，谢光宁并没有直接回府，而是来到单印家。据他的小舅子李文轩说，赵之运与单印这次轰轰烈烈的赌战，虽然各界下注踊跃，但仅仅才抽了几万大洋的水。这些钱根本就不够一个月的军费开支，何况他还要把收入劈给同僚潘师长一部分。他必须要尽快促成两个赌王之间的家业赌战，把两个赌王的财产合并起来，然后再想办法切到手里。

谢光宁这么做也是无奈之举。新政府与旧政府正在用战争交班，天下分出几个派系，清朝守旧势力依旧努力光复，袁大总统旧部仍有实力，蒋介石的兴起让形势变得越来越不明朗。他们川军四分五裂，群龙无首，没有哪个部门拨给他们军费，为了保住自己手里的军队，他们必须想办法自己养兵。

这时候，单印正与光头在客厅里商量怎么对付赵之运，把之前失却的颜面挽回。自输掉刘芳后，大夫人的埋怨，两个孩子的哭闹，以及外界的舆论，已经让单印焦头烂额，他再也坐不住了，他要对赵之运进行反击，要跟他拼个你死我活。当谢光宁来到后，单印与光头忙站起来，但谢光宁并未坐，而是倒背着手耷着眼皮说："单贤弟，本座听说你身体欠佳，专门过来看望于你，现在好点了吗？"

"谢谢师座，已经没有大碍了。"

"这个，之运太不像话了，本来赢别人的妻女就非光彩之事，他竟然如此张扬地与你的夫人刘芳成亲。我过去把他骂了。不像话嘛，你赢了别人的夫人又登报又大办亲事，还在报上公布婚帖，这哪像个赌王做的事情，这简直就是，啊，不像话！"

"师座，这个仇我肯定要报的。"

"是的是的，这件事谁也不会等闲视之的。不过，以后不要再进行这样的赌博了，你们身为赌王，要注意身份。拿女人来赌这本来就不像话嘛，这本来就是小赌徒的行为嘛。单贤弟，本座是支持你的嘛，希望你做好准备，把赵之运的家业赢过来，只有这样才能把他彻底摧毁，才能树立你在成都的地位。你放心，将来本座会把这枚象征袍哥会最高权力的扳指给你，帮助你当上本来就属于你的大哥位置。"

"多谢师座栽培，单印定当努力。"

"好啦，你好好休息吧，本座先告辞了。"

在回家的车上，谢光宁转转拇指上的那截扳指，用鼻子哼了声。当初，谢光宁带兵来到成都，所有的达官贵人都到府上拜见，唯有袍哥会的裘玉堂没登门，还在外面放风说，他谢光宁充其量一个师的兵力，我袍哥会的会员何止五个师。谢光宁听到这些风声后，并没有发表言论，而是带着礼物，亲自去拜见裘玉堂。因为他明白，自己远道而来，初来乍到，而袍哥会又是坐地户，势力非常大，他必须先把自己低调成狗，然后再伺机咬他。

至今，谢光宁还记得裘玉堂脸上的傲气。他转动着扳指，眉飞色舞地对他讲陪老佛爷打牌的事情，整整讲了两个小时。谢光宁耐着性子听着，还要装出爱听的样子，但心里已经产生恨了。真正让谢光宁爆发的是他的经济危机。由于发不下军费，下面的军官开始闹，当兵的开始私

长篇小说 赌道

逃，他的军队面临解体的时候，前去跟裴玉堂求助，没想到裴玉堂却爱答不理地说，小谢啊，历来都是别人的钱往老夫的兜里跑，还没有见过老夫的钱往别人手里跑的事情。谢光宁忍无可忍，便派出两路，一路埋伏在裴玉堂听戏回来的路上，一路去裴玉堂家里翻箱倒柜，策划了一起极为轰动的悬案。

谢光宁回到家里，听说潘师长在客厅里等他，眉头不由微微皱起来。潘叔才的军队晚于谢光宁的军队来成都，因为先入为主，潘对谢光宁非常尊重。谢光宁曾对他说，啊，来到成都，你不必操心成都的经济，特别是烟土与赌博生意。以后你军队的费用呢，我会帮你想办法解决。近来潘叔才发现，他谢光宁每个月拨给他的钱根本就不够军费开支，军心越来越不稳，有很多兵都逃到别的部队里去了，这让他有了危机感。

"谢兄，我的兄弟们都饿得想要吃人了。"

"放心吧，明天我让文轩把银票送过去。"

"多少？现在我可缺着大口子呢，没十万大洋是应付不了啦。"

"潘兄，你也知道现在的形势，烟土生意难做啊。现在所有的经济来源就指望赌博抽点头，但是能抽多少水呢？赵之运赢了女人也没赢钱，我还有落下多少钱呢？"

"要真不行，我打发兄弟们去切几个大户。"

"万万不可啊。自军团长病逝后，各师自谋生存，现在局势还不明朗，都在持观望状态。我们还要在成都长居，俗话说得好，兔子不吃窝边草，不到万不得已，是绝不能动成都的富豪的，否则会产生极坏的影响，会失去鱼水之情，我们很难在此立足。这样吧，本次赵之运与单印的赌局，我共得三万大洋抽水，你全部拿去。放心吧，最后我正在促成赵之运与单印的生死之战，争取把两个赌王的财产合并起来，然后再把他们的财产切到手里，如果成功，足以应对我们两个师五年的开支。五年之后，想必大局已定，我等自会找到归宿，就不会再愁军费问题了，现在，我们应同甘共苦，携手共渡难关才是……"

第二章　足本老千

本来谢光宁认为，他单印是不会等赵之运度完蜜月就会疯狂报复的，然后他就可以出面调解，让他们达成终极之赌，以最快的速度把两位赌王的家业合并起来，然后方便切到手里。但是，半个月过去了，成都赌坛依旧风平浪静，单印那边没有任何动静，这让谢光宁坐不住了。他把赵之运叫到府上，意味深长地说："之运啊，看上去你的精气神头可大不如从前了。"

赵之运浓黑的眉毛抖抖，伸手摸摸眉中的黑痣："谢师座教诲。"谢光宁奋下眼皮，手指轻轻地弹着膝盖，声音低沉地说："据本座得知，他单印表面上风平浪静，其实在谋划一场阴谋，准备暗中谋杀于你啊。俗话说，明枪易躲，暗箭难防，你应主动出击，否则，本座就没法保护你了。"

对于谢光宁这番话的后音，赵之运是心知肚明的，无非是催促他尽快与单印赌博，好通过他们的赌博捞钱。至于他赵之运的死活，谢光宁从来都是不会关心的，他只关心自己的收益。

迫于谢光宁的要挟，赵之运只得在报纸上声明，要把刘芳还给单印，并扬言说，如果他单印不亲自上门迎接，就把刘芳卖予青楼，让他的两个儿子有个红尘母亲，变成他们终生无法洗刷掉的耻辱……任何人都从这则声明上看出这是在挑战单印的底线，没有人会怀疑，当单印看到这则消息后，会不计手段地疯狂报复。然而，单印看到这则声明后沉默了足足两袋烟的工夫。

光头盯着单印的表情，等他的吩咐，并想象着与赵家兵火拼的景象。

长篇小说 赌道

由于单印沉默得太久，光头再也憋不住了："大哥，有什么可犹豫的，他赵矮子这么嚣张，如果我们再沉默下去会被天下人耻笑。我马上招集兄弟，跟他拼了。"

"武力解决问题，问题将会变得更加麻烦。"

"可我们也不能任由他这么嚣张下去！"

单印声音平和地说："光头啊，准备迎接太太。"

光头挠得头皮哧哧响，瞪大着眼睛，不敢相信自己的耳朵："大，大哥，小弟没听错吧？这样做，我们岂不是更没有面子了？"

单印平静地说："之前我让太太跟他走，是诚信，现在我亲自把太太接回来，这是情义。信义我都做到了，怎么可以说没面子呢？好啦，不要再说了，备轿，请乐队，我要像当初赵之运接走二太太那样，敲锣打鼓地把她接回来！"

"大哥，您确定这么办？"光头眨巴着眼睛问。

"我必须这么做，安排吧。"单印目光坚定地说。

赵之运正在书房与刘芳说话，突听传来声乐，便匆匆来到客厅。下属前来汇报说，大哥，单印带着轿队前来迎接夫人。赵之运点点头，深深地叹口气说，通知夫人，让她准备准备。说完，独自坐在那儿，满脸愁苦的表情。

刘芳换上来时穿的衣裳，提着包袱来到客厅，当着赵之运与几个下人的面把包袱打开，表明自己并未带走赵家的任何物件，然后把手上的戒指撸下来，用力扔到赵之运身上，头也不回地去了。赵之运尾随着刘芳来到大门口，见单印迎亲的队伍阵容很大，他咋了咋舌，满脸的痛苦表情。刘芳跑到单印面前，挽住他的胳膊，回过头来对赵之运冷笑说："赵矮子，你这么久都没有解开我的腰绳，作为男人，你是失败的。"这句话的意思谁都能听明白，意思是我根本就没有让你得逞，只是被你关了几天，我至今还是清白之身。

"说实话，"赵之运撇嘴道，"我对你很没兴趣。"

"没有兴趣还费尽心机地把我赢来！"

"我只想帮助你，验证单印对你的爱是不是真实。"

"这么说我还得谢谢你？现在我知道了，我丈夫很爱我。"

"哈哈哈，爱还把你输给我！"

"我丈夫是守信用的人，我心甘情愿来的。"

赵之运不再跟刘芳争嘴上的风头，而是冷冷地盯着单印说："姓单的，如果你还是个男人，咱们就好好赌一场，一局决定谁是最终的赌王，谁是穷光蛋。谁赢了谁继续在成都风光，谁输了从成都滚蛋，从此老死不跳进成都半步！"

"放心吧，我会让你离开成都的。"单印冷笑道。随后他把刘芳搀进轿里，带着迎亲的队伍回家了。

刘芳进门之后，两个孩子舞扎着手向她跑来，她的泪水顿时像断了线的珠子似的洒下来，把两个孩子紧紧地搂在怀里。单印深深地叹口气，领着光头来到书房，说："我最近在想，上次我为什么会输给赵之运，后来终于想通了，主要是因为我心浮气躁，急于求成，所以才出现了意外，看来，我得找个地方去学习了。"

光头吃惊地瞪着眼睛："大哥大哥，您的赌术已经算是顶尖的了，谁还能教得了您？小弟认为，赵矮子这次是侥幸赢了您，下次再赌他就没有这么好的运气了。"

"不，赵之运的赌技确实在我之上，我必须要学到最厉害的赌术方可把他置于死地。据说，城郊竹院寺里的静悟法师已开天眼，能上知五百年，后知三百年，闭着眼睛都能看到地下数丈之深的藏物。当初，我们的师傅之所以被老佛爷召见，就是因为有此异能。我前去向静悟法师求教，争取学到这种能力，以后再与赵之运较量，想必想不胜都会困难。不过呢，在我走的这段时间，无论他赵矮子怎么挑衅，都要忍气吞声，不要鲁莽行事，一切等我回来定夺。"

"放心吧大哥，小弟一定遵照您的吩咐去做。"

单印带着不菲的香油钱，领着两个小兄弟直奔竹院寺。这是个古色古香的老寺。之所以叫竹院寺，是因为院墙内都是竹子，把古色古香的小寺装扮得像绿色海洋里的岛屿。

　　由于单印的香火钱很撑眼皮，住持同意接见单印。小和尚把他领进静悟法师的禅室。这是两间的厢房，正面挂着佛祖的画像，像下有个红木供桌。香炉里插着几根檀香，正吐着袅袅的青烟。房里充斥着浓烈的陈香之气。静悟法师身穿半金半红色的袈裟，坐于金黄色的蒲团上，像尊金塑佛像。静悟法师已经年过百岁，但气色却像孩童，肌肤竟那么白嫩红润。他曾对别人说过，自己还能活十年两个月零五天五个时辰。虽然准确到时辰，但并没有人会怀疑，因为静悟是公认的大知大觉的活佛。

　　单印还未开口，静悟道："人人有天眼，定力方能开，用来赌义气，佛祖岂相容。"此话让单印暗惊，我这没说明来意呢，法师已经知道我的想法了，看来果然名不虚传。于是施礼道："弟子是想来学定力的。"静悟法师说："善哉，你面对佛祖诵半个月的心经，然后再谈定力。"

　　小和尚把单印带到大雄宝殿。单印来到供桌前，点几炷香，抬头看看贴金的佛祖塑像，已经被烟火熏得有些脏了。单印磕几个响头，盘腿坐在蒲团上，接过小和尚递上来的经书开始小声念……

　　他嘴里虽然念着经，但脑海里就像放电影似的不断在闪回着刘芳的美丽与赵之运的可恶，以及谢光宁的阴险，师父裘玉堂那张黄兮兮的脸皮。他还记得师父曾经说过，单印忠厚老实，敢作敢当。之运心灵聪慧，天性善良，足智多谋，如果你们二人合力，无艰不克，无难不退。想到这里，单印不由愁容锁面。如今，师父已经被杀多年，不只凶手未能正法，事态也发生了很多变异，前景因此很不明朗……

　　单印不停地重复心经，屏蔽着那些鲜明的往事，慢慢地倒是静下来了，静到他能内视到奇异境象。所谓内视，就是说意守丹田，忽视自我，一念屏蔽万念，把自己化为乌有，容于空间之中，会有新的意景出现。单印有此感觉，不由惊喜，忙从兜里掏出枚骰子，摆到供桌上，背过身去，想在那种状态下用意念看正面的字，但大脑像断了电似的一片漆黑。

　　半个月的时间里，单印虽未能修成透视之眼，但他能做到心静如水，波澜不惊。他想再接再厉，尽快把天眼打开，像师父那样可以隔空赌物。

然而，静悟法师前来对他说："施主虽有慧根，佛祖亦愿收留，但你尘缘未了，速速离开吧。"静悟之所以要赶走单印，是因为谢光宁师长派副官前来说，清净之地，纵容赌博之徒，可见沽名钓誉，欺骗善男信女，如果不听劝告，师座将把你们驱出成都，焚掉此院。在单印告辞之时，住持送给他一句话："凡世本虚化，所求皆成空，醒来满箱石，终老在新村。"

"弟子愚钝，请师父详解。"

"日后自知才自然，早知不能了尘缘。"

当单印真正明白静悟法师这几句谶言时，已经尘埃落定了，但那是后话，当时，他只想去跟赵之运争高低，确定谁才是袍哥会的舵把子。那么，这个"把子"到底有什么好处，他们为何不惜性命去争取？

舵把子在袍哥会就是所谓的大哥、首领、会长、社长。袍哥会在整个四川都非常有实力，主要成员是重庆、四川本地的游民团伙"啯噜子"。"啯噜子"是指清初入川移民中没能够安家种地的游民团伙。袍哥会有五个等级，分别称之为头排、三排、五排、六排、十排。头排即是舵头，大哥，舵把子。三排是第二位的人，俗称为三哥，主要负责钱粮，掌管茶馆、赌场、栈房，等等。获得袍哥会舵把子的位置是成都所有江湖人的终极目标。单印做梦都想得到这个位置，其实，这也是赵之运的理想。

单印从寺院回到家里，光头向他汇报说："大哥，前几天谢师长来过了，他说一个袍哥会的三排，著名的赌王，不去赌博，竟然去抱佛脚了，真是太消极了，看来那扳指是赵之运的了。你告诉单印，如果赵之运成为舵把子，本座将为了成都的安定，把单印赶出城去，以免他们以后再产生纷争。"

单印明白，如果再不跟赵之运较量，谢光宁肯定会想办法对付他，于是马上向赵之运提出挑战，要用自己所有的家产赌他的祖坟，并扬言说，把他的祖坟赢过来，要掏出尸骨撒在路上，跟夫人刘芳去踩跳探戈舞，倾听脚下咔嚓咔嚓的脆响，然后把一筐狗屎埋进他的祖坟里，让他狗血喷头，霉运横生，阳寿折尽，早日入土……

当时的赌博方式可以说花样百出，麻将、牌九、花会、铺票、山票、番摊、白鸽票……还引进了西洋赌术，比如三十六转盘、扑克、气枪、抢场，等等，不下百种。其实何止百种，想要赌博并不需要赌场、赌号、赌具，用剪刀石头布照样能够赌个你死我活。比如，有人家女儿神秘消失，你站出来说她3月5号回来。有人就会跳出来说，我不信。于是赌上了。这样的局说不定还能抽老千，谁知那女儿是否是托儿，是藏起来了还是真的丢了。

不管有多少赌，有多少老千的可能，但关系到祖坟的问题，赵之运还是犹豫的。他明白，自己与单印都是一个老师教出来的，赌技相差无几，谁都没有绝对赢的把握。上次，他之所以敢把全部家业拿出来赌，并不是盲目的，而是由于李文轩的帮助，自己有必赢的把握，才敢用全部的家业去赌女人。

李文轩虽然名誉上是豪胜大赌场的老板，但实际上不是。豪胜赌场的真正老板是谢光宁师长。赌博毕竟不是什么正儿八经的行当，身为驻军首领，如果操作赌博，影响是不好的，所以他让李文轩抛头露面，为他运作赌博。

李文轩这人极为好色。由于他包养了几个女人，手头上比较紧张，赵之运便利用这点收买了他，在赌的时候，文轩给他的骰子是灌过铅的，无论怎么摇六点的面都会朝上，就算赵之运技术再好，想不摇全点都是不可能。抽老千毕竟是危险的，如果被发现，身家性命都会搭上，偶尔为之救急可以，但不能依赖这个。

面对单印的挑战，赵之运没有立马回应，而是带着几个手下来到竹院寺，献上不菲的香火钱，与静悟法师进行交流，想知道他单印是否真的掌握了透视的功能，像他的老师裴玉堂那样，隔空看物。赵之印问："法师是世外之人，为何传授单印奇法用来赌博？"

静悟法师面带微笑："法无定论，同样是手，可以用来做好事，也可以用来杀人，所以，赌不在手而在于心。至于单施主前来念经是否有所获得，老衲并不知晓，因为奇法只属于奇人，不是言传身教的。"

"现在到处都在传说单印已经开了天眼，并且是您给打开的。"

"施主取笑了，单施主的天眼已经被尘埃蒙蔽，打开也非易事。人人有天眼，定力不够，打开反倒是祸。'崂山道士'你可读过，心存不良，无法穿墙而过，只能碰壁。"

赵之运终于明白，他单印到处鼓吹自己开了慧眼，那是吓唬小孩罢了，并非真的就拥有了此等异能。他决定接受单印的挑战，因为他有李文轩暗中帮助，是能够保得住祖坟的。

赵之运在报上回应了单印的挑战，表示同意用自己的祖坟去赌。大家都认为，两位赌王现在疯了，他们家财万贯，不用钱赌，竟然赌老婆赌祖坟，这是玩得哪门子的邪啊……

谢光宁不高兴了，之前，他鼓动两位赌王不停地挑战并非真想解决两人的恩仇，真实的目的是赌王之间的较量会带动很多人下注，他可以从中抽水。而更深远的目的是把两家的财产进行合并，然后打包取过来。现在，他们赢了女人赢了祖坟能怎么抽，难不成去摸两把女人，抽个头骨当木鱼敲？再者，由于两个赌王老玩虚的，大家把他们的赌博当成戏看了，并没有人肯下大本去押宝，他现在的收入越来越少，每个月应付完两个师的军费，就没有剩余了。更重要的是，他单印之所以这么做，肯定有了必胜的把握。

谢光宁忽然产生了怀疑，两位赌王你输我赢，像说书唱戏似的不停地打太极，就是不见他们钱财上有损失，难道他们之间有什么串通，是故意用这种荒唐的赌博来应付自己的？随后又感到这是不可能的，他们师兄弟进行火拼时，单印曾经砍了赵之运一刀，胳膊上留下了一道长长的伤口，这个伤疤是不容易消失的，再者，他们都想争夺舵把子的职位，是绝对不会合作的。如果不是这样，那他们为什么赌老婆赌祖坟，难道只是为了羞辱对方吗？谢光宁心中感到气愤，不管你们有什么目的，你们都得给我赌，让本座得有收益。

长篇小说

赌道

他找到赵之运，语重心长地说："之运啊，你应该知道，当前的形势动荡不安，谁都说不准战火啥时会烧到成都。所以本座劝你，不要再跟单印胡闹了，要尽快想办法把他的家业赢过来，从此你当你的大哥，不再涉赌，过你的安全生活。"

"师座，我也想啊，可是他老不按常规出牌。"赵之运满脸无奈的样子。

"胡说！"谢光宁的眼睛猛地瞪起来，散发着杀气，"上次不是你提出要赢单印的夫人的吗？"说着背对赵之运，冷冷地说，"如果你不信本座劝告，后果是很严重的。"

赵之运怯怯地盯着谢光宁高大的背影："师，师座请放心，我马上向单印提出，用各自的身家性命去赌，尽快结束我们之间的恩怨。"谢光宁转过身来，转动着手上的那枚扳指，说："只要你把单印赢了，这枚扳指就是你的，你就是袍哥会的老大，本座会扶持你，让你在江湖上的权力超过杜月笙、黄金荣、张啸林他们。"

赵之运在报上发表声明，说历来有用妻女作为赌资，但从未有用祖坟作为赌注的，这不符合江湖规矩，要求双方用各自的身家财产作为赌注，决一胜负，从此决定谁是成都唯一的赌王……

单印发表声明，坚持要赢赵之运的祖坟以报夫人被辱之仇，否则不会应战。赵之运找到谢光宁，为难地说："师座您看到了，并不是在下不想跟他动真格的，他单印根本不应战，在下没办法啊。"

谢光宁点点头说："既然这样，就按你们之前的约定赌吧。不过，你一定要想办法把他家产给赢过来。只要你赢了单印，从今以后你就是袍哥会的大哥，我们可以八拜之交，荣辱与共，辅佐你的帮会成为民国第一帮……"

在豪胜大赌场的大厅里，赵之运与单印签定了相关赌博条约，并决定用港式五张牌来进行决战。港式五张又名梭哈，主要流行于广东、香港、澳门等地。这种玩法简单而激烈，既有技巧也有运气成分，还富有观赏性，特别适合两位赌者。

五张牌的玩法大体是这样的，一般开始先发给各家两张牌，从第二张牌开始亮出，然后每发一牌，根据牌面大的优先下注，另一方跟注或选择加注，如果放弃，之前跟过的筹码就没法取回。牌形的大小排列是同花顺、铁支、葫芦、同花、顺子、三条、两对、对子、散牌；数字大小是 A、K、Q、J、10、9、8；花色大小是，黑桃、红桃、梅花、方块……

港式五张牌玩法有着很大的运气成分，如果运气好了小孩子都能赢赌王，要想真正的长赢不输，必须要学会记牌、要有超强的心理素质，由于这种玩法，抽老千并不容易，所以，港式五张牌的老千之术就像魔术似的那么神秘，让人匪夷所思。

当两位赌王签定了赌约之后，谢光宁把赵之运与李文轩叫到府上，跟他们商量怎么才能赢得这局比赛，把单印的全部家产切过来。单印祖业丰厚，自己又善于经营，在成都拥有二十多家店铺，在重庆还有十多家商铺，还有两处价值不菲的宅院。外界传说，单印的祖父曾在京城做过大官，给单印留下了无数财宝，家里的钱财都不会比和珅少。谢光宁转动着拇指上的扳指，声音低沉地说："之运啊，你可要考虑好了，祖坟被挖那是极其严重的事情，历代人都极为重视堪舆，因为祖坟对于后辈的影响很大。历史上所有成大事者，哪家人的祖坟不是在风水宝地上？如果祖坟遭到破坏，你的前途堪忧，你的家人也会性命不保，所以你要把握好这次机会，必须要赢。当你赢了单印之后，他再无法在成都立脚，你就是袍哥会的大哥，从今以后你可以独霸一方。再者，将来如果有机会，我们兄弟可以联手做成大事。"

"放心吧师座，我会尽力的。"赵之运用力点头说。

"对了，听说单印去寺院里学什么透视眼，是真的吗?"

"我去寺里问了，慧眼不是说学就能学会的。"

"那就好。记住，必要时，可以抽点老千嘛。"

李文轩见谢光宁的脸色暖和了点，问："姐夫，我已经欠了不少钱了，赢了这局能给我提多少？"谢光宁把眼皮耷下去，爱答不理地说："等赢了再跟我提这件事。文轩，我劝你以后面对美色时要学会克制自己，不要把自己那点精神头都用在女人身上。"

李文轩挠挠头："姐夫，我记住了。"

从谢光宁府上出来，李文轩问赵之运，赵哥，赢了这局能给我提多少钱？赵之运摸摸眉心的黑痣，苦笑道："文轩老弟啊，你没听懂师座的意思吗？我这次把单印的家产赢过来后，没有我的份，我得到的是师父的那枚扳指。不过你也不必灰心，毕竟师座是你的姐夫，肯定不会亏待你的。"

听了这番话，李文轩脸上泛出愁苦的表情。他谢光宁有五房太太，十五六个小舅子，自己的姐姐年老色衰，现在都成老妈子了，自己这个小舅子还有多大的面。上次去看望姐姐，姐姐抹着眼泪说："弟弟啊，你要长出息才成啊，你姐以后还得靠你呢。现在，五姨太专门跟我过不去，有下人不用，非让我去伺候她。有一次打发人来叫我过去，让我去给她端尿盆，他谢光宁非但不管，还说如果你连这点事都做不到还留着你干吗！"

李文轩认为，单印把全部的家业给押上，必定在乎这次赌战的输赢，现在去跟他商量，帮助他赢，提点要求，他肯定求之不得。于是，他偷偷摸摸地找到单印，跟他说了自己的想法："单哥，实话跟你说，上次你之所以输掉，并非你的赌技差于赵之运，而是我帮助他的。如果你肯给小弟点好处，那小弟帮你把赵之运的祖坟赢过来，以报辱妻之恨，您看怎么样？"

单印明白，赌手与赌场人员暗通是最容易抽老千的。他倒是想利用李文轩，但他不确定会不会是谢光宁与赵之运设的套，如果是，到时候真到赌场上，对方突然指出老千来，这就不仅是家业问题，极有可能连命都得输上。他犹豫了会儿，摇头说："贤弟，我是个正直的人，不想采用这种办法。"

"单哥，你想过输掉家业的后果吗？如果你输掉，你手下的人就会鸟散，赵之运是不会给你东山再起的机会的，到时候你的家人失去了顶梁柱，他们将会寄人篱下，说不定还会被强人霸占。所以，请你不要断言回绝，还是想想再说。"

"贤弟，我真的不能采用这种办法。"

李文轩瘦削的脸上泛出笑容，腾地站起来，冷冷地说："那你就等着家破人亡吧。"说完，甩袖而去，边走嘴里还边嘟囔……

单印独自坐在沙发上，脸上泛出无尽的愁苦，不时深深地呼口气。通过李文轩的说法，上次他帮助赵之运抽老千了，这就说明这次的赌局他们还会抽老千。港式五张牌的运气成分较大，为确定能赢，任何赌博的人都会精心研究老千之术，它的老千之术，比其他玩法更为隐蔽，无论洗切、发牌、偷藏、换牌，不管哪种老千都像玩魔术，让你的眼睛跟不上。在成都大街上，就有专门卖老千相关的事物的，他们专门研究特殊的赌具，供应给那些开赌场的，还专门研究各种玩法的老千手法卖给赌手。

无论对方会采用什么先进的老千技术，单印都明白，自己必须要赢这局，否则，家业没了，全家人的生活都得不到保障，仇家也会趁机找上门来，怕是想离开成都也难做到了……

赌期越来越近，谢光宁不停地催促赵之运与李文轩，让他们拿出必胜办法，确保能够把单印的家业赢过来。他之所以急着把赵之运与单印的家产给切下来，是由于听小道消息说，中央有收拢川军的意向，想在四川设立军团长，把零散的武装势力整合起来。如果能够抱上中央的大腿，成为川军军团长这个职位，那么他就等于是川军领袖，整个四川都是他的地盘了。

当谢光宁听说，李文轩与赵之运已经研究出新的五张牌老千术，便亲自来到豪胜察看效果。李文轩研究的成果是，用特殊的牌发牌，事先让赵之运手上涂上药水，在关键时刻可以把黑桃搓成红桃，把红桃搓成黑桃。李文轩还当场表演了两次。

谢光宁的三角眼瞪起来了。他虽然不太精通赌博，但他明白换两个花色是不能保证绝对能赢的。"你们这是哄小孩子玩呢，如果起的牌是方块与草花你们怎么搓，你们把它们给搓变了颜色，岂不弄巧成拙。真是愚蠢之极。"

"姐夫，您可能不太了解这个行业。赌王级别的赌手，这点差别，可以提高百分之五十的赢率。"

"混账，本座要的是百分之百，不是模棱两可！"

"姐夫你不懂打牌。像单印这样的赌手什么场面没见过，如果让他看出来抽老千，到时候别说赢，赵先生的小命都得搭上。"

谢光宁的眉毛一扬，眼睛瞪得更大了，喝道："本座不懂打牌但懂得要赢，你们必须要想出绝对赢的办法，否则别怪我不客气。"

他平时的表情就像刻上去的那么死板，如今把三角眼瞪起来，黑而短的眉毛跳到发际处，满脸充满杀气，吓得李文轩不敢说了，赵之运的脖子也缩没了，喏喏道："师，师座您放心，我们一定研究出最好的办法。"

谢光宁用鼻子哼了声，倒背着手走了。

李文轩与赵之运日夜研究老千之术，绞尽脑汁，想了很多办法，但都不太理想。五张牌这种玩法的运气程度高，玩法是属于半公开式的，只有在那张底牌上动手脚，抽老千除了换牌，抽鸡牌，没别的方向了。他们感到，如果没有好的千术，就没有必要涉险。最终，他们决定还是采用老办法，从发牌上想办法。

一般好的赌手，与好的荷官，对于牌的位置都记得很清楚，洗几把牌后还能知道牌的位置。在发牌的时候，李文轩做荷官，他可以根据赵之运的牌点大小调整发给他的花色与点子，这样赢的把握会大。他们对谢光宁汇报后，谢光宁不满意地说："弄来弄去，还是老一套嘛。"

"姐夫，手法是老了点，但这个保险啊。"

谢光宁对这个办法很是不满意，但是没有时间再去研究新的千术了。他叹口气说："本座不管你们用什么办法，但你们要保证，这局赌要给本座拿下来。否则，本座就有你们难受的。"说完甩袖而去。

赌期如约而至，双方都来到豪胜大赌场，单印与赵之运分桌而座，目光如刀，在刺杀着对方。谢光宁师长、潘叔才师长，赌坛的元老，各界名流，都在嘉宾座上坐着，他们要见证这起赌王之战，也可以说是生死之战。任何人都明白，此战的结果，无论哪方输掉都将是惨烈的。一个将面临祖宗坟墓被挖，一个将面临失去家产变成穷人。特别是单印的朋友，都为他捏了把汗。因为他们明白，如果输掉他就真的死定了，就算没有仇家追杀，自己也会气死。

在赌场上气死的人可不在少数。之前，有个富商自信赌技高强，大有孤独求败的架势，因为遭遇偷鸡牌，当场喷血，把赌台都给染红了。什么叫"偷鸡牌"？这个可以说是赌坛上的传奇，是心理与魄力的较量，是赌博中的最高境界。它指的是，本来自己的点子很小，是必输无疑了，于是孤注一掷，把所有的筹码全部押上，把对方吓得自动认输。认输后，当发现对方的点子小于自己很多，一般都会吐血或者晕倒……

李文轩让双方验过牌后，他洗了几把，放进发牌盒里，正要发牌，单印突然提出来要跟赵之运换位置。赵之运摇头说："对于你的无理要求我不同意。"单印站起来说："那我要求重新检查对方的椅子与他那面的桌子。"赵之运点头说："不让你看，你肯定说我有猫腻，那好，请便。"

两人相互检查了对方的椅子以及赌桌下方，回到原来的座位上。李文轩问："两位赌王，现在可以发牌了吗？"他见单印与赵之运都点了头，便开始向两位发牌。由于，他们这样的赌法不存在逐级下注，发完牌后，掀开底牌，谁的点子大就是谁赢。

单印桌面上的牌全部是黑桃，并且是 K、Q、J、10 几张。单印心想，如果下面是张黑桃 A 或 9，那么就是同花顺，如果是 A 组成黑桃的同花顺，是五张牌玩法中最大的牌了。赵之运有两个 A 两个 8，底牌是 A，能组成葫芦牌。他认为单印的牌不可能是同花顺，顶多能组成同花，只要是同花就会小于葫芦牌。他得意地把底牌甩到桌上："哈哈，单印，这样吧，从今以后你给我当管家吧，你的女眷可以在我府上当丫环，你放心，我给的酬金还是挺丰厚的，你到别处是找不到这么好的工作的。"

单印并不紧张，也不翻底牌，脸上泛着微笑说："之运，我同情你，因为当我把底牌翻开时你就没有命了。你不只没命，还输掉了祖坟，你的下场很惨。"

"你吹牛也不怕闪着腰，继续吹。"

"赵矮子你应该留心自己的脚下。"

赵之运见单印这么镇静自若，自己倒没有底气了。他低头看看脚下，顿时大惊失色。因为他的脚下有张牌，背面与地板同色，如果不仔细看，还真不容易发现。不用说，肯定是单印过来检查桌椅时，粘在地上的。赵之印明白，如果单印翻开底牌后不是同花顺，肯定会跳出来说他抽老千，那么地上这张牌就会把他彻底打败。他垂头丧气地说："不用翻底牌了，我认输了。"大家顿时哗然，这底牌还没有翻开自己就认输了，什么情况？

单印脸上泛出得意的表情，带着自己的手下，昂首挺胸地去了。大家跑上来把单印的底牌翻开，发现单印只是同花，小于葫芦牌，便都惊异地去看赵之运，怀疑他为什么认输，要说是偷鸡牌，以赵之运这样的经验应该不会上当的。有人开始质疑，他们这是串通好逗大家玩的，并不是真赌。

谢光宁的脸色非常难看，语气冷得像从冰缝里刮过来的风："本座对你太失望了。"说完转身要走。

赵之运忙喊道："师座，在下有话要说。"

谢光宁并未回头："你想说，你跟单印串通起来玩弄本座？"

赵之运说："请您过来看看我的脚下。"

谢光宁慢慢地转过身来。李文轩跑到赵之运跟前，蹲到地上，见地上有个与地板同色的牌形紧紧地贴在地上，不由吃惊道："这怎么回事？"他把牌抠下来，翻过来看看是个光板的牌面，上面写道："欺师灭祖之徒，你不得好死。"谢光宁用鼻子哼了声："就这玩意儿把你给吓输了？"

赵之运抹抹额头上的汗水:"师座,如果揭下来是张牌,单印就会说我抽老千,我们就输得更惨。"

谢光宁转转扳指:"废物,费尽心机还被人家算计了。"

等谢光宁倒背着手走后,李文轩与赵之运傻眼了。他们坐在赌台上抽了几支烟,讨论单印怎么敢玩这种办法,这样的办法太冒险了,这得需要多么强大的心理。

李文轩说:"看来单印真的学会了透视底牌,隔空换物。极有可能他是用意念把这张牌放到这里的,如果他起来喊抽老千时,这张牌也会出现花色。"

赵之运明白,想把牌粘到对方脚下并不难做到,只是大家都没想到还有这种老千。他现在担心的是,谢光宁处心积虑想把单印的财产切过来,没达到他的目的,说不定会反过来对付自己:"文轩贤弟,你抽空跟谢师长说说老千的事情,并不是我被吓倒了,而是害怕万一是张真牌我就输惨了。你放心,我也不让你白说,我请你吃花酒。"李文轩听说去吃花酒,高兴了:"放心吧,他不会对你怎么样,他还指望你给他赚钱呢。再说了,胜败乃兵家常事,他是军人,难道还不懂这个?"

第三章　寻找靠山

大家都在等着看单印对付赵之运的祖坟，以报输妻之辱，但是单印并不着急，在报纸上发表声明说，从今天起，赵之运已经把祖宗输了，现在属于我单印的，我想什么时候曝尸，得看我的心情，其间，如果赵之运敢把坟迁走，或者擅自挖墓，那我就按照赌坛的规矩处理。赌坛有什么规矩？如果赖掉赌资，这是要抄家的，是要赶出赌坛的，就算不赶你，从今也没有人跟你玩了。

赵之运输掉祖坟之后，日子非常难过，家人埋怨，朋友嗤笑，舆论界狂轰滥炸，说他赵矮子没子嗣，那是活该啊，因为他不只欺师灭祖，丧失良智，还拿祖坟去赌，他不断子绝孙就没有天理了。这时候，有人放出风说，赵之运就是杀害师父裴玉堂的凶手，应该把他绳之以法。然而，赵之运最担心的不是这些，而是谢光宁。谢光宁什么来头？据说在他念书时就很顽劣。老师对他用了板子，他怀恨在心，把茅厕蹲踩的木板挖薄，老师蹲号时陷下去坐进粪坑里。长大后，他变成黑帮小头目，领着不良同伴打街骂巷，东拐西骗，让老百姓深恶痛绝。由于官府要捉拿他，他带着兄弟占山为王，当土匪去了。由于天下大乱，战争不断，田地荒芜，到处闹饥荒，有很多人前来投奔他，他的势力发展得很大。

就在谢光宁当土匪当得幸福之时，有个姓王的军阀前来让他投顺，说不同意就把他给灭了，谢光宁考虑到实力相差悬殊，无法与人家抗衡，只得带着大家下山。没过多久，他就把长官杀掉，自己当了师长，并把部队拉到了成都。在谢光宁当师长后，一直用他做土匪时的理念去做事，并做着土匪才会做的事情，而且比之前更加心狠手辣，并善于掩饰自己的恶行。

赵之运的担心并不是多余的，并且不久就真的遭遇到了谢光宁的算计。中央的大红人曾主任的老家就在成都，谢光宁通过小道消息得知曾主任有公事经过此地，准备回老宅逗留，他想借这个机会给曾主任送份大礼，让他在老蒋面前美言几句，争取做成川军军团长的职务。问题是，谢光宁苦于应付军费，没有积蓄，拿不出大礼，于是想到了赵之运。他把赵之运叫来，跟他谈话说："之运啊，曾主任这个人，你知道吗?"

"师座，在下略有耳闻。"

"最近，中央考虑要在川军中扶持一个军团长，把各武装力量给凝聚起来。本座想谋求这个职务，能否成功，曾主任是非常关键的。所以，本座让你陪他几圈麻将，你要故意输给他三万大洋，就当我送给他的礼物了。"

赵之运心中暗暗叫苦，他知道谢光宁的意思是，让他出这个钱，但他还是装作听不懂："好，太好了，师座您放心，无论您交给在下多少钱，在下都能不显山露水地输给他。"

谢光宁耷下眼皮说："钱你先垫上，过后本座再还你。"

赵之运苦着脸："师座，在下手里真没有这么多现洋。"

听了这话，谢光宁的眼睛瞪起来，用鼻子哼了声："之运，你这是什么意思，本座是借钱，又不是跟你白要。难道，你想让本座亲自到你的府上求你吗?"

"师座，找几个商人让他们赞助，这样大家都不会困难。"

谢光宁摇头说："成都的乡绅富豪中，我们不确定谁与曾主任有何关系，如果我们从曾主任的亲朋好友那儿弄来钱再送给曾主任，是赚不到好的。如果不是担心这个问题，本座何至于如此窘迫。好啦好啦，这件事不要再说了，你想办法把钱筹上来，本座以后会还你的。如果你这件事都做不到，那本座就对你失望了。"

赵之运怕谢光宁翻脸不认人，就没有再说什么，哭丧着脸告辞了。其实，他心里是明白的，谢光宁现在想图谋他与单印的家产，只是没有

长篇小说
赌道

合适的理由。

当谢光宁得知曾主任已经到老宅了，便备了不菲的礼物，前去拜访。这是个古色古香的老院子，格局是典型的南方四合院，由门庭、照壁、天井、前厅、正厅、正房、周围厢房等构成，土木砖石为墙，鱼鳞瓦房顶。门、柱、廊、窗、屋脊都非常精致。小院中有个花池，还有个袖珍的假山，把小院装扮得格外清幽别致。

谢光宁平时腰板都是笔直的，脖子里像有标杆撑着，但他走进这个小院之后就变样了，腰也塌了，脖子也短了，脸上泛出久违的笑容。由于他平时板着脸久了，不会笑了，那笑容看上去有些僵硬。在警卫的引领下，谢光宁来到客厅。

曾主任站起来："谢贤弟，请坐。"

谢光宁深深地鞠躬道："主任返乡，光宁现在才来，实在不敬。"

曾主任笑道："我这次只是路过，顺便看看老宅，没想到贤弟的消息可够快的。"

"属下偶然得知。"谢光宁笑道。

"上茶。"曾主任叫道。

两人分桌而坐，曾主任用手指弹着桌面："成都有谢贤弟把握，商贸繁荣，国泰民安，足以看出贤弟的才能。有件事情呢，敝人提前跟你透个风。如今，委员长有意与川军合作，只是没找到好的契合点，在这件事上呢贤弟还是要多多帮忙的。"

"请主任多多提携。"谢光宁说。

"贤弟放心就是，这是义不容辞的嘛。"

随后，谢光宁按之前的计划，邀请曾主任到家里玩牌。曾主任明白这不仅仅是玩牌，他爽快地应下。曾主任来到谢光宁的府上，走进客厅，见里面坐着一男一女，男的五短身材，女的高挑靓丽，穿红色旗袍，显得非常招眼。谢光宁马上介绍说："这位就是裘玉堂老先生的爱徒赵之运。"

曾主任点头说："幸会。"

谢光宁又说："这位陈小姐是成都有名的才女，琴诗书画，无不精通。"

曾主任又点头说："幸会。"

大家落座后，曾主任笑吟吟看着赵之运，意味深长地说："说起来我与你的师父，还是故交呢。对于他的遇难，我是深表遗憾。"

"谢谢曾主任还记得我师父。"

"听说，你跟你的师兄闹得非常的不愉快？"

赵之运扭头看看谢光宁，发现他今天没戴那个扳指。谢光宁忙说："曾主任说得是。他们师兄弟反目成仇，打打杀杀的确实让人深感遗憾。清官难断家务事，咱们不谈这个了，现在我们开始玩牌吧。"

赵之运按谢光宁安排的那样，坐于曾主任上首。他今天的任务就是给曾主任点炮的，并且要控制曾主任的赢率，最终要把三万大洋不显山不显水地让他赢去。赵之运心里感到非常悲哀，自己的钱还得点炮让别人赢，这样的赌局真是太悲哀了。他们玩到夜里子时，赵之运已经成功地把三万大洋都输给曾主任了，站起来说："曾主任的手气太好了，在下已经输没了，不能再玩了。"

谢光宁说："愿赌服输嘛，瞧你那不情愿的样子。"

曾主任笑道："好啦，回去吧。对了，这位小姐你也可以走了。"

那位陈小姐看看谢光宁，见他点点头，便站起来去了。其实，曾主任并不是不喜欢美女，但是在自己的家乡，为个女人冒着败坏名声的风险，这是不值得的。再者，现在他需要的是钱，不能让谢光宁认为他喜欢美女，其实，有了钱就不缺美女了。当赵之运与陈小姐走后，曾主任看看桌上的银票说："光宁啊，谢谢你了。"

"这是曾主任的手气好，谢属下什么呢？"

"光宁啊，咱们明人不说暗话了，我知道你的想法。说实话，怕是只有我的推荐还不够力度。毕竟，在川军中你的实力不是最强的，官职也不是最大的，出身也不是最好的。当然，如果多人同时推荐你，相信委

长篇小说
赌道

员长会采纳的。好啦，时间不早了，我回去休息了，明天早晨我就要出发。"

送走曾主任后，谢光宁睡不着觉了。回味曾主任的话，他明白其中的道理。如果你想在川军中取得绝对地位，三万大洋绝对不够，必须要买通几个重要的官员都来为你说话。谢光宁更明白的是，要想达到那样的效果，没三十万大洋是做不到的。去哪儿弄这么多钱呢？如果盲目地去各大富豪家里切钱，这个不但影响不好，还说不定碰到有硬背景的人，可能会招来怨恨，前功尽弃。现在最直接的办法就是把单印的家业切过来，然后再把赵之运的家产切过来。把他们的家产切过来别说弄个军团长，就是弄个司令都不成问题。

为了能够尽快搞到钱，谢光宁让赵之运赶紧策划与单印挑战，并在签约上要表明，谁敢失约将会失去全部家业。谢光宁的意思是，有了这一条，根本就没必要上赌台了，他可以想办法不让单印准时到达赌场，达到不战而胜的结果。赵之运叹口气说："师座，我可以跟他提出挑战，如果他不答应怎么办？"

"放心吧，这件事由不得他不应战，我会想办法的。"

"请问师座，您能不能透露点，让在下心中有数。"

"你觉得他的双胞胎儿子在我的手中，他会不会应战？"

"那我相信单印肯定会应战。"赵之运点头说。

赵之运在报纸上发布挑战书，在挑战书里写道，同门师兄弟，因赌成仇，实在让人心寒。如今两人已经不下十八场赌战，未分胜负，这不是长法。如今，本人强烈要求，两人以全部的家业为赌资进行了断。一局决定输赢，输者离开成都，老死不踏进成都半步……

面对赵之运的挑战，单印明白他们的意思，是急于想图谋他的家业。特别是谢光宁，身为师长，明抢明夺怕影响不好，想通过赌局设计他。为了先把谢光宁稳住，单印约赵之运在豪胜赌场进行了约谈，当谈到如果谁失约将会输掉所有的家产，单印已经想到谢光宁的恶毒用心了，推辞道："这毕竟是件大事，容我回去考虑考虑再回复你。"

"你需要几天时间？"赵之运冷冷问。

"时间不长，等我把你的祖坟挖出来之后再谈。"

赵之运听到这里，顿时变成霜打的茄子，说："不用你费事了，我自己挖行吗？"单印摇摇头，冷笑道："你的祖坟是我的，我不想麻烦你。"回到家里，单印把自己关在书房，思考接下来的事情。他感到是时候做件事情了。之前，单印曾用心地研究过谢光宁与潘师长的关系，虽然两人表面上非常团结，但实际上因为经济的问题却是矛盾重重。单印已经得知，谢光宁拜会过曾主任，想通过他获得川军军团长的位置。问题是，难道他潘师长就甘愿寄人篱下吗？再说，潘师长根正苗红，是正规军校毕业，很多同学都是师级军官，手下的兵力与装备都比谢光宁要强。只是，潘师长不像谢光宁那么黑，胳膊伸那么长罢了。

单印的计划是挑起潘叔才与谢光宁的矛盾，依靠于他，与谢光宁与赵之运形成势均力敌的形势，那么自己以后就相对安全些。这么想过，单印拿出三万大洋的通汇银票，于夜晚拜访了潘师长。

潘叔才最近因为军费欠缺，下属多有抱怨，日子正不好过，见单印拿来三万大洋，感动地说："单贤弟啊，你算救了本座的命了。现在军费紧张，部下们都吃不上饭了，马上就要出大事了。"

"师座，在下就不明白了。我每次与赵之运赌一局，各界都踊跃下注，每次抽水不下十万大洋。再说，谢师长还独揽着特业的经营权，每个月的进账可想而知。那么，为什么潘师长您就甘愿受贫呢？"所谓特业，指的是大烟土、赌博等特殊行业的经营。这些物品的利润高，但风险也大，所以被业界称之为特业。潘叔才叹口气说："谢师长说，现在的生意难做，赌场抽头太少。"

"师座，在下听说有个曾主任回乡路过，谢师长一次就送了三万大洋。如果没有钱，这些钱是哪来的？据说他还准备收买蒋委员长身边的人，想谋求川军军团长职务。以在下看，您是正规军校出来的，资格又老，威信又高，由您来担任这个军团长才是实至名归，可是您为什么处处受制，寄人篱下呢？"

潘叔才听到这里心中暗惊，曾主任回来的事，他谢光宁就没吭声，看来他真想得到老蒋的支持，谋求川军领袖的位置。回想这两年以来，自己军费紧张，日子过得捉襟见肘，下面怨声载道，军队马上就要面临解体，他顿时焦躁不安起来。

单印见时机成熟，说："如果师座不嫌弃的话，我愿意鞍前马后帮助您筹划资费。您不但不愁军费，还可以运作川军领袖的位置，当然，您必须保证我的身家财产的安全，在下方可以安心为您效力，不知道师座是怎么想的？"

潘叔才心中有些犹豫，如果这样，势必就表明与谢光宁分道扬镳了。单印趁热打铁道："师座您放心，在现在这种情况下，他谢师长想获得军团长的位置，是不会公开跟您发生矛盾的，不过，也不要听信他的忽悠或者恐吓，你们两师的兵力相当，再说您的威信又高于他，军校的同学多有兵权，就算真正闹起来，您也有必胜的把握。所以，在下分析，他是不会真跟您打仗的。"

潘叔才点头说："好吧，我准备准备，三天后设宴，把成都的各界名流请到府里，向他们表明，从今以后贤弟就是我的后勤部的副部长，由你专门负责部队的给养，这样，他谢光宁就不敢把你怎么样了。你呢，看着有什么赚钱的门路大胆地干就是，本座不能老等着他谢光宁施舍，把自己搞得像个讨饭的，这太伤自尊了。"

单印知道自己成功了，只要有潘叔才这个根，他就没必要怕谢光宁与赵之运了。回到家里，单印对光头说："做好准备，明天把赵矮子的祖坟挖出来，否则他还以为咱们怕了他。"

"大哥，早该挖了。"

"不，挖也要挖到火口上，否则没有意义。"

早晨，单印起床后来到院里，见夫人刘芳与两个儿子都穿着练功服等着。每天早晨，单印都会带他们打太极拳。两个小家伙已能打二十四式了。单印除了这两个八岁的儿子，还有个跟原配夫人生的儿子，名叫单明，现在美国留学，并且已经订婚。

单印带着刘芳与儿子打完太极拳，吃过早饭，问光头准备好了没有。光头说，人都在外面等了。单印走出大门，发现门外站着十多个锣鼓手，十多位手持工具的人。不远处的树上，还拴了条癞皮狗，狗旁放了装着粪的筐子，粪上面还撒了层石灰。

有关单印要开赵之运祖坟的消息像阵风似的刮遍大街小巷，很多闲人都赶来了，想见证这一奇观。开墓的队伍变成长龙，缓缓地向公墓游来。当他们来到赵之运的祖坟，单印蹲在赵之运祖父的墓前，用烟斗敲得墓碑当当响："这件事怨不得我了，是你的孙子做人失败，导致您老人家居无定所，您如果有什么怨气呢，就给你孙子托梦吧。"说完挥挥手，让大家开始。十多把镢头锹抢起来，坟头渐渐矮了，平了，见着棺椁了。就在这时，有条胳膊粗的蛇翘着头爬出来，吓得大家哇哇叫着逃到了远处。那条蛇在草丛里留了条压痕，消失在不远处的树丛里。有人说："怪不得他赵之运能发财，原来他的祖坟正埋到风水宝地上了。"

单印喊道："不要废话了，马上开墓!"

大家把墓室打开，本以为里面的陪葬品丰厚，没想到只是些青花瓷器与铜器，没有一件金银制品。等把棺材抬拉出来，砸开棺盖，顿时散发出恶臭。单印让把棺材里的骨头倒出来，他点上烟斗抽几口，然后从兜里抓出把银元撒在那堆骨头上，围观的人顿时疯抢。当大家散去，骨头已经被踩得粉碎了。

单印让光头把狗杀掉，把狗血喷到墓碑上，把狗与大粪全部装进棺材里，重新放进墓室埋了，然后把赵之运祖父的牌位竖起来，围观的人这才散去。当他们走后不久，赵之运的家丁就赶来了，把地上的骨头渣捡起来，放进袋子里，把墓碑推倒，把坟头平了，匆匆离去……

看着装有祖父骨头的袋子，赵之运哇哇大哭，边哭边在那里唠叨。小时候，爷爷每天早晨教他背三字经。他留着山羊胡子，握着尺把长的烟袋，摇头晃脑："人之初，性本善……"在爷爷去世前的几秒钟里，曾摸着他的头说："之运，先做人后做事。"可是，在这种年代，做人做事都那么难，难到你不得不违背原则。

赵之运越想越恼火，抹着眼泪去向谢光宁要求，带兄弟跟单印火拼。谢光宁淡漠地说："之运啊，己所不欲，勿施于人。当初，你把人家的夫人赢到家里搞得那么张扬，人家单印也没有这么冲动。如今，人家损害到你的利益了，你就跳高。不要这么小气嘛，要输也要输得大气点。"

"师座，女人与祖坟是不可同日而语的。"

"你这是什么话，你祖父不是女人生的吗？当初我劝过你不要赌女人赌祖坟，可你们却在这方面斗气，还越来越起劲。行啦行啦，不要再说了。你想报仇就尽快与单印促成终极之赌，争取早日把问题解决掉。如果上次你能够赢了单印，他早变成穷光蛋，吃饭都成为问题，还有闲钱挖你的祖坟吗？可是由于你胆小如鼠，被地上的一张破纸给吓破了胆，最后把祖宗都给输了。"

赵之运非但没有得到谢光宁的支持，反倒又被他给羞辱了，心里不由愤恨之极。回去后，他马上联系报社，发表声明，要与单印决一死战。咋呼几天，单印那边没有任何动静，他只得向谢光宁汇报："师座，想想办法吧，现在单印根本就不接我的茬了，没法跟他赌了。"谢光宁不由皱起眉头："岂有此理。"赵之运抹抹眼睛说："师座，其实我们没有必要赌，您派出一个连，全部换上便衣，晚上去单印家把家里值钱的东西给弄来，把单印给抓来，不就解决问题了？"谢光宁瞪眼道："并不是本座不敢这么做，而是本座怕事情败露，影响我谋划军团长的大事。再者，单印的钱也不会放在家里，就算你拿来他的产权证明，没有他的授权，还是不好用。所以，我们还是要通过正常的渠道取得他的家业比较合适。"

其实，赵之运的提议，谢光宁之前早就想过了，只是这样做是有风险的。当初他谋杀裘玉堂时，潘叔才还没到成都，现在潘叔才表面上服从于自己，但谁知道他心里是怎么想的，如果自己去撬人家的家业，潘叔才趁机用此大做文章，岂不影响了自己的计划吗。为了尽快促成单印与赵之运的赌博，他让小舅子李文轩去找单印，挑起他的斗志，接受挑战。

李文轩来到单印家，对单印说："单哥，你没必要消极对待，通过几次较量，我以内行人的眼光判断，你比赵矮子强多了，赢他没有任何问题。何不一举把他灭了，省得这么斗来斗去的麻烦。赢了他你不只得到他的家产，还可以得到袍哥会老大的位置，以后不用赌了，坐在家里等着收钱就行，以后小弟还得依仗您呢。"

"那么请问他赵之运明知道不能胜我，为何还要飞蛾扑火？"

"这个嘛，不是祖坟被挖，恼羞成怒嘛。"

"那请李老板回去告诉赵之运，我想赢他几个闺女当佣人。"

三天过去，单印并没有任何向赵之运约战的意向，这让谢光宁感到非常恼火，他感到不应该再等下去了，于是就按着赵之运之前的提议，让单印大出血。他的策划是这样的，让侦察连换上便装，扮成劫匪潜进单印家里，把值钱的东西给取来，把单印的二夫人刘芳以及双胞胎儿子绑票，让单印出半数的家业，然后再帮他去找人。这样，既能得到大量的钱财，对于外界来说还会产生保家为民的好声望。他把侦察连连长陈小兵叫到办公室："我有个任务让你去行动，此事做成，我下令提拔你为营长。当然，只要你好好干，团长，旅长，将来做师长都是有可能的，因为，本座正在谋求川军军团长的位置。"陈小兵立马站直，敬礼道："请师座吩咐，属下坚决完成任务。"陈小兵的侦察连是全师最精华的连队，所有的士兵都是精挑细选的，并且经过严格训练。当初组建这个连队时，谢光宁曾重金聘请保定军校特训处的教官对他们进行指导，并拉到山区摸爬滚打半年之久。在历次的作战中，这个连对于胜利都起到了先决作用。

陈小兵接到命令后，马上开始部署，怎么把这票活做得漂亮些。他认为这不同于打仗，打仗时两军可以面对面地打，这个必须在最短的时间内完成任务并撤离，否则可能与警厅的人遇上，他们不可能事先跟警厅人下通知，哎，我们去抢人家财产，你们绕着走。

一切都准备好了，子时，陈小兵带队来到单公馆外的巷子里，他与李文轩坐在车里候着，命令一排二排三排在公馆门口聚集，四排负责翻墙进院争取把门打开，然后实施抢劫。为了不惊动守城的巡警，不到万不得已不要开枪。几个排长领命后，开始向单公馆移动。当他们来到公馆门前埋伏好，四排去翻墙。就在这时，墙上突然响起密集的枪声，有上百支枪的火力照他们打来，把他们打了个措手不及，只得撤退。副连长带着人回到巷里，陈小兵吃惊道："这么快？"

"连长，单印早有防备，无法进院。"

"妈的，就算他有防备才几支枪，你们难道就突破不了防线？"

"连长，不是几只枪，而是不少于一百支枪。"

"什么什么，他哪来的这么多枪？"

陈小兵怕人家追来，反遭其害，马上下令回府。当谢光宁听说单印家突然冒出一百支枪来，隐隐感到不好。在成都城内，警厅才有三十多人，单印的跟班不过十个持枪的。再说，他单印是怎么知道今天晚上有人去抢劫？这件事让他大惑不解，郁郁不乐。直到他参加了潘师长的宴会，才明白事情的经过。这是任务失败后的第二天，他接到潘师长的请帖，请他前去参加宴会。当他带着刘副官来到潘叔才的府上，见成都各界名流以及潘师长几个当师长当团长的同学都来了，这让他感到有些不对劲了。

当谢光宁发现单印坐在潘师长旁边，终于明白那天晚上替单印守家的是潘师长的人，便感到事情有些麻烦了。

在宴会开始之前，潘叔才讲话道："自到成都以来，承蒙谢兄关照，本座十分感激。不过谢兄也有自己的兵要带，老麻烦他实在于心不忍。今天本座向大家宣布，从今以后，单先生将成为我部后勤部的副部长，主要负责为我们筹集军费。单先生的经营之道大家是有目共睹的，相信他的加盟，我的手下不至于饿肚子了……"

至于潘叔才后面说的是什么，谢光宁没有听进去。他心里就像打翻了五味瓶那样，很不是滋味。他明白了，从今以后潘叔才要跟他分道扬镳，并开始染指成都的经济。从今至后，自己无法再包揽烟土、盐巴、赌场等生意了。

谢光宁虽然气愤，但也没有办法，毕竟他潘叔才是军校毕业，同学都有兵权，如果跟他干上，自己不会占到任何便宜。那天，谢光宁回到府上，就像疯了似的，把茶几上的茶具都扒拉到地上。平时，谢光宁是冷静的，情绪变化不太明显，今天的爆发让所有的下属都感到害怕。大家走路的时候都蹑手蹑脚的，大气都不敢喘。就算最受宠的五姨太也不敢去问谢光宁，躲在房里让丫环去打听到底发生什么事了。

这个夜晚，谢光宁整夜未睡，在衡量单印投奔潘叔才后的事情。早晨，他让刘副官通知赵之运、李文轩，以及帮助他打理生意的老板们前来开会。谢光宁对他们强调说："你们尽量不要与潘叔才的人进行冲突，要继续垄断市场，让潘叔才根本就没钱赚，让他知道离开我谢光宁，他连饭都吃不上。"

会后，谢光宁把赵之运留下，拉着脸说："现在单印已经投奔潘叔才，这对我们十分不利。从今以后你要继续与他叫战，一定要想办法把他给赢了。如果他单印输光家业，就不会再有利用价值，只会被潘叔才抛弃，这样你才有报仇的机会……"

第四章　偷坟掘墓

为了能够彻底把谢光宁与赵之运打垮，单印自投奔潘叔才以来，就开始冥思苦想挫伤他们的办法。谢光宁的主要收入来自于特业经营，比如贩卖烟土、操作赌博、垄断盐巴、向各行各业收取保护费。在这些行业中最暴利的莫过于烟土与赌博。如果把他的烟土生意给掐掉，这对于谢光宁来说是致命一击。单印一直认为，烟土这种东西历来是祸国殃民的，是应该禁止的。

烟土不是种烟的土壤，而是指未经熬制的鸦片。清林则徐在《会奏销化烟土一律完竣折》中曾提到过："烟土名色本有三种，曰公斑、曰白土、曰金花。"

当时的成都，达官贵人抽的是由印度进口的"人头土、马蹄土"牌的烟土。普通烟民抽的大多是东北的"冻土"、云南的"云土"、广东的"广土"。东北烟土劲头最足，抽过剩下来的烟灰还可以抽，能够反复抽几次，因此深受烟民的欢迎。

烟土的价格非常昂贵，如果按一两普通烟土计算，三块钱一两。烟馆卖出时再羼上烟灰，八钱烟土可变成一两四钱，一钱烟土可以卖到一块多，利润之高，可想而知。成都的烟馆不计其数，街上常看到瘦骨嶙峋、涕泪横流的人，走几步打个喷嚏，鼻涕流老长，连揩的力气都没有，这八成就是大烟鬼了。在烟土交易中，是分多个关节的，层层递进，层层剥皮，最后变成烟雾变成虚无缥缈的感觉，这种感觉就很昂贵了。有多少人为了这点感觉用烟枪打没了家业，打得卖妻卖儿，甚至是横尸街头。

单印决定，要把谢光宁的这个行业给破坏掉。

他让助手光头从大烟鬼身上去捋，要牵出谢光宁的烟土供货方。光头领命后，带着几个得力的手下，开始暗查，并不惜高价收买线索，最后终于摸到替谢光宁批发烟土的头目，于是在那头目去妓院时把他装进麻袋拉走了。经过威逼利诱，最后那小头目把谢光宁近期就要交易的一单烟土生意给交代了。

当单印听说，在本月四号这天，谢光宁的手下将在竹院寺南外的绿岛亭进行十万大洋的烟土买卖，便决意把这单生意劫了。他与潘叔才商量："师座，最近属下想去弄点钱。"他没有直接说是去抢谢光宁买烟土的钱，因为他知道，潘叔才上过军校，有很多系统的理论让他去判断，因此考虑得过于缜密。考虑周到不是坏事，但是过于周到可能就会变成前怕狼后怕虎了，最终会贻误最佳时机。至于弄钱，潘叔才没意见，但他还是预感到这可能与谢光宁有关，于是问："能不能告诉我这是哪路的钱财？"

"放心吧，属下不会给您惹出麻烦的。"

"这个，贤弟啊，你最好能够说说钱的来路。"

"师座您应该关心这次能弄到多少钱，那我告诉您，十万大洋。"

"贤弟啊，这肯定与谢光宁有关吧？"

"是的师座，想在成都弄到钱，都与谢光宁有关。因为他垄断着所有的特业，与很多大的商业。"

虽然潘叔才有些犹豫，但现在的他不是以前的他了，自从他听说谢光宁要争取军团长之职，心里就不平衡了，因为他也想得到这个位置。面对这十万大洋，他真无法拒绝，只是说："贤弟，从古至今钱都是好东西，让多少英雄美女折腰。这个，至于来路，如果涉及到谢光宁呢，要把握个度，尽量不要导致两军开战。本座并非怕与他开战，而是一旦发生战争，成都的百姓必将受到牵连，这不是本座想要的结果。"

"请师座告知属下，您最希望谢光宁与谁变成仇人？"

潘叔才听到这里对单印竖起大拇指说："贤弟高明。"他站起来，来

长篇小说
赌道

回踱几步，点头说："是这样的，据说谢师长与驻扎在彭州的赵师长关系不错，两人达成战略联盟，一方有难，另一方将全力支持。如果他们之间能够失去信任，从今以后，本座就不会再在乎他谢光宁了。不过，嫁祸于人的事情一定要做得高明，如果弄巧成拙，反遭其害，得不偿失啊。"

"放心吧师座，属下不会草率行事的。"

对于单印的能力，潘叔才从不怀疑。怎么说他单印也是个赌王级的人物，赌博中本来就包含着天下最高的智慧，并包含着所有军事理论。为了让单印展开手脚为他捞钱，他把自己最信得过的付连长叫来，命令他带着整个连的人马，要听命于单印，积极配合他完成各项任务，并负责保证单印的家人安全。

单印与付连长进行了谈话，说明这起行动的时间与目标，让他对部下严明纪律，制定好保密守则，以防传出去招来祸事。

付为森听说去抢谢光宁的生意，感到师长能把这么重要的事情交给他做是对他最大的信任，因此联想到了自己的前程，心里自然是乐意的。他用力点头说："单部长您尽管吩咐就是，如果哪个不听您的调遣，我毙了他。"

当光头对谢光宁的这起交易时间进行核对后，他们开始了精心的策划。3号的夜晚，单印让整个连的士兵换上便衣，带好装备，分批次埋伏到绿岛亭周围，要袭击这单烟土交易。

绿岛亭，据说是清朝某个举子建的亭子，纪念他身居竹林，与世隔绝，用力苦读，终得功名的历程。原来，亭子旁边是有碑铭的，上面写着举子从小父母双亡，乞讨为生，明月为灯，苦读数年，终得功名的事迹。由于上面的字迹非常秀美，原碑被人偷走，拓上面的字当字帖去卖了。之所以称为"绿岛亭"，原碑上也是有记载的："青竹如海，随风兮荡漾，小亭如岛，可供休憩……云云。"

由于绿岛亭地处偏僻，四处茂竹连绵，因此很少有人光顾。在这里交易烟土是最合适不过了。但对于单印来说，在这里不只适合交易，还适合埋伏兵力，并适合开火。

单印带着一个连的兵力半夜埋伏于绿岛亭周围，等待交易烟土的人到来。虽是酷暑之季，但竹林里的夜晚还是清凉的。有的士兵用匕首挖出竹笋当水果吃。单印跟付连长小声商量说："为了不让谢光宁怀疑是咱们做的，到时候留个活口，故意高声喊，赵师长说了，一个活口也不能留。这样，不仅可以避开嫌疑，还能离间谢光宁与赵师长的关系，对咱们潘师长是有利的。"

"放心吧部长，属下会做好的。"

"付连长你先休息会儿吧，一会儿我叫你。"

"单部长你休息，由属下站岗。"

"反正我也睡不着，你先睡吧。"

单印整个夜晚都没睡觉，他倚在竹竿上，用回忆打开自己的童年。他从没有见过自己的父母，从小是跟着师父裘玉堂长大的，并在师父的指导下苦读诗书，但他却对赌术异常喜爱。师父不但不教他，还不让他学，并教导他苦读诗书，等待时机以跃龙门，重续祖光。单印于是就跟师哥赵之运学，后来，师父见他有赌博天分，这才肯教他。等单印长大成人后师父才告诉他，原来，他祖父曾在朝为官，因得罪权贵，遭到陷害，被诛三族，是下人抱着只有五个月大的他手持信件向他托孤……

单印还清淅地记得师父生前曾多次说过，单印忠诚耿真，心地善良，由他领导袍哥会，是兄弟们的福气，将来，我会把代表咱们袍哥会的扳指传授给他，让他带着大家混口饭吃。可是谁能想到，师父并没有等到百年之后，而是半途被杀。并且，那截象征着袍哥会最高权力的扳指，竟然戴在谢光宁的拇指上。

天色渐渐亮了，太阳出来，竹叶把阳光剪碎，透出五彩的光晕；林子里的小鸟也开始歌唱了。单印让付连长把大家叫起来，做好准备。大家趴在茂密的竹林里，可以影影绰绰地看到小亭褪色的红漆。没多大会儿，有辆汽车呜呜驶近了，停在绿岛亭旁边。付连长问是否行动。单印说："等另一方的车来到，熄火之后，马上命令大家冲上去。"半个时辰过去，终于传来汽车的呜呜声，声音越来越近，最后停在亭子旁边。

付连长喝道："冲。"

大家轰轰隆隆从竹林里跃起，围着绿岛亭收缩包围圈。正在亭前交易的人见林子里有动静，马上进行布防。由于谢光宁只派出一个排的兵力前来交易，面对埋伏的一个连，根本突围不出去。供货商叫道："姓谢的你太阴毒了。"话没说完就中枪身亡了。双方交战了半个小时，最后谢光宁的人只剩下五个活口，他们举枪投降。付连长叫道："赵师长说了，不能留下活口。"说着开枪射击，打死了四个，打伤一个作为活口。

单印见士兵们正在搬动车上的烟土，对付连长小声说："把烟土浇上油烧掉，只带着钱走。"

付连长不解地问："这么多烟土，一转手就是三十万大洋。"

单印耳语道："这是谢师长的烟土，运回去会给潘师长添麻烦。"

付为森点点头，让下属把汽油浇在烟土车上，放火烧了。他们把装钱的箱子拉回驻地，直接送到潘师长的办公室。潘师长把箱子盖打开，里面全是未开封的大洋，他的眼睛顿时亮了，脸上泛出了压抑不住的喜悦。自来成都之后，他在谢光宁的提议下放弃了各种财路，全部由人家经营并提供军费，每个月都过得捉襟见肘，属下怨声载道，其间还发生了逃兵事件，现在这么多大洋摆在面前，他自然是惊喜万分："贤弟，你随便拿些钱去用。"

单印说："师座，在下搜集情报收买线人，前后花了一千块大洋，属下只要一千二百块大洋，剩下的二百块大洋赏给付连长的手下，让他们对这起行动保密。至于我呢，不缺钱花，就不用了。"

潘叔才想了想，说："这样吧，拿出两千大洋，剩下的你留着，作为再次行动的费用。"拍拍单印的肩，"贤弟，从今天起，本座提拔你为我师的后勤部长了。这个为森呢，晋升为营长，听从你的调遣，并负责保护你家人的安全。"皆大欢喜。单印请付连长的手下喝了酒还发了赏钱。付为森得到了提升，下边的职位都随着长了，大家都非常高兴，都表示要铁了心跟随单印……

对于谢光宁来说，失去这单烟土生意，不仅是场噩梦，还成了他难以逾越的困境。这些用来买烟土的钱是从各烟馆收取的预付金，现在烟土没有了，各烟馆都来追着要货，要货没有便嚷嚷着要退钱。谢光宁的表情不像之前那样稳定了，而是异常丰富的。他的眼睛红得就像兔子害眼，声音也不再沉稳，不时哇哇大叫。谁看到他这种模样汗毛都竖老高，脖子都会龟缩起来。

谢光宁发过疯之后，渐渐地冷静下来，开始分析这起损失。如果说赵师长前来劫票，并不是不可能。虽然两人平时关系不错，但大家都心知肚明，在这种年代，是没有真正的朋友的。问题是他们为什么留下活口？最关键的问题是，他赵师长本来就是大烟枪，如果他劫了这单票，为何把烟土全部烧掉，只带钱走？种种迹象表明绝不是赵师长做的，肯定是潘叔才。他之所以烧掉烟土，是因为他无法销售，为了避嫌。想到这里，谢光宁恨得咬牙切齿，产生了与潘叔才开战的冲动，但冷静下来还是感到不行，因为他并没有确凿的证据证明是潘叔才做的，再说，就是潘叔才做的，他也没法用自己贩卖的烟土被抢作为理由开战，再者，现在自己在争取川军领袖的位置，这时候开战就没有任何机会了。

这口气实在太难咽了。谢光宁连续两天都没有吃饭，独自在书房里待着，那表情就像失去崽子的母狼。这起事故不仅是损失了烟土与钱财，最重要的是掐断了他的烟土来源，以后不会有人再卖给他烟土了，甚至烟土供应商还会认为是他谢光宁黑吃黑呢。

谢光宁突然警醒到，在单印没有投奔潘叔才之前什么事情都没有，自他当了后勤部部长之后，现在什么事都在发生，这说明什么？这说明都是单印搞得鬼。他认为不能再留着这个祸根了，应该想办法把他铲除。谢光宁把赵之运与李文轩叫来，埋怨他们没有做出成绩，人家单印投奔潘叔才之后四处弄钱，并且不惜得罪他谢光宁。

赵之运听了这话，低头耷拉角的，吧唧吧唧嘴没说什么。

谢光宁恶狠狠地说："他单印现在谋划到老子头上了，他是活得不耐烦了。本座决定，从今天起我要不不惜任何力量把单印除掉，永绝

长篇小说

赌道

后患。"

赵之运抬头说："师座，这是下下之策，如果我们杀掉单印，他的财产极有可能会落到潘师长手里，潘师长完全可以利用单印的家产打通老蒋的关节，会捷足先登军团长的位子。"

谢光宁吼道："本座也不想开杀戒，可是留着他，你们有办法把他的财产弄来吗？"

赵之运说："师座，我与文轩弟正在策划，争取从赌局上把他的家业赢过来，一定会成功的。"

"那好，你们尽快拿出办法来，一定要把他的财产给我切过来。只有这样才会彻底解决问题。现在烟土生意已经断了，我还欠着烟馆十万大洋。如果再不成功，不只烟馆的人会闹事，军费也会成为问题。记住，如果这次再失败了，休怪本座不客气。"

赵之运听明白了，那意思是说如果你再失败，我可就切你的家产了。赵之运与李文轩回到豪胜大赌场，他们苦着脸坐在那里，商量怎么才能激起单印的赌望。问题是，现在单印有潘叔才撑腰，不再惧怕谢光宁要挟，人家想赌就赌不想赌你也没办法。就在他们感到为难之时，单印主动在报纸发布公告要跟赵之运挑战，这让他们感到有些不解。赵之运与李文轩拿着报纸找到谢光宁："师座，成了。"

谢光宁奁着眼皮说："你们两人要策划好了，在这次的赌局中，一定要想办法让单印押上所有资产。"话没说完，警卫前来报告，说是潘师长求见。谢光宁皱起眉头来，心想这时候他来干什么？

来到客厅，谢光宁看到潘叔才，心里恨得都咬牙切齿了，但还是装出无风无火的样子，笑着说："潘兄大驾光临，有失远迎，快快请坐。"潘叔才坐下后就开始搓脸皮。潘叔才身材比谢光宁矮半头，身体肥圆，头上已经掉没了毛，平时极少把军帽摘下来。

他哭丧着脸说："谢兄啊，小弟是前来求助的。最近小弟的军费缺着大口子，两个月没发军饷了，你能不能想办法帮帮我，也不用多了，先借我三万大洋，等我弄到钱马上就还给你。"

听了这番话谢光宁心里那个恨啊，就像火柴在炸药包中间。他努力地压抑着自己的悲愤，深深地叹口气说："实不相瞒，这次的生意被抢，我是赔得倾家荡产，正想去跟仁兄求助还没好意思开口呢，所以不好意思了，帮不上潘兄的忙了。"

潘叔才故作吃惊："什么，还有人敢抢谢兄的票？"

谢光宁冷笑说："在这种世道什么事都会发生。"

潘叔才说："谢兄，这次来呢，还有件事跟您商量。现在我的后勤部长要与您手下的赵赌王设局，对于这次赌局的抽水，小弟想争取30%。小弟算过了，仁兄占40%，小弟与赌场各占30%，还算比较公道，不知仁兄意下如何？"

"这个倒不是问题。我想知道的是，潘兄启用单印真的能解决困难吗？"

"所以启用他也是无奈之举。当初，单印对我吹牛说，只要启用他，我的军费就不用我操心了，可是我的军费历来都缺着大口子，至今他都没给我弄来半个子儿的钱，这让我很失望。不过，他说让我再给他些时间，没办法，只能再给他些时间看看，如果再不见回头子，那我就对他不客气。"

"潘兄，不是我挑唆事端，一个赌徒的话是不能全信的。"

"感谢谢兄的提醒，我会留心的。"

当潘叔才告辞后，谢光宁的血正往脑门上赶，心里的火噌噌地冒着。他本来是副黄脸皮的，现在变成猪肝色了。他像踩着烧红的地板似的来回踱着步子，随后，来到书房，对着赵之运与李文轩咆哮道："老狐狸，竟然耍到老子头上来了，你劫了我的钱还来跟我讨价还价，早晚老子让你吐出来。"

赵之运与李文轩缩着脖子，低着头，听着谢光宁的叫骂声不敢哼声。直到谢光宁发泄够了，李文轩才说："姐夫，胜败乃兵家常事，您别太在意了，生气对身体不好。"谢光宁的火气又上来了，眼睛里泛着刀子般的光芒，剜着赵之运叫道："这次你们再不成功，我把你们两个杀掉，煮了当下酒菜。"

赵之运与单印约在豪胜大赌场洽谈赌约事宜。两家坐在桌前，就赌局的时间、赌资，以及其他相关约定，进行协商。当赵之运提出，用全部的家产作为赌资，一局决定胜负时，单印不由笑了，他用手指轻轻地扣着赌台，盯着赵之运眉中的黑痣说："本人现在是潘师长手下的后勤部长，据说这个官职相当于团长，现在我的生活无忧无虑，为何冒险去跟你赌身家性命呢，所以跟你赌只是为了玩玩，至于赌资嘛，从一千块大洋起步，然后根据赌局的情况再进行加注，如果你不愿意赌，赶紧走人，现在本部长很忙。"

李文轩忙打圆场说："像你们都是赌王级的人物了，一千块大洋起步太少了吧。再说，这么小的赌注大家没有下注的热情。"

单印摇头说："文轩啊，你想过没有，如果我另选择赌场，你就没有抽水了。所以呢，你不能为了抽水要求我加大赌资。我赌博，可不是为了给你们创造收入的。"

赵之运感到左右为难，一千块大洋起步，离谢光宁的要求太远了，可是如果不同意，人家就不跟你赌，你也没有办法。赵之运不敢独自做决定，与李文轩回去向谢光宁汇报情况。

谢光宁听说一千块大洋起步，眉头就皱起来了。可是，他最近太需要钱了，不赌就没有抽水，于是冷冷地说："既然这样，可以跟他赌，可以想办法激起他的斗志，争取把赌资加大。"

接下来，赵之运与单印连着赌了三场，倒是赵之运全赢了，但每次单印就输掉一千大洋，三场也不过三千大洋。由于赌资太少，没有多少赌民愿意下注，就算赵之运把赢来的钱全部给谢光宁，他还是不太满意。因为，这点钱根本就不够塞牙缝。现在，各烟馆的老板都在催着退款，报纸上也不记名地登了标题为"师长涉毒涉赌黑吃黑，十万大洋哪去了"的文章。

谢光宁考虑再三，认为要想翻身，还得把烟土生意拾起来。他派了三个手下，前去跟烟土供应商解释，摒弃前嫌，继续做生意。结果，去了三人，只回来了半个人。因为那人回来时耳朵被人家割去了，并且带了封回信。信里写道："老子跟鬼打交道，也不跟你这个魔头打交道……"

在这种情况下，谢光宁明白，是无法再跟烟土贩子建立起信任了，便去跟潘叔才商量合作。计划是由潘叔才出面进烟土，由他来向各烟馆经销，所得的利润五五分成。潘叔才没听完他的想法，脸上就泛出了痛苦的表情，伸手抚抚头顶拢着的几根毛："谢兄啊，烟土这种东西，历来都是禁品。再者，烟土是削弱国民意志的毒品，做这个影响是不好的。再说，谢兄向来善于经营还在这个道上栽了，小弟愚钝，做不了这样特殊的生意，所以不好意思了。"

失意而归的谢光宁感到一筹莫展，感到有必要谋划赵之运的家产了。他的计划是找个赌王级的人跟赵之运赌，然后以双方的身家财产作为赌资，争取把赵之运的家产谋划到手。这样，就可以顺理成章地得到他的家业，还不至于招来非议。

就在谢光宁暗中挑选赌手时，日租界的山本小郎找到门上，对谢光宁说："近来得知谢君想寻找赌手，我大日本帝国可谓人才济济，我可专门挑个人来为谢君效力。"谢光宁有些吃惊，自己是在秘密寻找赌手，他们怎么知道的？便问："请问山本君，你是听谁说本座要寻找赌手的？"

"哈哈，这个你就不用管了，我们的消息非常灵通。你放心，我们帮助你赢得的钱分文的不收，全部都是你谢君的。"

"对不起，现在我真的不需要你们的帮助。"

"不，你的需要。以我对你的了解，你现在遇到了各种困难。比如，您想得到川军领袖的位置，需要大量的钱财，但是，您现在不只没有钱，还欠了烟馆的烟土，紧接着，你的军费也会吃紧，后果是很严重的。只要谢君能够与我们大日本帝国合作，那么，我们将给您提供烟土货源，并帮助您获得军团长的位置。"

说实话，这些条件对于谢光宁来说还是挺有诱惑力的，不过他现在正谋划军团长之职，跟日本人合作，怕是影响不好。自日本在成都成立租界以来，遭到成都人的极力反对，到处骂声一片，常会有游行队伍要求把日本人赶走，在这种情况下与日本人合作，他之前建立起来的好威信，会荡然无存。将来，别说争取川军领袖的位置，怕是会引起公愤，把他定位成卖国贼。

山本小郎见谢光宁根本就不同意合作，便甩袖而去。山本离开谢府，拜见了赵之运。见面后，山本冷笑说："赵君，有件事情我得提醒你。"

"请讲，在下洗耳恭听。"

"谢光宁现正在寻找赌王，要与你赌战，借机图谋你的家业。跟这样的人混，早晚都会死无葬身之地，不如你到我们租界来，我们可以达到你的理想。"

"山本先生，感谢指教，必要的时候我会去寻求您的帮助。"

"好的，我相信，咱们的合作肯定是非常愉快的。"

就算没有山本前来告知，赵之运也感受到谢光宁的用心了。现在的谢光宁已经到了逮不住兔子扒狗吃的地步，自己已经到了危在旦夕的程度，必须尽快想办法解决，否则就真得被谢光宁给祸害了。至于投奔日租界，他感到现在还没必要。日租界在成都几乎变成过街耗子，人人喊打，不到万不得已是不能跟他们为伍的。

赵之运考虑再三，拜见谢光宁，给他出谋划策道："师座，成都的私窝子有几千家，如果每个月每家收十块大洋的保护费，也能得到几万块大洋。"

"私窝子，这个哪容易查？"

"反正现在也不打仗，您的兵闲着也是闲着，让他们挨着搜。"

谢光宁没别的办法，为了尽快搞到钱，他派出整个连的兵力，四处搜寻私窝子，听到谁家私自设赌，马上把人给抓起来，想要把人给捞回去，必须要交几百大洋的罚款。一时间，所有的私窝子都遭遇到了危险，纷纷前去寻找单印的保护，结果谢光宁忙活半天，等于替潘叔才赚了保护费，心里便感到沮丧。最让他感到懊恼的是，潘叔才招集成都的政界与社会名流，公开提出，要跟他谢光宁分区治理，从今以后井水不犯河水，各自管理各自的地界，保护他们的安全，收取相当的费用用来贴补军用。

谢光宁面对这样的要求是没办法拒绝的，毕竟成都不是他个人的，两个师在这里驻军，各自负责城区，收取各项税金养兵，也是天经地义的事情。

经过这么多大打击之后，谢光宁的土匪本性彻底暴露了。有几个前来索要烟土定金的老板，在当晚被杀了。现在的谢光宁，那张黄脸变得有些苍白，消瘦，眼睛里充满了杀气。

面对谢光宁的状态，赵之运心里急啊，如果再想不出让他赚钱的门道，自己的身家性命就真的危险了。于是他给谢光宁献计道："师座，活人的钱不好弄，咱们弄死人的钱，这个不会有什么纷争。"

"那你死了把钱留给我？"谢光宁恶狠狠地说。

"师座您误会了。成都之所以称为'蓉城'，是因为五代后蜀后主孟昶遍植芙蓉而得名。成都自古便享有'天府之国'美誉，是西南的重镇，三国时期为蜀汉国都，五代十国时为前蜀、后蜀都城，在城周边地区有很多古墓，哪个古墓里不埋些金银财宝。"

谢光宁听到这里，眼睛不由亮了亮，点点头道："继续说。"

"师座，如果运气好了，挖到王侯墓室那就发财了。再说，做这个风险小，也没本钱。反正现在也不打仗，您的兵都闲着没事干，不如就当练兵了。"

"办法倒是可行，可这个毕竟影响不好。"

"我们不可能跳出来说我们去人家祖坟吧。再说，蜀代的古墓也没有后人管理了，我们可以借着军事演习为由，封锁古墓区，在里面进行挖掘，这个没人知道吧。"

"这还算个办法。好吧，这件事就由你去负责。"

"那在下不与单印赌了？"赵之运问。

"赌还是要赌的，但现在我们先要解决燃眉之急。"

长篇小说 赌道

赵之运带人来到龙泉驿区十陵镇青龙村附近进行踩点，争取在这里能够找到古墓。在他还小的时候就听父辈的人说，在这里曾挖出过古墓还出土过鲜尸。那女子二十多岁，穿丝绸衣裳，脸色如生，非常艳美，只是见风之后，脸色变灰，衣裳像灰似的风化了。由于他们并没有挖墓的经验，跑了很多地方，挖了几个墓，规模太小，也没有出土几件值钱的东西。

他四处打听，终于得知成都有个被称为盗墓王的人物。盗墓王曾经流窜于山西、陕西进行盗墓。他不只研究过各个时代的造墓特点，还有丰富的实践经验。他隐居起来是有原因的。前几年，他去山西盗墓时脚被墓棺上的钉子划伤，结果整条腿就开始有中毒现象，最后不得不截肢，再不能四处奔波了。

赵之运找到盗墓王，跟他说了说。盗墓王听说跟军方合作，有汽车坐，就动心了。他说："在下对成都周边地区的古墓群了若指掌，在青龙村附近有个山丘，下面就是古墓，那规模肯定是王侯将相，里面的陪葬品肯定非常多。由于我现在这种情况，根本无法办到。如果我们合作，我能抽多少成？"

"放心吧，少不了你的好处。"

"你还是说明白点，别到时候翻脸不认人。"

"这样吧，挖出来二八分成，你占二。"

"不行，最少三七分成。"盗墓王摇头道。

"你想过没有，我们可是要动用军队的，这个花费得多少？你不做就算了，我们另找人。"说着拿出想走的架势。

盗墓王叫道："好好，听你的，二八就二八。"

随后，赵之运跟谢光宁做了汇报，谢光宁马上让刘副官发表公文，要在十陵镇进行军事演习，方圆五里划成军事禁区，任何人不得擅自进入，否则后果自负。随后，派出整个团的兵力把那块地给围起来，在盗墓王的指点下，工兵们开始对付古墓的门。

这是个高出地面五六米的黄土平台，占地至少上百平方米。工兵挖了三天，终于露出砖石堆成的古墓。裸露在外的古墓建筑呈正方形。建筑的正东方有无数青砖堆砌成的"大门"形状，"大门"顶部还有"屋檐"，下面是半圆形的大洞，大洞通向古墓内部。连接大洞的是个 10 米长的墓道，整个古墓建筑基本都由一种青色方砖堆砌而成，每块方砖约 30 厘米长、2 厘米厚，青砖之间连接相当紧密，一些残落的方砖则被清理干净，整齐堆放在一角……当他们把墓室打开，原来是三室一厅的墓室结构，里面有着丰富的宝藏，挖出来一百多件古陶俑，大宗的铜器金银器。他们把金银铜器全部收集起来，黄金就有三十多斤，银器重达二百斤，铜器有两吨左右，可以说是收获颇丰。

让赵之运感到惊喜的是，在主人的墓棺里还发现了两枚黄金的骰子。他感到非常喜爱，就把这两枚骰子装进自己兜里。在中国历史上，最早的骰子多以金、银、铜、铁等材质做成，再后来改用骨头。至于黄金的骰子，还是很少见到的。

他们把值钱的玩意儿装上车，然后用炸药把墓室炸了，用土覆盖住，打道回府。谢光宁没想到会有这么大的收入，他看着那些金银器，不由喜笑颜开，重重地赏了赵之运与盗墓王。他还对盗墓王许诺，将来给他专门定制一辆小轿车由他来用。

谢光宁的心情好极了，他认为这个比贩卖烟土更为实惠，贩那个还得进货还得卖，名声也不好听，挖这个，既可以让士兵们练习挖战壕的速度，还能有如此大的收获，这几乎就是天上掉金蛋。

他决定继续寻找古墓，争取弄到更多的财宝。

赵之运告辞之时，谢光宁意味深长地说："之运啊，你拥有了两枚金骰子之后，相信你的赌运会由此大发，预示着你将来会赢单印。"赵之运想了想，忙从兜里掏出两枚金骰子："师座，有件事差点忘了，开墓之时在下发现了这两个骰子，怕被别人给顺走了，就装进兜里了。"谢光宁摆摆手说："这个你就留着吧，不要再掏出来了。"

第五章　赌王大赛

当单印经过线人得知，谢光宁与赵之运正在盗墓，不由感到气愤。从古至今，挖人祖坟都是极其恶劣的事情。祖坟可以说是一个家族容忍的最底线，就算古代王朝，当推翻之前的王朝后，新王朝的统治者都会明文规定，不能动前朝的祖坟。你挖人家的祖坟，将来就会有人挖你的祖坟。单印向潘叔才汇报了此事后，潘叔才满脸痛苦的表情，叹口气说："谢光宁啊，匪性不改，什么事都能做得出。"

"师座，我们不能任由他去挖祖坟啊。"

"贤弟啊，他以军事演习为由做这件事情，我们不好干涉啊。"

"师座，现在正是您与曾主任建立联系的机会。据说，曾主任曾毕业于黄埔军校首期班，他的同学中有几位都是老蒋的爱将，只要打通他的关系，就等于打通了老蒋的关系。"

"贤弟请讲。"潘叔才轻轻地点头。

"曾主任的老家就在成都，如果他知道谢光宁正在成都挖祖坟，必然会联想到自己的祖坟，会对他的印象减分。这时候，我们趁机花点钱，可以说是事半功倍的。"

潘叔才感到这确实是个办法，于是给曾主任写了一封信，并联合成都几大名流，共同举报谢光宁涉赌、贩毒、挖人家祖坟。并强调，民怨四起，人人自危，再这样下去，成都人的祖宗都会死不瞑目的。曾主任接到这个举报后不由震惊。这段时间，他没少跟委员长提起谢光宁，说他在川军中实力最强，威望最高，由他担任川军领袖，是十分有益的。现在，他感到自己做了件非常不明智的事情，就谢光宁这种德行，当了川军领袖必将受到大家的征伐，到时候，自己会落个举人不贤的骂名。

曾主任马上给谢光宁写了封信，信中说："你认为川军领袖该有何种德能？本主任多次在委员长面前赞美你为人正直，深有威望，可是如果委员长知道我推举的人是贩毒涉赌，盗人祖坟之徒，那么肯定会处分我的。劝弟好自为之，不要把自己变成恶人，以至于人人得而诛之……"

谢光宁收到信后顿时变成霜打的茄子，萎缩地坐在那儿，半晌没有动静。对于这次的盗墓，他说不上后悔，这毕竟是在特殊情况下采取的自救办法。人活着，有时候明知道不能做的事情还是要做的，因为你要生存。谢光宁越想越感到不是滋味，现在刚挖了两个古墓，只有一个里有些东西，另一个在宋朝时就被盗，里面只有些碎掉的瓷器，还有个断腿香炉，就已经传到曾主任的耳朵里了，如果再继续下去，这事情可能就大了。

他找来赵之运："之运，盗墓的事情已经传到曾主任耳朵里去了，此事不宜再做，你想想，我们当前怎么推卸责任？"

赵之运听了心中暗惊，他担心会把他作为替死羊，于是说："最好的办法就是公开处置盗墓王，表明您的态度。因为他是蜀地最有名的盗墓王，除掉他大家都认为您反对盗墓，会对你景仰。"

"之运啊，当初本座想的是让你去背这个黑锅的。不过呢，本座见你日夜操劳，为本座想办法筹钱，所以我改变初衷，决定让盗墓王当替死鬼。"说着转动几下扳指，脸上泛出意味深长的表情。赵之运明白这是他谢光宁的真心话，没有这么落实，是因为自己还有些利用价值。

"在下感谢师座的大恩。"

"感谢倒不必要了，不过，盗墓的事罢手之后，本座还是希望你能够打败单印，把他的家业给赢过来，解决我们当前的经济问题。要不这样吧，本座也提拔你为我部的后勤部长。"

"师座，万万不可。这样，大家肯定认为您是学潘叔才，甚至认为您这是与潘叔才赌气。"

"好吧，等你把单印打败之后呢，本座给你安排个重要的位置。还有，本座会把你师父的扳指还给你，扶持你成为袍哥会的舵把子。好了，你马上想出办法，跟单印达成终级之赌。"

"最近在下虽然为师座而忙，但并未忘记与单印的恩仇。在下比谁都更希望把单印打败，只是现在时机不太好，找不到契合点。不过，相信功夫不负有心人，终会促成大赌的。"

可怜的盗墓王，每天都对自己的拐棍说，用不了多久，爷我就有自己的汽车了，用不着你这根光棍了。结果，他被汽车拉到成都最繁华的街道上，捆在柱子上，舌头已被剜去，只能用眼睛流泪，盯着围观的人与记者鞭炮样的闪光灯，听了谢光宁对他盗墓的声讨，最终吃了颗铜花生，结束了他辉煌的盗墓生涯。

盗墓王的死换来了谢光宁的民心，大家都说他秉正严明，是最好的长官。此事不久，曾主任来信称，他这件事情处理得非常正确。信中还说，最近委员长开了几个会，商谈有关收复川军的会议上，各要员纷纷推举各自的人，看来都在运作此事，你应做到心中有数。

谢光宁明白什么叫心中有数，意思就是赶紧掏钱，否则没你的份了。谢光宁把盗墓得来的黄金打造成金条，准备把军团长这个位子给轰来。当金条打好，他跟副官商量怎么顺利地把这些东西送到曾主任手中……

一直以来，单印都派人密切地观察着谢光宁的动向。自他得知谢盗取了大宗的金银器后，便想把这些贵金属给切过来，只是没有找到什么机会。当他得知，谢光宁要把金条送往南京，便知道是用来拍曾主任的马屁，谋求军团长的职位。他开始谋划把这些金子给劫下来。内线传出了具体的押运时间后，单印让付营长带兵待在成都去往南京的必经路口，等着运金的车子到来。

他们等了两天，终于看到有辆吉普车歪歪扭扭地顺着土路来了，等车子进入埋伏圈套，付营长下令狙击，顿时枪声大作，车子变成马蜂窝了。付营长带大家冲过去，见车上的两个人全部死了。他们把后座上的木箱抬下来，打开后不由感到吃惊。因为里面装的是些石头，并没有黄金，便知道上当了。

单印向潘叔才汇报后，潘平静地说："贤弟，你已经尽力了，没必要懊恼嘛。不过，看来谢光宁对于军团长，是势在必得了。"

单印想了想说："师座，其实还有办法补救。"

潘叔才的眉毛扬起来："是吗，那贤弟说说。"

单印眯着眼睛，盯着墙上挂着的成都地图，说："您可以给曾主任写封信，就说之前与谢师长合资铸了几块砖，略表心意，如果有缘相见，必将再表敬意。这种事情，曾主任也不会去调查，自然也不会去问谢光宁你们每人出了几块砖啊。说不定曾主任还会想，这个谢光宁可真够差劲，两个人筹的钱他就没说一声，会对他的行为感到不舒服。这样，我们岂不是跟把钱抢来一样，并且我们还省了去送了？"潘叔才想了想，感到这确实是可行的，于是就写了封信送出去。没多久，曾主任回信说，感谢你们的深情厚谊……潘叔才收到这样的信感到事情已经成功，自然满心欢喜，但是，谢光宁收到这封信后，对这个"你们"感到很不舒服。明明是我自己送的黄金，怎么变成你们了？

他把刘副官、赵之运、李文轩叫到书房，让他们猜测"你们"这俩字眼儿是什么意思。赵之运端着信，抠弄着眉中的那个黑痣说："这意思是告诉师座，钱根本不够。"

"是这意思吗？"谢光宁狐疑地问。

"师座您想啊，曾主任这么写是表明并不只您给他送钱了，其他人也可能送钱了。"回头盯着李文轩，"文轩弟你怎么看？"

"我感到也是这意思。"李文轩点头说。

刘副官点头说："我认为之运的说法是对的。现在，川军就像一盘散沙，都想找个大腿抱抱，他们是不会放过这个机会的。"

谢光宁心里感到有些苦，自己花了这么多钱，至今没有任何效果，还张着嘴要钱，这也太黑了。不过，既然已经开始运作了，并且先期投入这么多，他是不能罢手了，只能想办法继续搞钱，继续喂钱，争取达到自己的目的。问题是，盗墓的事情已经结束，烟土生意现在不知道谁在暗中运作，所有的烟馆老板都恨死他谢光宁了，想再啃烟土这块饼是不太现实了。谢光宁满脸无奈的表情："之运，你还有什么办法能弄到钱吗？"

"师座，办法是想出来的，容在下想想。"

"之远，现在他单印可谓是成都首富，把他的钱切过来，才能解决我们所有的问题，你得抓紧了。"

"是的，单印确实有钱，可问题是就算我用身家性命跟他赌，他就是不跟我过招，我也没有办法。师座，现在的形势不比从前了，从前他碍着您的面子，不得不跟我赌，现在他抱着潘叔才的大腿，我们奈何不了他，所以，如果他不想赌我们也没有办法。不过，以在下之见，如果师座真的用钱，可以跟日本租界去借，听说他们一直想跟师座建立友谊。"

听罢此言，谢光宁有些恼火："之运，这算什么办法？老百姓对日租界如此反感，每天都咋呼着要把他们给赶出去，这时候本座与他们有什么合作，岂不是拿屎盆子往自己头上扣吗。再者，本座跟他们去借钱，知道的说是借，不知道的还以为本座被日本人给收买了呢！"说着，用鼻子哼了声，"之运，本座不能不怀疑，你没安好心啊。"

赵之运忙说："师座，在下只是想着弄钱，没想到这么复杂。要不这样吧，先把豪胜赌场给卖掉。"

"赌场虽然不能发大财，但还是有稳定的收入的，这个绝对不能卖。大家都回去，用心想想，怎么才能弄到钱。"

谢光宁自从当土匪，每天的工作都在策划抢劫与骗局，他总能有办法弄到钱，所以他的队伍才在短时间内得以壮大。谢光宁这几天，每天都在冥思苦想，还有什么方式，什么办法能搞到钱。这办法还真让他想到了。如果以豪胜大赌场的名义，筹办全国赌王大赛，收取参赛费用，肯定会有不菲的收入。

当他有了这个想法后，马上让赵之运与李文轩，拿出这起赌赛的策划方案来。他强调说："你们给我记住喽，要快，如果被单印知道，说不定他们赶在我们的前头办了。"

赵之运与李文轩请来成都赌坛的元老们，好酒好菜伺候，把他们封闭在豪胜赌场内筹划大赛流程。在策划期间，贴出装修告示，派人守着门口，杜绝筹办组的成员外出，或者家属前来探望。他们花了整整七天的时间，终于把一份完整的策划书拿出来。

策划书中，把赌赛分成了高、中、低三个级别的赌赛。高级赌赛选手，每人预交一千块大洋，输赢不退，只要赢得最后的胜利，奖励十万大洋，以及最新产的"福特T型车"。

这款车，是1908年8月12日福特汽车公司流水线制作的，敞篷车，可乘坐两人，价格为850美元。这种车看上去并无奇特之处，但比较容易驾驶，开车的人无需具备机械方面的才能。

中级赌赛选手报名费一百块大洋，最终获得胜利者奖励一辆福特T型车。最低级别的选手主要面对的是平民百姓，预交一块大洋就可参赛，最终胜利者获得一千块大洋，一辆自行车。

方案报到谢光宁手中，谢光宁对奖励十万大洋皱了皱眉头，他提起笔来改成：奖励象征着袍哥会权力的玉扳指。并对赵之运说："之运，本座这么改是要让你明白，你必须赢得最终的胜利，获得最大的收益，而不是我们把赚来的钱再返给他们。"赵之运虽然心里不是滋味，但还是笑着点头说："在下一定努力。"

策划案改完后，谢光宁派人发往北平、天津、重庆、香港、澳门等大城市的各大报纸，表明不论国籍，不论年龄，不论老少，不论肤色，谁都可以参加，谁都有夺取赌王的机会。这个方案在成都见报后，顿时引起了轰动，大街小巷里没有议论别的了，因为这涉及象征袍哥会最高权力的扳指。有人传言，这枚扳指与众不同，戴上能包治百病。还有人说，扳指里面有几行小字，是皇帝亲自刻上去的。还有人说戴上这扳指能够逢凶化吉。说化吉就是扯淡，他裘老先生就是戴着这扳指被枪杀的，子弹从后脑进入，从面门拧着出来，半张脸都被掀去，只剩了个下巴，样子很难看。

单印见到豪胜大赌场的参赛启示之后，感到有些懊恼。自己为什么没有想到举办这样的赌王赛，如果率先提出举办赌赛，他谢光宁的日子将会越来越难。因为，他的各项财路都已经死了。由此可见，他谢光宁就是不简单，总能够在最危急的时候想到起死回生的办法。成功举办这场赌赛，少说也得赚几十万大洋，这无疑解决了所有的困难。单印前去跟潘叔才商量这件事情，说："师座，真没有想到谢光宁会想到举办赌王大赛。"

"这个谢光宁捞钱的办法还真多，他真的不该带兵，如果从商的话，可能会富甲天下的。"

"师座，属下想参加这次大赛，把我师父的扳指给赢回来。"

"你放心去就是，本座相信你一定会赢。"

从此之后，单印开始密切地关注赌博大赛的相关情况。当他听说很多赌王级的人物从各大城市都赶来了，便让光头开车来到豪胜门前。他见人山人海，那热闹劲儿就像白发钱似的，便感到如果成功举办了这次大赛，谢光宁肯定会有不菲的收入。

在回去的路上，他对光头说："你明天去给我交上报名费。"

光头问："大哥，咱犯得上给他们去捧场吗？"

单印叹口气说："我倒不是想为他捧场，而是想把师父的扳指给赢回来。"说到师父，单印的眼圈红了，他深深叹口气说："光头，咱们顺路去拜祭一下师父吧，让他在天有灵，保佑咱们能把扳指给赢过来。"在南岭脚下的公墓里，那个竖着高大石碑，墓上有塔的坟就是裘玉堂的。这个墓是裘玉堂生前就修好的，据说，他请的湖南的地理先生踩的穴，埋在这里，袍哥会可以发扬光大，名满神州，子孙满堂。由于裘玉堂没后代，当时，他还皱着眉头问："老夫连儿子都没有，何来子孙满堂？"地理先生捻着胡须说："鄙人说的是，徒子徒孙也。"裘玉堂这才满意，然后把地买下来，亲自给自己的墓画了图纸，让单印与赵之运监工建的。

单印与光头来到墓前，发现宽大的供台上摆着束解花，花还是新鲜的，看来刚有人来过。单印跪倒在碑前，微闭双目，嘴里念念有词，泪水却从两弯墨线里流出来。

高大的墓碑上镌刻着几个大字："墓中无银，盗墓赔本。"这句话是裴玉堂活着的时候要求刻的文字。他认为，之所以有人盗墓，是因为陪葬品。他还要求，自己百年后，下葬时不要在墓里放任何贵重东西，并要在报上发表声明，以防盗墓者惦记。

单印祷告完后，从墓碑的缝隙里，抽出封信装进兜里……

为了获得最大的收益，谢光宁出面跟汽车销售公司租了两辆福特，摆在豪胜赌场门前当个样子。说白了，他压根儿就没想着把车子送出去。两辆崭新瓦亮的汽车摆在那里，显得很是拉风。很多人都围着指指点点，那表情就像那车会变成他们的。

由于豪胜大赌场的场地有限，李文轩出面租了两个赌场用来举办中级与低级的比赛，并把豪胜大赌场专门用来赌王级的比赛。所有的评论或裁判，都是请的周边地区的赌坛元老。

为了吸收更多的注资，大赛采用的是逐轮淘汰制。高级赌场参赛的共计有一百名选手，他们在进行了抽签分组后，以摇骰子进行第一轮的淘汰赛，这第一轮后还剩了五十名赌手。隔半个月，再进行第二轮。之所以要隔这么久，主要是要留出大家参与押注的时间。

当四轮过后，高级赌赛的选手只剩六名，由于一位赌手受不了这么大的压力，竟然病倒，放弃比赛，最终还剩了五名。他们分别是赵之运、单印、山西赌王刘不千、广东赌王金手指、天津赌王一条龙。这五个人的较量又安排到半个月后，并加大宣传力度，鼓励大家踊跃压注。周边城市的赌徒以及富豪们也赶来了，他们都想通过这次大赛赢得自己的利益。由于大赛举办得如此顺利，谢光宁的心情好多了。他明白，这次大赛必将获得可观的收入，让他离川军军团长的位置越来越近。

为了能够保证赌赛的圆满完成，每天早晨，谢光宁都会给几个主要成员召开安保会议，听取他们的汇报，共同解决大赛中遇到的问题，防止有什么意外发生。谢光宁转动几下拇指上的扳指，声音平和地问："文轩说说，现在押注的情况，每个人的比例是多少？"李文轩从公文包里掏出张纸，抽抽鼻子说："现在，赵兄的份额达到40％、单印的占30％，其他几个地区的赌王总共占30％。"

"之运占的份额这么多不是件好事，因为我们的目标是让你赢。那么押你赢的岂不要返押注者很多钱？这个要想想办法，找几个赌坛的元老，让他们在报上进行评论，找个赌技不算是最好的，就说他最有希望赢得赌王，错误引导大家，这样之运最后胜出，我们才赚得更多嘛。"

"姐夫，大家又不是傻子，他们知道赵大哥与您还有我的关系比较近，占着天时地利人和，所以才看好他。就算元老们出来引导，他们也不会相信的。"

"既然这样，就随他们去吧。"谢光宁耷下眼皮。

会后，谢光宁让赵之运与李文轩留下。他来到赵之运面前，脸上又恢复了那种冷静的、古板的表情，声音浑厚而低缓地说："之运啊，在这个赌王大赛上，你一定要想办法把单印淘汰掉，并且保证你胜出才行。如果你输了，"说着转动着拇指上的扳指，"当然，本座相信你是不会输的。从今以后，你就是袍哥会的大哥，相信所有的会员都会向你靠拢，那时候你的权力，就不小于我这个师长了。"

"师座，无论在下的权力多么大，都是在您的领导下。"

"现在想来，其实你师父裘玉堂说过的话，是有道理的。他说，他谢光宁充其量就一个师，我袍哥会的人马何止五个师。今天本座提起这句话，是想让你知道，袍哥会的舵把子，权力是非常大的。你可不要错过这个机会。好了，你们还是说说，怎么赢得这场赌赛的胜利吧。"

李文轩说："通过前几轮的比赛看，我发现广东的赌王金手指赌术非常厉害。我们应该利用金手指把单印淘汰掉。至于金手指，远道而来，就带着四个保镖，就算他真赢了，对付他也容易。我只是担心他会抽到与赵哥，这样就麻烦了。"

"你确定金手指能赢得了单印吗？"谢光宁狐疑地问。

李文轩点头说："我也感到金手指比单印的技术要好。他之所以叫金手指，是因为他从未输过，出手就能捞钱。据说他善于抽老千，手法诡异得就像变魔术，防不胜防。用他来对付单印，想必单印的胜率都不到百分之三十。"

谢光宁有些担心地说："如果金手指抽到跟之运对决，那之运不就危险了吗？"

赵之运抠抠眉毛中的那个黑痣："师座，在下有个办法。现在不是剩下五名了吗，其中必然有个轮空的选手。我们可以让轮空的人随意选个人进行挑战，那么跟他们说，谁轮空之后，都要选单印挑战，争取把他给踢出局。"

"他们会听你的吗？"

赵之运想了想，说："您摆宴请三位赌王到府上跟他们约定，谁轮空后就找单印挑战，如果大家同意呢，无论谁最终获得赌王的位子，您派兵把他们安全送到家。他们远道而来，带着大宗的赢品，必然会为安全担忧。相信，他们会接受这个条件的。"

文轩分别通知了几位赌王，跟他们说谢师长请大家吃饭。几位赌王早就知道谢光宁在成都是最有权势的，感到受到邀请是种荣耀，他们高高兴兴地去了。

在酒桌上，谢光宁脸上泛出些笑容，声音不紧不慢地说："啊，这个，你们都是民国最著名的赌王，都是德高望重之人，本座对你们十分景仰。不过有个人呢，可以说是赌坛的败类。他不只贩卖大烟，挖人祖坟，还为夺得袍哥会大哥的位置，把自己的恩师害死，并要谋杀同门师哥，如果让他赢得最终的胜利，可谓赌坛之不幸。"

金手指看看自己修长的双手，冷笑说："师座说的是单印吧，他想赢老夫，那是不可能的。"

谢光宁说："这样吧，据文轩说，还剩五位赌王，在抽签时可能有人会轮空，谁轮空后，要首先向单印挑战，争取尽快把他淘汰出去。如果大家同意呢，将来无论谁获得最终胜利，本座将会派车派兵，把他安全送到家。你们也知道，现在战争不断，土匪横行，路上的安全问题，还是非常重要的。"

几个赌王都认为自己能赢，所以才千里迢迢赶来的，他们都在担心，兵荒马乱的，赢了汽车与扳指之后的安全问题，如今听说谢师长要护送，大家纷纷响应，表明轮空后就跟单印单挑，争取把他给踢出局去。

在疯狂下注中，半个月很快过去了，五位赌王级的人物如约来到豪胜赌场大厅。成都的各界名流都在贵宾席上，要亲眼见证这伟大的时刻。李文轩照例读了相关的参赛规则，然后请大家抽签决定对手。由于李文轩提前做了手脚，故意让金手指抽到轮空的那签，目的就是让他去对付单印。他明白，如果让单印轮空了，他必定会先去挑战赵之运，那就麻烦了。

当单印打开签后，发现自己抽的正好是赵之运，便笑了："不是冤家不对头，今天我又抽到死对头了，这样也好，反正迟早要跟他决战，今天我就提前把他淘汰出局。"单印并没有想到金手指轮空后，点名要挑战他。金手指身材一米九，细长条儿，手臂格外的长，双手修长白嫩。据说，他每天早晚都会用醋泡手，以保持手的白嫩与关节的灵活。他就用那长而白嫩的手指着单印冷笑道："我向你挑战。"单印愣了愣，吃惊道："我没听错吧？"

"就是你。"金手指叫道。

"为什么是我？"单印问。

"因为我看你不顺眼，想把你踢出去。"

"哈哈，"单印笑道，"再怎么说我也比赵之运顺眼点吧。"

赵之运叫道："单印，这是比赛规则，如果你不同意可以退赛嘛。"

单印说："那好，我就请教这位电线杆子，看他有何本领。"

金手指就像狐狸盯小鸡似的盯着单印，把两只修长的手搓搓，朝手心哈口气，对大家扬扬手，表明自己的手是空的，然后两手猛合起来又猛地拉开，手中竟然出现了一个绸幅，上面写着："金手指，首屈一指，战无不胜！"顿时引起大家的鼓掌声。金手指用嘴角挑着笑容，把绸幅围到单印的脖子上："送给你留个纪念。"

单印从脖子上拉下绸带，擦擦自己的皮鞋，递给光头说："给我留着，以后我用来擦皮鞋。"

"废什么话，现在咱们开始吧。"金手指叫道。

"你跟我叫有何用，对李文轩喊去。"单印说。

李文轩端上二十四枚骰子，两个竹制摇筒，对大家宣布规则："按照之前的赌约，点子多者为胜。如果点数相同，看谁的骰子竖得高而齐整。如果同样齐整，看骰子的边是否相同，相同多者为胜。"说完，把骰子分给双方。单印突然要求跟金手指换摇筒与骰子。金手指倒也大方："为了让你输得心服口服，那就按你说的办。"

李文轩顿时傻了，因为他为把单印给淘汰掉，给金手指的骰子是特制的，其中有三枚骰子是切开粘起来的，外面有涂层，根本看不出来，当摇到一定程度后骰子会分开，那么点子肯定会比全点要多，就没有必要看谁的骰子竖得高或者齐整了。到时候，他可以宣布说点子多者胜出，因为并没有规定不能把骰子摇成两半。可是，没想到金手指把老千骰子换给了单印，看来金手指这次是真的输了。李文轩想想谢光宁那张棺材板样的脸，有些慌张，说："事先没有约定好中途可以换骰子，请你们马上换回来。"

金手指说："有何不可，这又不是换手。"

李文轩说："这是我们赌场的规定。"

金手指急了："那你们也没有事先约定，不准换啊。"

李文轩不好再说什么了，只得说："那，那开始吧。"

金手指抄起骰筒，往那堆骰子上晃了晃，骰子就像被吸进筒里的。他放于耳边摇了十多下，猛扣到桌上，当把骰筒打开，大家顿时发出"啊"的一声。十二枚骰子全部整齐地摞着，都是六点朝上，每个边的点数都是相同的。单印看到这种情景也不由暗惊，就算自己摇成这样最少也得摇二十多下，并且不能保证每次都能摇成这样。他感到这个金手指的技术确实厉害。他拾起竹筒，吸进骰子，在耳边摇着。

长篇小说 赌道

金手指歪着头，轻蔑地盯着单印，就像对方并不是自己的对手那么轻松。

单印听到骰筒里有几枚骰子不太明朗，摇了三十多下也不敢确定其中几枚骰子的点子，心中便有些着急。这时，他突然感到不对了，难道李文轩认定自己会换骰子，故意把骰子换上老千骰？如果骰子里是有核的，摇的时候混淆听力，根本就没有把握摇成什么样。但是，他又不确定是不是双核骰子，贸然去抓老千，如果不是自己所想，必然会遭受非议。最终，他把摇筒扣下，垂头丧气地说："我认输了。"说完，站起来领着光头与付营长去了。

大家不由发出"噢"的一声。

单印走后，李文轩把骰筒拿开，发现单印已经把九枚骰子摇成一串，而另三个骰子变成六半。如果要论及点子，肯定多于金手指。金手指看到这种情况顿时愣在那里，他没想到单印会把骰子给摇成两半，并且点子大于自己。由于之前并没有规定说骰子摇破了不算，只以点子论大小，金手指感到自己输了，站起来说："没想到单印的赌技如此高超，如此谦虚，在下输了，应该退出大赛。"

大家又发出"噢"的一声。

观台上的谢光宁盯着金手指细长的背影，感到异常得意。一局挑战，两个最有实力的对手给踢出去，这样的结果太完美了。李文轩宣布："广东赌王与单印已经退出比赛，赵之运不战而胜。下面，由天津赌王与山西赌王较量，胜者可以与成都的赵赌王在三天后进行最终的决赛。"在接下来的赌赛中，山西赌王与天津赌王连战两局平手，最终山西赌王以一点胜出，赢得参加决赛的名额。三日后，他将与赵之运进行终极对决。

一个轮空把两个最强的选手淘汰掉，这是谁都没有想到的。但是，能够走到最后的人都不是省油的灯。谢光宁让赵之运拿出必胜的策略来。在这种赌王级的决赛中，有时候技术并不是重要的，主要是心理的素质与临场的感觉，当然最重要的还是运气。由于最终的决赛约定用五张牌，赵之运与李文轩专门制作了老千牌。这样的牌只要戴上特制的眼镜，就可以看到牌后面的记号。也就是说，赵之运戴上特制的眼镜后，将会知道山西赌王的底牌。为确保能够胜利，李文轩对于发牌还进行了抽千的预备。如果仅是靠眼睛，别人的点子比你大，就是跟你明牌你都没有办法。

最终的结果不想而知，这次的赌王大赛以赵之运获得了最终胜利而圆满结束。豪胜赌场邀请各界名流，以及各报社的记者，前来参加了颁奖礼。在颁奖宴会上，谢光宁满脸春风，声音响亮地宣布："自袍哥会老大裘玉堂被暗杀之后，单印为争夺扳指不惜兄弟之情，多次要与赵之运进行决战。如今，赵之运用他的实力证明他才是成都首屈一指的赌王，堪当袍哥会大哥。"说着，从拇指上撸下那枚扳指，举在手里，"这枚象征着袍哥会最高权力的扳指，从今以后就是赵之运的了，请各界多多支持于他……"

谢光宁把扳指戴在赵之运的拇指上，并把福特车的钥匙环套在他的食指上，然后把他的手举起来。顿时，闪光灯嗵嗵地爆响，就像放了挂鞭炮。宴会之后，大家就退潮般去了，赌厅里，只剩下谢光印、赵之运、李文轩。谢光宁说："文轩，去把福特汽车还了。"赵之运从兜里掏出钥匙，递给李文轩。谢光宁怕赵之运心理不平衡，拍着他的肩说："之远啊，从今以后你就是袍哥会的舵把子，是不会缺钱的，将来想买什么样的车都不在话下。"

"师座，在下有车。"

"之运你放心，等我当上军团长，以后我保举你做成都的市长。"

"谢谢师座的栽培，在下愿意鞍前马后。"

第六章　首屈一指

对于外界来说，赵之运不只赢得赌王称号，最为重要的是他还获得了象征袍哥会权力的扳指，成为袍哥会无可争议的舵把子。信物就像古代的兵符，是非常重要的。裘玉堂老先生曾多次公开表明，谁拥了这个扳指谁就是袍哥会的大哥，属下都要紧密追随，服从大哥的领导。自裘玉堂去世后，由于赵之运与单印的分道扬镳，袍哥会成员分成三派，一派投奔赵之运，一派投入单印，还有一派持观望状态。如今，他们见赵之运的势头大了，又拥了扳指，于是果断地向他靠拢。

成者英雄败者寇，单印就可怜了。自他与金手指出局之后，就在家里郁闷着。最让他郁闷的是，听说自己当时的点子，大于金手指，自己却主动放弃了。

一天，单印与刘芳坐在后花园的藤椅上聊着，两个双胞胎儿子在草地上喧闹。刘芳回头看看丈夫，见他望着天际，表情凝重，便轻轻地叹口气。她撩撩额头上那绺被风玩弄的头发，轻声说："我知道你与师父情同父子，自他老人家遭遇不幸之后，你一直想找机会为他老人家报仇，不是你不努力，而是对方握有兵权，过于强大，我们无法抗衡。如果操之过急，反被其害。不过你放心，就算你不主动去报仇，他也会遭到天谴的。"

"通过最近的几件事看，谢光宁的气数未尽啊。不过，我不能等着老天去惩罚他，老天要惩罚的人太多，他有点管不过来了。再者，老天也不是很公平的。"

"夫君，我相信你们会成功的。"她深情地望着丈夫。

花园里开着应季的花，在风的拂动下传来淡淡的清香气息。不远处的假山上蹲着几只鸟儿，在滴溜溜地叫，它们并没有被两个调皮的孩子影响。这个花园是单印的爷爷购置的，那时候他还在清朝为官，地方政府购置了此院想送给老单，拍他的马屁，但老单还是拿出钱来把受贿变成购买。后来，他遭到奸臣的诬陷，满门抄斩，一直由裘玉堂代管着，直到单印成家时才还给他，单印这才知道，自己还有这处宅院。

　　据说裘玉堂与单印的祖父是八拜之交，当初去见老佛爷就是单印的祖父推荐的。还有人传说裘玉堂是单印的舅舅。当然，这毕竟都是传说，究竟裘玉堂为什么替单印保管着家业，并把他养大成人，外人并不知道。但是，单印对裘玉堂的感情却胜过父亲。单印每次想到师父死时的那种惨烈的样子，都会黯然失色。"等我给师父报了大仇，我们就搬到个清静的地方，过平淡的生活。"他伸手搂了搂刘芳的肩。刘芳往他的身上靠了靠，用力点了点头。这时，光头带着两个保镖走来，刘芳忙把身子直立起来，拉了拉自己的衣摆。

　　光头原是河南少林寺的俗家弟子，只身闯荡成都，想混出自己的新生，但自来成都之后，处处受挫，于是投奔到单印旗下担任保镖。在几次的突发事件中，光头都能够挺身而出，并在一次火拼中，光头挡在单印的前面迎接枪子，因此受伤。出院后，单印跟他结拜成为兄弟，让他负责自己所有事务。从此，光头便成了单印手下的二号人物，主管单印的产业。当然，单印也没亏待他，给他在成都购买了宅院，并帮他成家。两人惺惺相惜，变成比亲兄弟都亲的异姓兄弟。光头来到单印跟前，说："大哥，大条子带着兄弟投奔赵之运去了。"大条是单印手下的小头目，负责两个袍哥会的赌号。

　　单印轻轻地叹口气说："谁想离开就离开吧，不要为难他们。"

　　光头叫道："大哥，咱们不能就这么眼看着他赵之运猖狂而不管啊，这样下去是不行的。"

　　单印站起来，倒背着手，抬头望着天际，那里有片淡淡的云彩挡在太阳前面，阳光把它的边缘烧透，像块釉玉。"我们当然不能消极，马上

长篇小说 赌道

在报上发布启事，我要用全部家业作为赌资跟赵之运作最后的较量。还有，表明，我的资产远远大于赵之运，他们必须筹足同等价值的赌资，我们才有可能达成赌约。对了，附加条件是必须要把那个扳指也作为赌资押上。"

"大哥，他赵之运如果不同意跟咱们赌怎么办？"

"那就继续造声势，说他赌王大赛有暗箱操作，胜之不武。"

果然像光头想的那样，当赵之运看到这则启事后，并没有任何表示。谢光宁把他找来，问他面对单印的挑战是怎么想的。赵之运平静地说："师座，现在这种情况我们没必要搭理他。"

谢光宁却不这么想，自单印投奔潘叔才以来，毁了他的烟土生意，还派人去打劫他的礼金，处处与他作对，要不是怕与潘叔才的军队发生冲突，影响自己谋求军团长职务，他早就派兵去拿单印了。再者，他单印的家业如此丰厚，如果落入潘叔才之手，太可惜了。他意味深长地说："之运，你现在刚刚获得赌王的称号，又成为袍哥会的老大，占着天时地利人和。他单印现在心浮气躁，正好是赢他的最佳时机，你应该接受他的挑战。"

"师座您也知道，单印的家业远远超过我的资产，在下根本凑不齐同等的赌资，就算是您把赌王大赛赢的所有钱拿出来，怕是还得借钱才能跟他的资产持平，所以在下没有应战。当然，如果您能凑齐属下缺的份额，这次赢的钱都是您的，在下只想把单印赢得家徒四壁，离开成都。只有这样在下才会安心当这个舵把子。"

虽然谢光宁急欲把单印整了，但听说要他把刚赢的钱投出来，还要去借钱，嗍了嗍牙花子，摇头说："之运，这些钱我是有急用的，缺的那部分，你自己想想办法吧。比如去银号里借些钱，等赢了再还给他们，或者找朋友想想办法嘛。"

"师座您想过没有，现在这种世道，当上军团长也只是名头。清朝这么强大还不结束了？袁始凯强大，也到了穷途末路。多弄些钱才是正事，有了钱可以在国外置些家产，将来以备不时之需，给自己留条后路。再说，您已经送那么多钱了，曾主任可能正在运作，如果您再往里砸钱，曾主任会感到你很有钱，说不定还会提出更高的要求。再说，当他认为您有钱之后，就对您给的那些钱不会太感动，反倒效果不好。可是，如果赢了单印效果就不同了，您不只可以得到他的家业，还有效地遏制了潘叔才。当潘叔才失去单印之后，他没有别的办法，会重新归服于您的旗下，您的实力已经是军团长了，就算不去争取，他老蒋也会前来安抚。"

听了这番话，谢光宁感到有道理。送这么多钱，至今都没有给个响亮点的话，再这么送下去反倒不好。再者，潘叔才脱离了自己之后，有着想跟自己较劲的苗头，是应该杀杀他的苗头。他点头说："说得是啊，当前咱们应该先对付单印。不过，我们是倾其所有跟他决战，你必须与文轩精心策划，不管用什么办法都要保证胜利。"

"师座您想啊，在下是把全部的家业都拿出来跟他赌，这关系到在下全家人的生活呢，能不想办法赢他吗？如果没有十足的把握，在下也不敢这么做啊。"

"嗯，这么想就对了。"谢光宁微微点头。

回到家后，赵之运独自躲在书房里待着。他慢慢地抬起手来，盯着那截油光光的扳指，回想着师父裘玉堂说过的话。那天，师父喝了点酒，非常得意地盯着这个扳指说："为师看重它，并不只是它的材质是和田玉的，主要因为这是老佛爷亲赐的，还有个鲜为人知的秘密就是，这个扳指在强光的通照下，会隐约看到里面有条凤的天然色斑，转动着看时那凤并有动感，仿佛在飞，所以，异常珍贵。此物作为袍哥会的传家之宝，作为权力的信物，是最合适不过了。"赵之运把扳指撸下来，对着灯光眯着眼睛看着，嘴角上挑起一丝微笑，深深地呼了口气……

赵之运回应单印，接受他的挑战，并在豪胜大赌场进行洽谈相关事宜。由于这次的赌战赌资之大，成都历来从未有过，因此，各界名流，赌坛元老们都前来见证这次签约。这些元老们都是以前赌坛叱咤风云的人物，现在年老体衰，没精力再从事大型赌局了，便成为赌协的会员，变成赌局的顾问与裁判。

刚开始谈得非常顺利，赵之运同意备齐与单印同等的赌资，但是谈到扳指时赵之运摇头，表示自己不能把它押上。最后，两方没法谈成扳指的问题，不欢而散。当谢光宁听说谈判由于扳指而泡汤，心里便有些不痛快了，对赵之运说："之运啊，如果你不能把单印彻底打败，就算扳指在你手上也没有多少用处，你同样没有绝对权力。事实不就摆在面前吗，你现在戴着这枚扳指，袍哥会的成员不是还有一半追随单印吗？这说明什么？这说明事在人为。你只有把单印打败，才能建立你的威信，才能够彻底统一袍哥会。话又说回来，难道这扳指丢掉了，袍哥会就烟消云灭吗？这是不可能的。听本座的，赶紧跟单印赌赛，把他给打败。"

在谢光宁的劝说下，赵之运与单印进行第二次约谈。在这次的约谈中，大家达成了几项约定，一是要请国外的财务机构代理赌资，并对双方的资产进行评估，双方必须具有相同价值的赌资。扳指只能按照玉石扳指算，它潜在的价值与无形价值不算作赌资。在终赌之前双方要经过预赌，赢者决定在哪个赌场进行赌战。预赛可用掷骰子来决定胜负，终级之战用五张牌方式，一局定输赢。为防流血事件，在赌战中双方均不能以生命、肢体、器官、妻儿进行下注。输的一方可以在半个月内向赢方进行挑战，在此期间赢方不得以任何理由进行推托……本次赌战由赌博会长主持，并由会长组成监督成员……初步意向确定之后，会长联系赌坛元老，组成赌赛筹委会，请来了美国的著名财务机构，对双方固定资产与现银进行评估。

赵之运把所有的家业、扳指，以及谢光宁在赌王大赛中赢得的钱都加起来还差十万大洋。赵之运要求单印减十万，但单印不同意。谢光宁为促成这起赌战，向银号贷出十万大洋，投入到赌博中。

在他们以骰子大小决定赌场时，赵之运以超出单印两点的优势，决定这次的决战在豪胜大赌场。双方接下来签订协议，于九月九日上午十时进行赌战，风雨无阻。合同上还强调了，任何一方迟到半个小时，就算主动认输。双方不得以任何理由推迟赌战时间，除非有地震等不可抗拒的原因……当协议签订之后，赵之运突然对谢光宁提出要利润分成，这让谢光宁有些意外，因为他之前说过，本次赢得的钱自己分文不要的。

"之运，好像你之前不是这么说的。"他奓下眼皮。

"师座，我用自己的身家性命在赌，如果没有任何收益，在下没有动力啊。"

"那你说，你想要多少？"谢光宁说着看了看自己曾戴着扳指的大拇指，上面只剩了个白于其他肤色的痕迹。

"这样吧，赢取了单印的家产在下要三成。并且，我们要订个合约，表明这次的赌战不慎输了，我们各负其责。"

"什么什么，各负其责？这说明你并没有十足的把握。"

"师座，这只是个约定，并不表明在下没有把握。没有把握，我就不会把自己的家业全部拿出来跟他赌了。"

"好吧，就按你说的办吧。"

其实，谢光宁心里想的是，当赵之运把单印赢了，他就要求娶赵之运的女儿赵小娟作为小妾，变成他的女婿，再想办法把他给干掉，这样，他就可以继承他的家业，反正他赵之运没有儿子，这是完全可以操作的事情……

为能够与赵之运放手一搏，不至于被意外所累导致全盘皆输，单印向潘叔才请求，把全家搬到军营，直到赌战结束再搬回去。潘叔才伸出胖乎乎的手，抚抚头顶上拢着的那几根头发，笑眯眯地说："贤弟，你是我军的后勤部长啊，家眷随军而住，这是合情合理的嘛。你看中哪栋房子就跟本座说，我马上派人给你腾出来。"

"师座，随便给属下安排一处房子就可以了。"

"贤弟啊，有个问题就当玩笑。这个，当你赢得赵之运与谢光宁的资产后，你可就变为蜀地最富有的人了，"他笑了笑，用指头弹着膝盖，"那么多钱你准备怎么花啊？"

单印心里明白，他潘叔才不管你怎么花，而是问你能给他多少钱。

他说："师座，赢得的钱属下这样分配的，三分之一用来运作这起赌战的胜利，三分之一自己留着，因为属下还有帮子兄弟需要属下照顾，另外三分之一用来报答师座的恩情。"

"需要三分之一的资产去运作，这是什么方式？"

单印望着窗外，眯着眼睛说："师座您也知道，属下与赵之运师从同门，赌技不相上下，在多次的交手中，赢率各占百分之五十。再者，赌桌上常常会发生出人意料之事，就像上次，我本来超出金手指两点，因为并不知道筒内的情况而放弃了比赛。在下为了有绝对的把握赢得这场终极赌战，要把赢得的三分之一的钱，提前用来保证这次赌战的胜利上。也就是说，如果您能保证在下确定能赢，那么那部分就归师座您了。"

潘叔才的眼睛眨巴了下，心里在核算。如果单印把赵之运与谢光宁的财产赢过来，可不是一笔小数目，将来自己用这笔钱可以做很多事情，比如运作军团长的职位，比如招兵买马壮大队伍，还可以去欧洲购置家业，为自己安排好后路。想到这里，他的脸色变得严肃起来，把身子直直，用低沉的声音问："贤弟请讲，怎么才能保证你能胜利？"

"赌约里表明，任何一方不得随意更改赌期，放弃等于认输。如果在九月九号十点半不能到达赌场算输。如果您能保证他赵之运不能在这个时间到达赌场，我们可不战而胜。至于抽老千，本来就是有风险的，在下认为，这种办法不能确定必胜。还有件事情请师座知道，在下跟您说的这条件，谢光宁他们同样知道，说不定就在这时候，他们在想办法图我的性命呢。"

"这个你放心就是，我整个师的兵力保证不了你家人的安危，还叫什么师。贤弟，回去跟家人说，非常时期，让他们尽量不要离开军营。如果确实需要出去，也要提前通知本座，我们拿出安全措施来。"潘叔才非常明白，如果这次单印能够赢了，这并不只是钱的问题，还可以有效地抑制谢光宁的势头，甚至会把他推上绝境，那么谢光宁有可能向他俯首称臣。那样，自己运作军团长职位就容易得多了。问题是怎么才能让赵之运不能在九月九号十点半之前到达赌场，达到不战而胜，或者让他永远都不能到达赌场。他知道这并不是容易达到的，谢光宁必然对赵之运的安危做好了周密的安排。潘叔才把陈副官与两个旅长叫到办公室，跟他们阐述了单印与赵之运的赌博的重要意义。

"自我部驻军成都以来，所有的军防工作几乎都是我们在做。谢光宁主要负责经济方面，以至于我们被动地向他祈求军费，搞得处处被动。现在，由于单印的加盟，我们的日子相对改善了些，但是面临着一个最大的竞争机会就是，川军群龙无首，各部都想成为川军领袖。如果他谢光宁得逞，我们将会永远寄人篱下。如果本座能够得到这个职务，在座的各位都会有所提升，所以呢，我们必须保证单印能赢。"

当大家听了能够保证单印必赢的几个条件，陈副官说："师座，这次的赌局如此重要，想必他谢光宁也肯定会想办法把单部长给除掉，或者尽量让他不能到达赌场。首先，我们要保证单部长全家的安全，再有，我们想办法把赵之运给做掉。"

"问题是怎么把他做掉。还有，在做这件事之前我们不能带兵擅自闯入谢军去抢人吧，这样做会引起两军的矛盾激化，可能会发生战争，这可不是我想要的效果。"

"这个，下官还没想好。"陈副官低下头说。

大家七嘴八舌的，说了很多办法，但都没有可行性。潘叔才看看怀表，站起来说："这件事呢，陈副官你来负责，还有，多跟单部长沟通，争取拿出最好的办法来。"

散会后，陈副官直接拜访了单印。由于单印全家刚搬到军营，家人都在收拾房子。单印正站在院里指挥着大家搬运东西。他见陈副官来了，迎上去。陈副官说："让付营长带人收拾就行，何必让家人动手呢?"单印笑道："夫人怕摆乱了，平时找东西不方便。"

他们来到还没收拾好的书房，开始讨论怎么去对付赵之运的事情。单印想了想说："这件事情最好从李文轩下手。李文轩虽然是豪胜大赌场的老板，但实际上是谢光宁的代理。那家赌场的真正所有者是谢光宁。只要把李文轩盯紧了，不愁找不到赵之运。还有，马上就到我师父的祭日了，我将发布启事，前去祭拜，想必谢光宁肯定会算计我，咱们也可以利用这个机会，打击他们一下，让他们老实点……"

事情就像单印想的那样，在他们策划对付赵之运时，谢光宁也在开会谋划他们。谢光宁把自己所有的家底都投进去了，还欠了银号十万大洋，他必须要保证这些投入不会付诸流水，还要带来巨大的回报。那么，回报的保障就是单印消失，或者不能按时到达赌场。当谢光宁得知单印全家已经搬到军营，并由付营长负责看守，便明白想动单印确实是个难题。不久，谢光宁见报上登出单印怀念师父的吊文，并表明在十月四号前去墓地祭拜师父，便敏感到如此张扬此事，肯定是有阴谋的。虽然此次活动值得怀疑，谢光宁还是不肯放过这个机会。他把刘副官、李文轩、赵之运叫到自己的办公室，跟他们商量如何在赌前保证赵的安全，谋杀单印，保证最终的胜利。

李文轩建议说："现在单印在军营之中，我们又不能明枪明刀地去干。不如，我们从老千上想想办法。反正是在我们的豪胜赌场进行赌博，我们更便于抽老千。"

"抽老千?"谢光宁皱眉道，"你们有几次成功了?"

赵之运摇头说："抽老千这件事不是不能做，而是我们根本就没有出人意料的千术，说白了都是些常规办法，咱们想到的他们也会想到，根本不起作用。不过，据说日租界的山本小郎领事手下有个赌手，专门研究千术，并且是千术结合技术先进的仪器，这个外人是不容易识破的，我们可以从他手里购买千术。"

李文轩说："赵哥说得是，在下也听说过。那个加藤曾被重庆某个赌王请去帮他们做老千，据说获得了胜利。不如我们请他过来为我们设老千，然后给他点好处。"

对于跟日本人打交道，谢光宁还是有抵触心理的。中国历来饱受日本人的蹂躏，各行各界对日本人都痛恨不已，自己身为师长，跟他们有所交往，这影响是非常不好的，对自己竞争军团长一职是有妨碍的。他叹口气说："本座不否定日本的技术有点先进，但是我们怎么利用他们？如果让大家知道我们跟日本人来往，这舆论会对我不利，特别是在我争军团长的这个时期。记住，咱们既要赢得决赛，获取单印的资产，还要想办法运作成功川军领袖之职。你们想过没有，如果本座成为川军领袖，在座的诸位都会水涨船高，前途无量的。"

李文轩说："他单印不是去拜祭裘玉堂吗，我们把他做掉。"

赵之运摇头说："他单印又不傻。在报上登出这样的启事，就是想让咱们上当的。说不定他设下埋伏，等着我们上钩呢。"

谢光宁微点头道："谋杀单印的事情确实不容易达到，这个先放放。文轩与之运你们先去跟山本小郎谈谈，问问他们的老千之术的价格。对了，一定要问如果他们的老千失败，责任他们承担不承担。"

日本在成都设立领事馆是在 1918 年 6 月份建立的。自建立以来，成都人就不停地抗议，要把他们轰走。大家之所以极力反对他们，是由于自 1895 年中日《马关条约》签订之后，重庆被开辟为商埠，日本在重庆设立领事馆。在租界内，日本侵略者"胆建筑市街，设置巡捕，添造堆栈、码头，创办学校、工厂，并派遣兵船游弋江面长驻保护，俨然把成都变成了四川内地的小日本国"。最让人难以接受的是，日本人常带武器横行街市，白昼抢劫，毒打华人……日水兵目无法纪，狂醉裸体，窜扰四乡，估奸估抢，时有所闻。对此，引发了蜀地的老百姓的痛恨，所以成都人对于日本租界非常反感，多次游行示威要把他们赶出成都赶出中国。

当山本小郎听李文轩说，要买他们的千术，笑着说："这件事情，事关重大，我要跟谢师长亲自谈。"

李文轩请示过谢光宁后，谢从心里不想跟日租界的人有联系，但是此次赌局事关重大，他只得同意让山本小郎前来，并且用军方的车子去接。山本小郎并没有在意这些，他跟善于抽老千的赌徒加藤三雄换上西服，于夜晚坐谢光宁的车来到谢府。

山本小郎并不是想卖给谢光宁千术，他们自来成都建立租界后，受到的压力很大，民众反抗情绪极为暴涨，而政府、军方都不肯出面保护他们，让他们的日子十分难过。山本小郎明白，要想在成都长居久安，就必须要跟政府与军方搞好关系。山本与谢光宁见面后，弯腰道："谢君，我们愿意与您合作，帮助赵君获得这起赌战的胜利，分文的不要。"

谢光宁表情淡漠，微微点头道："那么，山本君，想让本座为你们做点什么？"山本想了想，笑道："如果有什么需要，我们会向师座要求的。现在，我们就想帮助赵君赢下这局。"

谢光宁点点头："那你说说，有什么办法能让他必胜。"

山本指指身边的加藤三雄："加藤君是我们大日本帝国的武士，科学家，博弈高手。最近，他研究出一套非常先进的设备。磁性扑克牌，外加磁性戒指。下面，由加藤群对大家进行演示。"

加藤站起来，对大家弯腰道："嘿!"说着，从兜里掏出副牌来摊在桌上，设定赵之运与李文轩对决。他在给双方发牌时，无论怎么洗牌，他发出的牌都能保证赵之运的牌是黑桃 A、K、Q、J、10 同花顺。这在五张牌玩法中是最大的牌了。赵之运瞪大眼睛问："这么厉害，你是怎么做到的？"

加藤说："这样的牌与普通的牌同样，只是在这几张牌中夹了层超薄的磁纸，当你戴着专门的戒指或者在手上涂上含有强磁粉的磁油，结合发牌的熟练程度，可以钓出这些特殊的牌来，保证选手的点子都会是最大的，所以，能够绝对胜出。"

李文轩戴上戒指用那副牌发了几次，结果并不是很理想。加藤说："这个需要加强练习，如果牌太灵敏容易被对方识破。像李君这样级别的基础，只需要三天的时间就可以做到天衣无缝，并且百分之百钓出这组牌来。"

谢光宁点头说："这个，有点意思。不过，赌场上的情况瞬息万变，有很多不确定的因素。只是一种办法怕不能确保胜利。"

加藤点头说："师座请放心，在下研究出了多种办法，只要师座能够表明我们租界是朋友，保护我们的安全，我统统的传授给你们，让你们所向无敌……"

第七章　赌王命运

对于潘叔才来说，单印是否能赢得这局胜利，对他的前程是至关重要的。赢了，以后的日子就会很好过，并有条件去竞争军团长的位置。输了，他会重新遭遇经济问题，而自己又不善于经营，说不定会重新沦落到依附于谢光宁，寄人篱下。为确保单印能够胜出，他命令陈副官亲自负责谋杀赵之运的行动，要努力追求不战而胜的效果。并叮嘱付营长，全力保护好单印与家人的全安，杜绝意外。陈副官深知责任重大，他动用了侦察连、特务连前去执行任务，但是，他们发现没有任何机会，因为谢光宁不只把赵之运的家看起来了，还把他转移到师部居住。

面对这种情况，陈副官一筹莫展，找单印商量怎么办。单印倒是显得非常平静，脸上泛着微笑，说："没有机会，这是正常的。谢光宁投入这么大，必然把赵之运的安全作为重点来抓，想接近他非易事。不过，办法还是有的，我们可以让李文轩来帮我们。他这人极为好色，养了几个女人还经常出入青楼，手头上比较紧，前段时间他就私里找我，要帮我抽老千打败赵之运。"

陈副官点头："好色而又爱钱之人，是容易对付的。"

付营长问："我们能不能让李文轩把赵之运给约出来？"

"这不是不可能，不过，"单印摇头说，"怕是李文轩要的价会很高。至于价钱，我们舍得给他，但是我们得要保证，他是真心实意地帮助我们，否则我们是用钱在买我们的失败。"

陈副官说："单部长，我马上把李文轩给弄来。"

单印说："这样，陈副官，您去跟师座说，有关这局赌博的事情由我来操作，如果有什么需要我会向你们请示。"

陈副官自然是愿意，因为自他接受谋杀赵之运的任务以来，忙了这么久也没有任何效果，压力挺大，如果单印操作，他就不必要承担责任了。他用力点头："那好吧，需要配合尽管跟我说。"

单印让付营长安排人偷着去约李文轩，约了几次也没来人，便明白，在这种关键时刻，采用常规的办法是约不出来的。他让付营长带几个人二十四小时盯着李文轩，伺机把他给"请"过来。付营长亲自带人候在豪胜大赌场外，功夫不负有心人，终于在夜里，李文轩从豪胜大赌场出来，坐上黄包车去怡美院了。

怡美院是成都比较有名的妓院，老鸨原来就是这个妓院的头牌，后来莫名其妙地变成了老鸨。有人猜测她是曾主任的情妇，还有人猜测她是胡宗南的情妇，反正她的背景非常硬气，黑道白道的没有敢惹她的。付营长他们在妓院门外的巷子里候了整个夜晚，早晨，终于见李文轩无精打采地出来。

付营长马上派黄包车跟上。

黄包车来到李文轩面前，车夫笑着问："先生您到哪儿？"

李文轩扶扶礼帽看看四周，坐上黄包车，把礼帽沿往下拉拉，低声说："豪胜大赌场。"车子顺着街道拐进巷子，李文轩突然发现不是去赌场的道儿，抬头见前面有两辆黄包车，回头又见后面尾随着两辆黄包车，便感到不好了。

"把我放下。"李文轩叫道。

"李先生，我们没有恶意，只是想跟你谈点合作。"车夫说。

"把我放下。"李文轩吼叫着，脖子上的青筋暴出老高，"你知道我是谁吗，我可是谢师长的小舅子，是豪胜赌场的老板，要是敢打我的主意你就死定了，听到没有，把我放下。"

"李先生，是你自己闭上嘴呢，还是让我们帮忙？"

听车夫这种说法，李文轩不敢再吱声了。他那肿胀的眼皮不停地眨着，额头上布满细汗，呼吸变得越来越粗重。他期望能够在路上遇到巡逻兵或者警察，好趁机逃脱。车子东拐西拐，却进了潘叔才的辖区，李文轩知道事情真不好了。车子在辖区内转几个巷子，停在一个四个兵守卫的门前。付营长把李文轩从黄包车上拉下来，推搡着进院子。李文轩见单印站在院子里，便哭声哭气地说："单先生，单大哥，单老板，小的不是不赴约，是小的正在筹务您与赵之运的赌局，没时间啊。"

"没时间还去妓院?"付营长冷冷地说。

李文轩愣了愣，张口结舌："这，这!"

单印笑道："文轩弟你紧张什么。今天把你请来并非对你不利，而是有好处的。来来来，酒菜都备好了，咱们边喝边聊。"说着，搂着李文轩的肩进了餐厅，把他按到座上。付营长把桌上的酒杯都满上。李文轩缩着脖子，眨巴着眼睛小声问："单哥，您有什么吩咐请讲，小的一定照办。"单印依旧笑吟吟地说："文轩弟不要紧张，今天请你来是让你发财的，不是为难你的，来，干了这杯。"李文轩双手捧起酒杯，哆哆嗦嗦凑到嘴上，把酒干了，双手捧着空酒杯："单哥，您有什么事就说，小弟能帮上忙的一定会全心全意帮助您。"

"贤弟啊，古语说得好啊，人不为己天诛地灭。据说，你每天忙忙碌碌的，却欠了银号不少钱。你说，你身为老板混到这种程度，至于吗?唉，其实也难怪，赌场又不是你的，说白了你是替人家看场子，就赚几个苦力钱，当然要受穷。如果，你跟我合作，那么你以后就不会缺钱花。"

"单哥，什么合作，您讲。"

"如果你能保证我与赵之运对决中能赢，我想跟你谈谈价码。"

李文轩打个激灵，厚厚的眼皮急促地眨巴着，心里在扒拉算盘。自己欠银号的钱是有利息的，这个就像滚雪球，越滚越多。自己还养着几个美女，每天都催着要钱，并扬言说如果再不给钱就傍别人去。自己现在的处境，没有万儿八千大洋是应付不过去的。他咧咧牙花子，慢慢地抬起头来："那，您说，能出多少钱吧?"单印站起来，倒背着手踱了几步："你也知道，我跟赵之运赌并非只是为了赢钱，再说我也不缺钱花，

长篇小说
赌道

我是想拿回师父的扳指。至于赢来的钱呢，我会拿出三分之一保证我能赢。如果你能帮助我赢得这局，那么这三分一就是你的。你可以根据赵之运的赌资算三分之一是什么概念。"

"这个，这不是件小事儿。"李文轩沉吟道。

"没关系，你可以考虑考虑，如果同意呢，咱们私下签个合同，如果你不同意，我们也不会为难你。可是老弟你想清楚了，过了这个村可就没那个店了。"

面对这巨大的诱惑，李文轩确实没法拒绝。再者，单印在成都赌坛的诚信是出名的，输了老婆都能牵着手送出来交给人家。赵之运让他去接，他又亲自去接回来，依旧恩爱如常。把人做到这种程度可算是有节有义。李文轩又想到自己的姐姐，受尽几个小妾的欺负，而谢光宁却不管不问。他脸上渐渐地泛出坚定的神情，用力点头说："单大哥，小弟愿意跟您合作，怎么办，您尽管说。"

"是这样的，你也明白赌约上写着，如果他赵之运消失或者不能到场那么我将不战而胜，可是谢光宁把赵之运给看得死死的，任何人都不容易靠近。如果你能把他给约出来，我们想办法把他给除掉，就可以达到不战而胜。你放心，我们绝不会让谢光宁怀疑到你头上的，因为以后咱们还有很多合作的地方。"

"把他约出来没有问题。不过，小弟手头紧，您能不能……"

"这样吧，我先给你两千大洋，不过丑话先说到头里，等事成之后，这钱得从你的份额里扣出来。"

"那好，太感谢单大哥了，跟您打交道小弟感到放心。"

"为了老弟的安全，你最好以让赵之运熟悉场地研究新千术为由，把他约到赌场。这样没有人会怀疑你。至于其他事情，那就是我们的事情了。"

"好，一切听单哥安排。"

"那我们就签订协议，之所以要签个协议，是为了让你更加放心。将来，我如果不把赢来的资产给你，那么你可以把这个协议公布出去，就表明我抽了老千，这对我也是约束。老弟，你感觉怎么样？"

李文轩用力点头："跟单哥合作，就是不签也让人放心。"

两人签订了个协议，单印拿出两千大洋的银票递给他："来来来，咱们提前喝酒庆祝咱们的胜利。"李文轩喝了几杯酒，忙站起来说："单哥，如果我去晚了，他们会怀疑的，小弟得走了。我向您保证，就是除不掉赵之运，小弟同样能够保证您能取得最终的胜利。"

当李文轩坐黄包车回到赌场，发现日本的加藤正站在大厅里，手握武士刀，两眼微闭，像塑像似的。他们本来约定九点钟准时到豪胜赌场练习新纸牌的发牌技术，要做到百分之百心想手到，最大限度地增加赢的概率，如今，加藤见李文轩这么晚才来，便有些不高兴，皱着眉头道："李君你的信用大大的没有。"

李文轩忙捂着肚子作出满脸痛苦的表情："我肚子疼去医院了。好啦好啦，现在开始练习吧。"

李文轩在加藤的指导下发了几次牌，由于心里装着图谋赵之运财产的大事，老是发错。加藤摇头说："你的今天的状态的没有，今天的休息，明天的练习。"李文轩想了想问："加藤君你想过没有，赌场里什么事都会发生，如果他单印突然提出换发牌的人，那我们不白练了？我们应该把重点放到赵之运身上，因为他才是关键的。"

"你的担心我早就想到，我已经传授赵之运最新的千术，在你不能发牌的情况下，他凭着千术同样可以达到百分之八十的赢，所以，你的放心的干活。"

李文轩嘲嘲牙花子："加藤君，我感到应该让赵之运来赌场，在赌台上进行练习。只有适应场地，才能得心应手。在房里躲着练得挺好，一到这陌生环境里，手上的感觉也会减退。您应该知道，对于高级赌博来说，阴天与晴天都会影响手感。"

加藤点点头："你说得非常有道理。"

在李文轩的挑唆下，他们来到谢光宁府上，提出让赵之运熟悉场地。谢光宁有些担心，因为他明白，自己多么想干掉单印潘叔才就多么想干掉赵之运，这时候出去太危险了。他冷冷地问："难道非得去熟悉场地吗，那个场地他已经赌过几十次，这还不够熟悉吗？"加藤摇头说："谢君，以前他们采用的是传统赌具，而我们的赌具是新研发的，需要更好的感觉才能把握。如果在异地练好，突然到新的场地，由于空气中的水分，空间的格局所影响的气流，就不能保证百分之百的成功。"

"既然这样，那明天让他过去吧。"谢光宁皱着眉头说。

当天夜里，谢光宁把李文轩、刘副官、赵之运、加藤叫到书房，跟他们研究安全问题。他们最终决定派便衣在赌场四周布防。在赵之运去往赌场的路上，要用一辆车当幌子走在前面，赵之运自己坐黄包车赶往豪胜大赌场。

散会后，李文轩与加藤坐上车，半道上他要求出去办点事儿，下车后，拦辆黄包车直奔单印那里，把谢光宁的计划说了。

单印让光头去把陈副官、付营长找来，商量明天的狙击……

早晨，李文轩在去往豪胜大赌场的路上，心想今天可能见不着赵之运了，可当他来到办公室，发现赵之运与加藤坐在那儿，不由心中暗惊。他故作平静地说："你们，这么早就来了？"

原来，赵之运既没坐车也没坐黄包车，当天晚上就被送往日本领事馆，早晨与加藤一同来赌场的。李文轩心想，谢光宁太狡猾了，对自己的人还虚晃一枪，竟让赵之运去了日租界。他担心单印会怀疑他没有诚心，于是对加藤与赵之运说："你们先去练习着，我去做点别的事情。"

这时候，单印、陈副官、付营长正在听消息。昨天夜里他们就把人马派出去埋伏谋杀赵之运。当李文轩来到后，大家听说赵之运是从日租界去赌场的，付营长马上前去通知埋伏的人收兵，以防错误行动招来后患。单印对李文轩说："看来，谢光宁从来都没有相信过你，看来，想掌握他们的真实情况太难了。文轩弟你有没有别的办法保证我能赢？"

李文轩点头说："现在日租界有个加藤，研究了一种磁性扑克，发牌的时候可以保证一方绝对胜出。这个很好分辨，将来你们要求让加藤发牌，提前准备高强度的磁铁，对那些牌晃动，就可以钓出里面的磁性牌来，便可以指认他们抽老千。"

"文轩弟你要知道，就算指出发牌人抽老千，并不能表明是赵之运抽老千，还是不能够保证赢。再者，他们不可能只依赖于发牌，肯定还有别的什么伎俩。"

"加藤说过，要传授赵之运一种新千术，在不使用发牌千术的情况下同样能够保证他的胜率在百分之八十以上，但我并不知道是什么样的千术。"

"这个对保证我的胜利至关重要，你想办法回去摸清。"

"好的，我尽量把这个秘密给套出来。"

把李文轩打发走之后，单印跟付营长商量，明天是师父的祭日，准备前去拜祭。付营长有些为难："单部长，这件事情让在下去帮您祭拜行吗？您就不要亲自去了。在下认为他谢光宁是不会放过这次机会的。"单印摇摇头说："这件事情我必须要去。还有，至于安全问题，你多想想办法吧。"

对于单印前去祭拜师父这件事情，谢光宁明知道是陷阱，但还是不想放过这个机会。他明白，这次祭拜，付营长肯定会带兵前去保护，如果派人前去袭击，人少了不顶用，人多了就会出现两军火拼。一旦出现这种情况，势必会影响他争取军团长的位置。再者，就算真跟潘叔才干起来，他的几个同学定会出手相助，自己也不会赚到任何便宜。刘副官说："师座，其实我们没有必要派兵去。"

谢光宁叹口气说："是啊，他单印在报纸上表明，自己去拜祭师父，就是为了让我们知道的。不过，本座真的不想放过任何机会。说不定，他在跟咱们打心理战，知道咱们不会去图谋他。"

刘副官点头说："属下说不必派兵，并不是说不行动。比如，我们今天晚上就让工兵在裴玉堂墓前布上地雷，明天单印只要靠近坟墓，必定会踩上地雷。"

谢光宁猛地拍了下桌子，叫道："好，太好啦。"

当天夜里，工兵潜进墓地，在裴玉堂的墓周围十米内布上密密麻麻的地雷，并且是连环雷，一个响了会触动所有的雷，足以把坟墓头炸平，把距墓十五米内的人全部消灭掉。这个晚上，谢光宁并没有睡着觉，他想象着明天的情景感到有些兴奋。他明白，这件事情极有可能会让大家联想到这起赌局，也有可能会怀疑到他身上，不过，这点风险比起那么大的收益来说，是值得的。早晨，谢光宁就来到客厅等着消息，一直等到十点多钟，终于见副官满脸喜悦地来了。

"师座，成功了！"

"成功什么？他单印现在死啦？"

"据小道消息说，单印遭受重伤，已经被送往医院。"

"这算什么成功？"谢光宁不高兴地说。

"师座您想啊，赌期马上就要到了，他身受重伤，肯定是没法去赌。"

"你马上派人去调查，他到底伤到哪里，伤到什么情况，在哪家医院。还有，通知报社，就说我部已经派出人追查这起事故的原因，并强烈谴责这起不法行为……"

副官走后，谢光宁感到有些遗憾，因为他想要的结果是单印死亡，现在仅是受伤。至于伤到什么程度还不清楚，如果伤的只是腿，就算把双腿炸掉还是不能够影响赌局的进行。他决定前去拜访潘叔才，一是观察情况，再是为自己开脱开脱。当见到潘叔才后，谢光宁深深地叹口气，表情凝重地说："潘兄，听说你的后勤部长受伤了，不知道怎么样了？"

"谢谢关心。单部长的伤情非常严重，至于能否保住性命还未可知。"潘叔才满脸的失意，整个人显得有些颓废。

"太猖狂了，青天白日，竟然会出现这种情况。小弟已经派人调查了，无论查到谁，绝不姑息。不过，小弟认为，这肯定是袍哥会的人自己干的，他们师兄弟自师父去世之后，就为争权夺利多次发生纷争，分成两派，经常发生争斗。"

"是的，并不能排除这种可能性。"

"不知道单部长住在哪家医院，小弟想去探望。说起来，从前我与裘玉堂先生就有交情，后来多次调解他们师兄弟之间的矛盾，如今出了这样的事，确实让人遗憾。"

"我至今也没有得到具体消息，这样吧，等安排好医院我们一同前去。"潘叔才说着，用双手搓了把脸。

从潘叔才的营地出来，谢光宁直接来到豪胜大赌场。加藤、赵之运、李文轩正在议论单印被炸的事情，见谢光宁来了，都忙站起来。赵之运说："师座您听说没有，单印去给师父上坟时踩响了地雷，被炸了，不知道现在怎么样了。"谢光宁摇头说："本座刚从潘叔才那里来，具体情况还不清梵，不过，通过潘叔才那一脸的哭丧样儿，本座感到可能伤得不轻。不过，虽然单印受伤，我们还是不能掉以轻心，该怎么练还怎么练。假如单印只是腿部受伤，是不会影响赌局的进行，也不会影响他的赌术的。"

就在谢光宁千方百计打探单印的具体情况时，报纸上登出单印的助手光头的声明，说大哥单印身受重伤，可能无法按时参赌，要求解除赌约，以后看情况再约战。这则消息让谢光宁感到单印真的伤得不轻，但他也不能不怀疑单印伤得不重，只是用这件事来退出赌战的。他自然不会同意，马上让赵之运发表声明，一切都要按照之前的赌约进行，如果退出，算主动认输……

赵之运的声明发布之后，顿时引起大家的议论。大家都认为赵之运这货太没人性了，人家现在都受重伤了，你还穷追猛打，这还有人性吗？甚至有人说，这些雷就是赵之运派人去埋的，目的就是想达到不战而胜的结果，吞掉他师兄单印的赌产。有人甚至分析，裘玉堂遭到枪杀极有可能就是赵之运做的，目的是想夺取舵把子的位置，所以不惜对师父与师弟下毒手。

当谢光宁看到这些报道后，脸上泛出得意的表情，因为这正是他想要的结果。可是没过几天，报纸上登出来的报道就让他坐不住了。因为有篇报道里分析，单印遇害的雷并非普通平民能布得了的，极有可能是军方专业所为。并且分析这起赌资的筹备并不只是两个赌王之间的事情，有个师长也押注了，所以他也希望单印死掉，好达到不战而胜的结果……

这则消息说得很明白，他单印是潘叔才的后勤部长，潘不会下雷炸他，那么还有谁？这肯定是说他谢光宁啊。谢光宁非常恼火，派人找到这个记者把他抓到府上，逼他重新写份报道，声明之前的报道只是猜测，要表明这起故事的原因主要是两个师兄弟为争夺玉扳指，为争夺舵把子的权力所为。记者迫于压力，于是在报上重新写道："此事绝对跟谢师长没有关系，谢师长从不贩毒、涉赌，豪胜大赌场也不是谢师长的……"

这篇报道刊出后，变成此地无银三百两，所有的目标更加指向谢光宁了，谢光宁气愤之极，派人去谋杀记者，但记者却神秘地消失了……

半个月后，单印终于出院，报纸上登出对他的采访还有他的相片。相片上的他一个眼睛被纱布缠上，一只手戴着手套，一条腿还打着石膏，看上去受伤很严重的样子。在采访中，单印谈起受伤经过，他说："我是师父一手带大的，情同父子，常去祭拜。这次，我刚走近师父的坟墓，感到脚下一震，围着墓十多平方米的地方顿时飞扬起来，我就不省人事了。真没有想到此人如此险恶，竟然设下连环雷想置我于死地。"

记者问："您现在这种情况，还能赌吗？"

单印说："虽然我现在的身体状况，已经不适合赌了，但我感到做人要有诚信，就算输也要输得硬气些。所以，只要我有半口气，我还是要去参加这起赌战的。"

大家见单印这种情况还要参加赌战，料定他会输，顿时买赵之运赢的人迅速增加，而之前买单印赢的人，都嚷嚷着要退回押注。面对这种情况，谢光宁并没有感到高兴，因为他隐隐地感到，单印在这种情况下不主动认输，并且还要进行赌战，这说明他伤得并不严重。再者，这次赌约规定的五张牌玩法，并没有跟注的策略，完全是凭运气，也就说明，他只要能到赌场，就有赢的希望。

一般五张牌的玩法是这样的，当发出底牌后，在发第二张牌时双方可以下注与跟。这次赌局上约定的是起完牌，打开底牌后谁的点子大谁赢，因此运气成分是主要的。谢光宁不敢保证，在发牌的节骨眼上李文轩会不会出错。

当李文轩看到单印受伤的报道后，隐隐有些失意，本来，他想借着这次的豪赌赢得自己的一桶金，现在单印受伤，之前的合作就变得不明朗了。那天，李文轩闷闷不乐地从赌场出来，有个卖报的递给他一份报纸还有个纸条。纸条上写着，请到山里有事。他就明白是单印让他过去。他拦了辆黄包车，先拐到自己小妾住的地方，然后拐个弯直奔潘军辖区。

当文轩见到单印时，发现他头上没有包纱布，脚上也没打石膏，看上去并没有受伤的样子，便吃惊道："单哥，您?"

"噢，是这样的，那天，付营长带兵护送我去祭奠师父，怕墓地有埋伏，打发士兵前去察看情况，结果他们走近我师父的墓时，踩响地雷，有个士兵当即被炸成碎片了。你可能会疑问，我为什么还要装着受伤?是这样的，当大家知道我受伤后，肯定都买赵之运赢，只有这样咱们赢过来才会充分些。"

李文轩终于如释重负，说："单哥，太好了。"

单印问："你有没有查出加藤教赵之运的是什么老千之术?"

李文轩点头说："您也知道，用五张牌方式，两人对决，在不能坐庄发牌的情况下，除了发牌者抽老千，赌手能用的只是藏牌换牌了。因此，加藤专门设计了个装置，要装在赵之运的衣袖里，如果手中的牌不尽如人意可以把牌从袖子里弹出来。当然，这种老千并不容易操作，所以，他们主要依靠我来发老千牌。"

单印点点头："那么，你发牌的时候怎么能够保证我能赢?"

李文轩想了想说："如果我把老千牌全部发给你，他赵之运可能会提出你抽老千，这样反被其害。这样吧单哥，你上场时要带块强磁铁，等发完牌后，你说赵之运的牌有问题，然后用磁铁对他的牌进行测试证明他抽老千，这样就可以把他打败。如果不是我与加藤发牌，你就提出检查赵之运的袖子，同样可以查出老千装置。如果赵之运戴着眼镜，他的眼镜肯定有问题，你可以要求检查。当然，这些老千还是没有新意，小弟现在还不知道他们是否有更为稳密的办法。不过单哥请放心，有我在赌场，他赵之运想赢不是那么容易的。"

单印点头说："很好，就这么说定了。"

李文轩挠挠头说："单哥，您，能不能先给我点钱。"

单印吃惊道："文轩弟，两千大洋这么快就花没了?"

李文轩嘲嘲牙花子说："单哥，实不相瞒，小弟之前欠了些钱，都还账了。"单印点点头说："这样吧，我再预支你一千大洋。"李文轩拿着大洋，直接打黄包车去了怡美院，点了头牌，风花雪月一番，早上才回赌场。走进办公室，见谢光宁、赵之运、加藤都在那儿，心顿时提到嗓子眼上。谢光宁瞪着眼睛叫道："你去哪了?"李文轩说："这段时间压力大，我去怡美院了。"

"马上就要开赛了，你练得怎么样了?"

"我现在能做到百分之百发出老千牌了。"

"那好吧，今天我跟之运弟模拟一下，你来发牌。"

谢光宁与赵之运分桌而坐，李文轩拿出牌来，洗几下码到桌上，开始发牌。他准确地把老千牌发给赵之运。谢光宁点点头，让赵之运换上老千衣进行换牌试验。赵之运成功地弹出牌来，但那张牌往袖里塞的时候不顺利。谢光宁摇头说："收牌太慢，连我都能看出来，这办法根本就不能用。把眼镜拿来，我看是否能够看到对方的底牌。"加藤抽出张牌来，扣到桌上，把眼镜递给谢光宁，他戴上眼镜看看牌的背面，果然看到背面的花纹里隐隐出现了红桃8的样子。他把眼镜摘下来，那张牌没任何两样。随后，他把老千牌与普通牌比较了几下，没有任何的不同，这才放心了些。

谢光宁说："他单印虽然受伤，这不是几个人同时打牌，也不是玩骰子，如果发牌不能够抽老千，就算看到底牌也无能为力，说不定只是知道自己的牌输了。到时候，如果对方提出不能让文轩发牌，你们有没有考虑第三方人，比如推荐加藤或者另外再准备个发牌的人，这样才能做到万无一失。"加藤点头："师座的提议，非常有必要。"随后，他们又从赌坛元老中找了位德高望重的人，跟他商量帮助发老千牌。那元老提出，如果你们出的钱多，老夫是可以做到的。最后他们以一千大洋成交……

长篇小说

赌道

第八章　暗箱操作

　　赌期已经迫近，单印担心谢光宁输掉之后将会丧失理智，甚至不惜发动战争，或者有别的极端举动。他对潘叔才建议，最好把曾主任给请来，这样可以有效地防止两军发生冲突，给成都人带来灾难。潘叔才认为，是该与曾主任见见面，表示一下自己的诚意。以前只是书信往来，没有面对面地接触，是不会办成事的。信是单印帮着写的，强调了潘叔才对曾主任的景仰，并说了谢光宁与赵之运合资与单印设立赌局，潘为了单印的人身安全，对他进行了保护，如果谢光宁输掉，可能会失去理智，迁怒于他，做出疯狂的事情，影响成都的安定……

　　曾主任接到信后，想的不是赌不赌的事情，而是赢不赢的事情。他明白，自己这次前去，无论哪方输掉赌局，都不会影响他是赢家。

　　在曾主任受贿的川军军官中有四个师长，数谢光宁出得最多，虽然这样，但他从心里还是瞧不起他，一个土匪出身，净干些赌博、贩毒、挖祖坟的事，推荐他当上川军领袖，如果将来做出叛逆之事，必将牵连自己的前程。让曾主任一直感到不太正常的是，潘叔才至今都没有什么表示，只是来了几封信，好像对军团长这件事并不是多么上心，这让他有些不快，但他相信这次前去，潘叔才肯定会有表示的。正像他想的这样，此时潘叔才正与单印商量，曾主任来了，怎么操作军团长一事。

　　潘叔才抚抚光亮的头顶，有些焦虑地说："单贤弟，在运作川军领袖这件事上，谢光宁可没少下本钱，这次曾主任前来，我们怎么运作？"

　　"师座不必担心，以在下分析，谢光宁虽然极力掩盖自己的丑行，但明眼人还是知道他是欲盖弥彰，相信以曾主任的法眼是能够看透其中的端倪的。在下分析，他可能会先来我们这里，到时您可以出点香火。"

"那贤弟认为这次我们出多少合适？"

"送礼要么就要撑起别人的眼皮，要么就不送。否则，送了反倒显得自己小气，起不到任何效果。反正我们赢的是谢光宁与赵之运的钱，这些钱本来不是咱们的，尽可能地把这些钱投入到经营军团长的事上，感动曾主任。"

潘叔才拍拍单印的肩，用力点头："单贤弟啊，等本座成为军团长就把你提拔成副官，让你与我共享荣誉。本座相信，凭着贤弟的聪明才智，我们会大有作为。"

事情果然如单印所想，曾主任便装来到潘府。潘叔才惊喜万分，要大摆宴席，盛情款待。曾主任摇头说："叔才啊，不要动作太大了，低调些嘛。"潘叔才用力点头，头顶上那几根毛耷在了脸上也顾不得去挠："那就按您说的办。"

在接下来的交流中，曾主任意味深长地说："叔才，你知道我为什么先来你这里吗？因为我感到你比谢光宁要靠谱啊。你们同为师长，你做事比光宁要低调务实得多，是符合川军领袖的要求的啊。"潘叔才知道，现在说什么也不如兜里的那几张纸重要。他掏出那几张盖着很多红印的纸递上："这是点小意思，请曾主任笑纳。"曾主任把银票接过来看看，装进兜里，脸上的严肃顿时消失了，声音也温和了："贤弟啊，跟你透露个事，他谢光宁多次求我向上面举荐，但我认为他的所作所为，极其恶劣，必将陷我有举人不贤之誉。你就不同了，你是正规军校出身，在川军中资格又老，威信也高，如果由你担任川军领袖，再合适不过。等我回到南京，定向上面极力举荐，不过，这件事呢并非只有我说了算的，至于其他重要成员，这个，啊。"

潘叔才明白曾主任的话，就是还想要钱。"曾主任，这次请您前来坐镇，属下是有安排的。他谢光宁由于黑吃黑在贩毒品的行当中栽了跟头，挖祖坟遭到成都人抗议，前段时间勾结裴玉堂的大徒弟赵之运暗箱操作赌王大赛，捞了不少好处。裴玉堂的爱徒向赵之运提出来终极赌战，旨

长篇小说
赌道

在解决袍哥会的问题，为此不惜把全部的家业拿出来作为赌注，谢光宁为图谋单印的家业，与赵之运不惜联合起来筹款运作此赌。属下感到单印为人正直，赌技又好，于是主动对他保护，怕到时两军有所摩擦。"

"那你认为，哪方的赢率会高呢？"

"属下认为单印有着百分之八十的赢率。"

"那他赢过钱来，岂不变成民国首富了？"

"单印并非贪图钱财，旨在解决袍哥会的问题。至于赢的钱呢，曾主任您放心就是。"

虽然只有半句话，曾主任听明白了，那意思是赢了钱少不了您的那份啊。他点头说："贤弟能够匡扶正义，这是对的嘛。放心吧，我不会在这种时候让谢光宁对你不利的。既然是赌博，就得按规矩办事。再者，我曾与裘玉堂老先生有交情，自他遇难之后，两个爱徒反目成仇，打打杀杀的，确实令人心寒，是该把问题解决了。"

两人谈了几个时辰，到了该吃饭的时候了，曾主任却站起来告辞："叔才啊，我就不在这里吃饭了，我到谢光宁那里用餐。你不要有什么想法，我这么做也是想安抚于他。不想让他知道我跟你有什么私交，对你产生敌意，从中作梗。有些事情不是明面上做成的。假以时日，上面宣布扶持你成为川军领袖，那时候他谢光宁就没脾气了。"

"属下明白。"潘叔才用力点头。

曾主任到谢光宁家，主要考虑的是，之前谢光宁曾送过大礼，如果他知道自己与潘叔才交往，说不定会翻脸不认人，轻则宣扬他收受贿赂，往重里说，可能会危及他的人身安全。

曾主任换上军装，来到谢光宁家。谢光宁惊喜道："曾主任，您应该提前告知属下，好前去迎接啊。"曾主任摆手说："光宁啊，我们又不是外人，迎来接去的多麻烦。这个，我一路跋涉，现在有些饿了，先去准备些饭，简单点就行。吃过饭后，咱们聊点正事。"

"好的好的。"他跑出门对警卫说，"马上去拿些饭菜来，记住，拿来的饭菜你们要自己先尝了再摆桌。"回到客厅，谢光宁脸上泛着卑微的笑："曾主任，有些话属下早就想跟你解释解释了，最近这段时间，由于袍哥会的恩怨，让属下非常难堪。裴玉堂的二徒弟单印为争夺大哥位置，跑到潘兄那里挑拨离间，把我们本来很好的兄弟给疏远了，这倒不说，他单印还四处造谣说我贩毒，挖祖坟，涉赌。如果说涉赌，这个属下没话说，因为黑帮的特殊性，属下怕他们打打杀杀，扰乱治安，造成动乱，确实提议他们在赌台上和平解决矛盾。至于贩毒，属下真的不敢为之。从古至今，贩毒都是被禁止的，我岂能做这种事情。至于挖祖坟，我对此深恶痛绝，并且，属下是亲自将盗墓王正法的。"

曾主任点头说："贤弟不必解释，我相信那也不是贤弟所为。上次我给你书信，主要是怕你涉及这些事情，影响咱们的计划。对啦，至于军团长之事，我已经多次举荐过你了，上面的意思呢，抽个时间开个会听听其他内僚的看法。我为了让他们都为贤弟美言，可以说是倾尽所有啊。当然，问题还是有的。"

听了这番话，谢光宁心里感到有些气愤，有些无奈。自己先后出了这么多钱，至今还张着血盆大嘴要。气愤归气愤，事情都到了这种节骨眼上了，他不能够放弃，放弃就等于白扔那么多钱。他点头说："曾主任让您费心了。属下会尽快筹备，到时还麻烦您帮助打点。如果有幸成为军团长，属下愿意为您鞍前马后，孝敬于您。"

本来，潘叔才对军团长的事情并没有多大的欲望，现在他把钱投进去，听了曾主任的表态，心劲就上来了。他越发感到，单印此局的胜负，对于自己是否成功竞争军团长，是至关重要的。他打发警卫员去把单印、陈副官、付营长找来，对他们说："单贤弟与赵之运的赌战马上就要开始，对于贤弟的赌技以及运作方式，本座都不会怀疑，但是本座认为这其中还有着很多不确定性，也就是说，我们并没有百分之百的把握。这件事让本座有些忐忑。如果单贤弟不慎输了，那输的就不仅是这起赌局，至于后果，大家能想象得到。所以，我们必须还要想想办法，争取绝对的赢率。"

长篇小说 赌道

陈副官看看潘叔才严肃的脸，知道他的担心，说："虽然咱们做好了周密的安排，但是其中有些细节，下官感到还是有些不确定因素。大家想想，谢光宁与赵之运，他们为了胜出，会想尽办法，不择手段。再者，那个李文轩真靠得住吗？他毕竟是谢光宁的小舅子，就算没这层关系，这种叛主之徒岂可相信。"

潘叔才轻轻地点点头："陈副官分析得极是。本座认为，单贤弟对外界放出重伤之事，并不能影响谢光宁与赵之运的戒备，这对于绝对胜出没多大帮助。接下来还有几天的时间，我们能不能给我们的胜利打打包票？"

陈副官说："只有把赵之运干掉才是最保险的。"

单印愣了愣，说："把他干掉确实能保证百分之百的赢，但问题是我们做不到啊。谢光宁对他的安保做得如此周到，我们总不能不惜战争，闯进谢军去杀他吧。再者，谢光宁现在连李文轩都信不过，我们很难掌握他们的动向。上次，谢光宁告诉李文轩赵之运去赌场的时间线路，结果，却把他提前送到日本领事馆里，由日本人保护他去赌场的。可见，现在谢光宁对于赵之运的安全，有多么重视。"

潘叔才担忧地说："谢光宁既然连李文轩都不相信，我对咱们的赢率更加担心了。到时候，李文轩发不发牌都是未知。虽然他提供了利用磁铁，检查眼镜等等预防老千的事情，问题是他们会不会有出其不意的老千。再者，就算他们不抽老千，单凭起牌，像这种一盘定输赢的局也没有策略可用，只能看老天给什么牌，这样是很危险的，这样是不行的。"

此话说出来，大家显得有些凝重，因为他们之前太乐观了。单印发现大家情绪低沉，想了想说："李文轩急需要赚钱，他是绝对可用的。属下感到有个办法是可以试试的。虽说李文轩的姐姐已经年老色衰，失去谢光宁的宠爱，但是她毕竟还在府中。我跟李文轩商量商量，从他的姐姐身上打点主意。"

"贤弟请讲，什么主意？"潘叔才的眼睛亮了亮。

"她身在谢府，出入自由，方便于在食品方面做文章。"

陈副官看看潘叔才紧皱的眉头，忙说："单部长想过没有，她可是谢光宁的结发妻子啊。据说，这个女人对谢光宁获得今天的地位的帮助是很大的，就算她敢药死赵之运，但是她也怕误伤了谢光宁，所以，这个办法的可行性，值得商榷。"

单印摇摇头，说："据说谢光宁的小妾常对她刁难，下人不用，非让她给自己端尿盆，谢光宁竟然对她说，如果你连这件事都不能做还留着你有什么用。想必，她心中也是有恨的，一念之差，说不定就把事情给办了。除此之外，属下真想不到别的好办法。当然，如果你们能想办法把赵之运除掉，最好不过了。"

陈副官低下头不再说什么，因为他知道除掉赵之运是根本不可能的。潘叔才轻轻地叹口气说："单贤弟说的这事情呢，虽然可行性较差，但我们不妨一试，因为我们现在没有别的好办法嘛。对于赵之运，陈副官你继续派人盯着他的家，谢府，豪胜大赌场，日本领事等处，只要看到赵之运，不要有所顾忌，直接乱枪干掉。现在曾主任就在成都，就算我们与谢军发生小的冲突，他也不会让我们两军开战的，所以不要有太多的顾忌，要根据情况，灵活应变。"

散会之后，回到住处，单印独自坐在藤椅上，脸上泛出厚厚的忧虑。他手里玩弄着一枚骰子，那骰子就调皮地在手指上来回滚动着，翻转着。这时，刘芳端着杯茶进来，放在单印面前，用手轻轻地抚抚他的肩："妾身突然想起件事来，单明身在美国读书，你们这场豪赌会不会影响到他的安全？"听到此话，单印打了个激灵，马上站起来喊道："光头，进来。"

门外候着的光头跑进来："大哥，怎么了？"

"坏了，我们忽视了个问题，你马上把付营长找来。"

光头见单印表情凝重，知道事关重大，转身就跑。单印来回踱着步子，不停地叹气说："我竟然把这个茬给忘了，太不应该了。"单明是单印与结发之妻生的孩子，因上初中时出了点意外，就把他送到国外学习了。事情是这样的，那天单明放学后回家，被一赌徒绑架，要单印带十

长篇小说
赌道

万大洋去赎人。他亲自带着银票去把人赎回来的。虽然事后光头带领兄弟把钱追回来，把人也砍了，但从此单印明白了个道理，自己身为袍哥会的重要人物，身处赌行，家人是极容易受到牵连的，为此他找了两个信得过的下人，陪同单明去美国学习了。现在，单明已经读大学，并且已经订婚。如果谢光宁知道这件事情，必然会把单明抓起来用来要挟自己，那样，自己就真的难以抉择了。当付营长来到后，单印满脸痛苦地说："有件事情我们忽视了，我的长子单明在美国读书，如果谢光宁知道，就！"

付营长吃惊道："单部长您该早说才是。好在现在还没有事发。这样吧，属下马上去请示师座，派人前去保护，以防万一。"

单印说："那我跟你同去。"

两个人来到潘府，把事情说明后，潘叔才也是吃惊不小："疏忽，这是疏忽啊。贤弟应早把此事想到，我们好提前做好准备。好在现在还没出问题，付营长，你挑几个人马上赶到美国，把单明接出学校，找地方隐藏起来，等赌战结束后再去学校。"付营长走后，潘叔才问："贤侄到美国学习，都有谁知道？"

单印叹口气说："赵之运是知道的。"

潘叔才疑惑地问："那么他们为什么没有采取行动？"

单印想了想说："我都把这茬给忘了，想必他们也给忽视了。"

潘叔才点头："一旦他们想起来，是绝对不会错过这个机会的。这件事，我已经安排付营长去了，你不要过于担心，还是赶紧联系李文轩，看看能不能从他的姐姐身上做点文章。虽然我们不抱什么希望，但还是可以试试的。"

单印回到家里，感到心里乱糟糟的，有种不祥的预感。自从他练习赌术以来，自己这种预测的敏感度越来越强烈，有时候会出现让人匪夷所思的事情。比如，他的第一感觉往往是很准的。刘芳见他忧心忡忡，便凑到他的身边："也不必太过担心了，你身为父亲都没有想到的事情，他们也可能忽视了。还有，这件事就不要跟大姐说了，省得她担心。"听了这话，单印不由更是感动，伸手搂住刘芳的肩，叹口气说："我单印能与你伉俪，是我三生有幸。"

自刘芳来到家里，把家里打理得有条有理，人际关系也非常和睦。刘芳与他的结发之妻的关系处理得比亲姐妹都亲，每次他对刘芳发火，大夫人都会站出来维护，对他进行斥责。上次刘芳听说单印手下的小头目的老婆生孩子，亲自带着东西前去看望，结果自己的孩子却跌伤了，等她回来，单印对她发火。大夫人站出来说："单印你想过没有，妹妹所以这么做，是为了谁？就你那倔脾气，如果不是妹妹从事梳理谁会铁了心跟你干，你对她发火你犯得着吗！"想到这里，单印用力地搂搂刘芳，把她的头按在自己脸上："等为师父报仇后，我向你保证，不再涉赌，咱们去过清静的生活。"

当赵之运通过小道消息得知单印派人前去美国保护单明，结果单明不知去向，便想到可能与谢光宁有关。他问："师座，在下有件事想问您，据说单印的儿子单明在美国消失了，这件事情是不是师座您做的？"

谢光宁抬起眼皮来："噢，单印的儿子在美国读书，本座怎么不知道？如果早知道，这对我们的胜利太关键了。"然后，用眼睛狠狠地剜着他，"你早知道为什么不告知本座，好采取行动？"

"师座，在下是知道这件事，可由于事情太多给忘了。再说，他单印身为父亲，不是也给忽视了，以至于现在才去保护，结果去晚了，人已经消失了。"

"假如我们真的握有单明，会对单印有什么样的影响？会不会对他构成要挟？"谢光宁把雪茄在桌面上杵了杵，并没有去看赵之运。

"这个很难说，如果说没有，他毕竟是单印的亲生儿子。如果说有，上次在下赢了他的老婆，是他亲自牵着手送出来的。这说明，在大事上，单印还是分得很清楚的。再者，有一点在下感到是不如他的，那就是他的诚信。"

谢光宁站起来，倒背着手转过身子，对着窗外，冷冷地问："既然你这么崇拜于他，为何要跟他进行火拼，完全可以拥立他为袍哥会大哥，和睦相处，岂不是美事。"

赵之运愣了愣，忙说："师座，人都有魔性与佛性，也就在一念之差。当在下听说，师父要把位子传给单印，心里就不平衡了。您想啊，单印是我的师弟，赌技并不比我强，为什么要把位子传给他？论资排辈也是我这个大徒弟的，所以，我就……"

"之运啊，你的话还是有点道理的。现在，本座明确地告诉你，单明在我这里，我想在赌博那天用他试试单印究竟有多么爱他的儿子。本座相信，肯定会对他有所影响的。"

其实，赵之运与单印订下赌约之后，谢光宁就在千方百计地调查单印的亲朋，想找到他的弱点，用来保证这次赌战的胜利，结果查到单印的儿子初中时就去美国读书了。他又开始调查是谁陪同去的，最后终于查到陪同单明去的两个人的家里，并翻出了从美国来的书信，于是就派人去把单明弄来了。

谢光宁解释说："之运，这件事没有告诉你与文轩，是不想让你们对这件事抱有希望，督促你们想出更好的办法来。以单印的性格，我是知道的，单明对他有所影响但是还不能决定这起赌战的绝对胜利。这件事先不要谈了，还是说说你跟加藤练的老千手法，已经到了什么程度了，你们有没有必胜的把握？"

"在下感到没有任何问题，至于单明，根本没必要了。"

"你的意思是让我把他杀掉？"

"不不不，在下的意思是，现在曾主任就在成都，如果这事情传出去，必然怀疑到您头上，这对您的声誉不利。"

谢光宁冷笑道："本座知道单明不会起到多大的作用，但是本座对于作用的理解是，多种小的因素，会影响大局。你应该听说过'千里之堤溃于蚁穴'的故事吧。所以，本座是不会在这时候放他的，等他单印输了此局，我会亲自把他送到府上，并对他说，我虽然为他救出了儿子，但不需要他任何答谢。"

"师座，您看不如这样，把单明关押在我家，将来此事传出去，您也可以推到我身上。您是做大事的人，不能为任何小事而毁誉，特别是在申请军团长的节骨眼上。再说了，就算关在我家，同样有军队在外面守着，单明既跑不了，单印也没办法救出来。"

"之运，本座知道你的想法，不过呢，你与单印的恩怨应该在赌局中了结，不要在孩子身上泄恨嘛。再者，你把单明放到你那里，他们就敢动用兵力去抢，到时候会殃及你的家人。放在师部，潘叔才他们是不会前来抢夺的，因为他担心两军会引起冲突，继而发展到战争，影响到成都的安定。"

第九章　错综复杂

对于单印的提议，李文轩不由暗暗心动。如果能让谢光宁毒发身亡，那么豪胜大赌场就会变成他的了，自己可以借着这家赌场，保证上层的生活。不过他明白，虽然姐姐恨谢光宁无情，但他们毕竟是夫妻，没有爱情也有亲情，想说服她是不容易的。可是，他不想错过这个机会，因为他相信，万事都有可能。

李文轩来到谢府后，听说谢光宁出去有点事，心中暗暗欣喜。他来到姐姐的房间，把门闭住，又快步到窗前，看看楼下来往的人，伸手把窗帘给拉严了些，凑到姐姐跟前："姐，最近这段时间那臭婊子有没有欺负你？"

"唉，那小婊子是盼着我早点死呢，你想她能放过我吗？她每天对我横鼻子竖脸的不说，动不动就让我去做这做那。家里这么多下人不用，专门让我去做，现在搞得府里上下都不敢跟我说话了。你说，姐现在的身份都不如家里的丫环了，姐感到活得没有意思了。"

"姐，这件事的主要原因并不是那臭婊子，是谢光宁的问题。当初他到咱们家求亲，父亲嫌他土匪出身，不同意，他在门前跪了一整夜，并许诺绝不娶小妾，一生就对你好，可是得到你之后，明里就娶了四个姨太太，暗里还不知道有多少人呢。你说这人不是陈世美吗？这人不是该死吗？"姐姐听到这里眼里蓄满泪水，抽泣道："刚结婚那会儿，他谢光宁把我放到嘴里都怕化了，我说什么就是什么，每天晚上都给我洗脚，把我给感动得不得了。谁想到他现在竟然这么对我，我真的不想活了。"

李文轩见姐姐的情绪被煽动起来，压低声音说："姐，只要把谢光宁除掉，小弟我就帮助你变成家里的老大，把那些摇头摆尾的小婊子都卖到怡美院去。"听了这话，姐姐的表情顿时目瞪口呆，结巴道："你，你，你说什么？"

李文轩肿胀的眼皮猛地抬起，恶狠狠地说："他谢光宁对你不仁，你也没必要对他有义。不如这样，我给你弄点药，你把谢光宁毒死，那么整个家业就是咱们姐弟的了，以后你说什么没有人敢不听。"话没说完，姐姐的头摇得就像拨浪鼓似的："不行不行，文轩你可别有这种想法，他虽然不好，但他死了，这个家没了顶梁柱，我是撑不起来的，到时怕这种生活也没有了。"

"姐你想过没有，他死了不是还有小弟吗，我这几年在道上混，认识了不少朋友，是能吃得开的。再说了，他死了，偌大的家业就是咱们的了，咱们想干什么就干什么。您现在也不是很老，可以再找个人来过后半生，好好地过几年属于你的日子。"

这样的说法虽说很有诱惑，但姐姐感到杀掉谢光宁这件事太大了，大到她这个妇人不敢这么想。就在这时，门被敲得山响，就像敲在李文轩心上，他忙附到姐的耳朵边说："姐，这件事可不能透出去，透出去咱们就没命了。"姐点头说："放心吧，这件事姐能乱说吗？"这时传来丫环的喊声："五太太刚洗过澡，让你过去给她缠脚。"大太太听到这里，用力喊道："好，我马上过去。"抽了抽鼻子，眼泪顿时掉下来，"弟弟，反正姐活得没意思了，死活都一样。我听你的，你说怎么做就怎么做。"

李文轩打开门，看看走廊，把门闭上，跑到姐姐跟前，跟她耳语几句，掏出个纸包来放到她手里。她慌乱地把那纸包塞到枕头下，点头说："你赶紧回去，我去给五姨太裹脚。"李文轩心里扑通扑通跳着，离开姐姐的房，匆匆地往外走，突然听到谢光宁喊："站住。"李文轩打个激灵，慢慢地回过头，见谢光宁披着大衣，正冷冷地盯着他。他忙转过身说："姐夫，什么时候回来的？"

"刚刚回来。"

"是这样的，属下想找赵哥商量点事呢。"

长篇小说 赌道

"之运说回家有点事，我派人送他回去了。"

"什么什么？"李文轩故意吃惊道，"在这种时候让他回家，要是让单印的人知道那不坏事了？"

"这个问题我也知道，不过偶尔的，他们也不会想到。再者，赵之运说最近老是梦到自己的祖父，说要回去在牌位前上炷香，我不想让他有心事，就派人把他护送回去了。他马上就会回来，你可以在这里等等。"

"不了不了，赌场那边还有很多事。"

李文轩走后，谢光宁回到客厅，点上支雪茄慢慢吸着，在考虑接下来的事情。在大赌之前，他曾主任竟然住在成都不走了，看来他是等着赌完了拿钱的。想想自己递上去这么多钱了，现在他还张着口要钱，还在这里等着钱，心里非常不痛快。他把手里的雪茄扔到烟灰缸里，起身向二楼走去。来到几个兵守着的门前，让他们把门打开。单明正在那儿看书，见谢光宁进来，站起来说："谢叔叔来了，请坐。"谢光宁派人去美国接单明时对他说的是，你父亲现在正在参与大型的赌战，怕你成为对手的要挟，所以暗中把你给保护起来。回来后，单明就很安静地在这里看书学习，并没有怀疑。谢光宁坐在床上："贤侄在这里还适应吗，有什么需要，尽管说，等这次的赌战过后呢，就把你送回去。"

"太感谢您了，小侄在这里一切都好。"

"在美国有没有谈女朋友啊？"

单明不好意思地笑笑："我们班有两个中国女生，早有男友了，小侄不想找外国女人做媳妇，所以至今还没有呢。"

谢光宁点头说："有骨气。中国人就得娶中国媳妇。要不要我帮你介绍？"

单明摇头说："小侄现在还小，还是以学业为重，没有考虑爱情。"

谢光宁又点点头："好，有志气。对了，如果寂寞了就跟我说。"

单明说："谢谢叔叔，小侄已经习惯了这种隔离，不感到寂寞。"

单明的这种说法是可以理解的，因为他的父亲从事赌业，常为保护他把他关在房里，他对这样的生活确实已经习惯了。

谢光宁回到客厅后，见赵之运已经回来了，便对他点点头："现在你的心情好点了吗？"赵之运点头说："谢谢师座，在下这次回去，给祖父上了炷香，顺便跟家里人说了说，心里好受多了。"

谢光宁点点头："那就好那就好。"

赵之运问："师座如果没有吩咐，在下去房里了？"

谢光宁说："好的，去吧，要抓紧练习，因为马上就要开赌了。这次的赌局，意义非同小可，我们必须要赢。"

对于怎么把单明给捞出来，潘叔才感到很费脑筋。如果单明关在谢光宁那里，必定会牵扯单印的精力，不利于接下来的赌战。可是他却想不出办法把人给救回来，只有劝单印："贤弟你放心就是，他谢光宁不敢拿贤侄怎么样，他要是敢胡来，本座就不惜发动战争，也要跟他讨个说法。"

"师座，现在他谢光宁不会把单明怎么样，如果他不慎输掉这局，恼羞成怒，那就很难说了。属下想过了，现在能帮上忙的，怕只有曾主任了。如果他出面去要，想必谢光宁不敢不给这个面子。当然，不知道曾主任帮不帮这个忙。"

"这个本座已经想过了，所以没去找曾主任，是怕谢光宁不会在曾主任面前承认绑架了单明。所以，本座认为曾主任是帮不上忙的。再者，本座担心，如果曾主任知道这件事情后，谢光宁为掩盖事实真相，反对单明不利。"

单印的想法是，如果单明有这样的危险，与其等谢光宁输掉之后把他杀掉，倒不如现在找曾主任试试，现在去谈这件事，至少还有希望。潘叔才认为此话有些道理，于是就决定联系曾主任，让他帮忙去协调。单印为了让曾主任确实能帮上忙，拿来十万银票，让潘叔才交给曾主任。

潘叔才明白，能否救出单明对于这起赌战的胜负是关键的，他不只拿上银票，·还当着单印的面，把自己收藏的一尊白玉菩萨像拿出来，要一同送给曾主任。单印千恩万谢，眼里的泪水都打转了。潘叔才与陈副官拜访了曾主任，曾主任非常热情地接待了他。上茶后，潘叔才满脸为难的表情："曾主任，今天前来是有事相求的。"

"叔才啊，我们又不是外人，有什么事你说就是，只要我能帮上忙。"

"是这样的，属下是受单印之托特来向您求助的。他的爱子单明本来在美国读书，现在得知被人绑架。单印认为这件事肯定是赵之运为了赢得赌战用来要挟的。"

曾主任的表情变得严肃起来，皱着眉头说："虽然是赌博，也要有规矩，岂能用此劣法。真是让人愤慨，不过呢，他如果不承认此事，那我没有办法啊？"

潘叔才把单印的银票掏出来，放到曾主任面前的桌上，曾主任扭头看看，十万大洋，不由为之心动。潘又从副官手里接过那个红木匣子，打开盖放到曾主任面前："这是属下的心意，还请曾主任帮助单贤弟了却此事。"匣子是古铜色的，越发显得里面的玉佛光洁通透。曾主任把目光移开："叔才，谢谢你，此佛太为珍贵了，回去之后我定当让内人供奉起来。还有，对单贤弟说，让他放心，如果令郎真在赵之运手中，我定会让他把人交出来。"

曾主任那是老江湖了，又受过正规军事训练，他懂得成事的谋略。如果赵之运真绑架了单明，潘叔才肯定是知道的，甚至是谢光宁亲自指令去做的这事。为了能够对得起别人如此之大的本钱，他细心推敲了自己的言行。随后，他打发下人去饭庄里拿来了几个菜，让警卫员去请谢光宁前来用餐。

在等待的时候，曾主任掏出那张银票看着。心想，看来这个单印是太有钱了，出手就这么大方，想必这次单印赢了赌局，自己将会有更多的收益。没过多久，谢光宁来了。曾主任笑着站起来："不知道你忙不忙，就把你叫来陪我喝酒。"

"不忙不忙。"谢光宁忙说。

两人坐在桌前，曾主任聊着聊着把话转到了正事上："自回到成都以来，听到不少有关赵之运与单印师兄弟的传说，他们师从同门，最后发展到这种程度，确实让人心寒啊。"

"是的，他们师兄弟反目成仇，为杜绝他们打打杀杀，危及别人安全，属下才建议他们在赌桌上解决问题的。这次的赌战，旨在根本地解决他们之间的矛盾。赢的可以继续留在成都，输的离开蜀地，老死不回成都，这样对成都的安定是有好处的。"

"贤弟的办法是非常正确的。不过，最近听外人在传言，你想置单印于死地。并且还说，曾派人在裘玉堂的墓地布雷。当然，我是不相信贤弟会做这种事情的。"

"曾主任，那是讹传，属下的目的是想解决他们师兄弟之间的矛盾，并非偏护其中一方。至于墓地埋雷之事，属下认为这极有可能是他们师兄弟之间相互报复所为。"

曾主任掏出雪茄来，递给谢光宁一支，用雪茄轻轻地敲着桌面，意味深长地说："据可靠消息说，赵之运绑架了单印的儿子单明，让他们之间的较量失去了公平。这件事情，我认为是件非常恶劣的事情，贤弟你怎么看的？"

"是吗？"谢光宁故作吃惊，"这事我还没听说过，不过这确实是恶劣的。"

"外面的人还在传说，这起绑架案与你有关。贤弟啊，虽然我不相信此事与你有关，但人言可畏。特别是在当前这种形势下，任何的风吹草动都可能影响大局。以我之见，如果你能说上话呢，就劝说赵之运把人放掉，光明正大地进行较量。如果你做成此事，那么你与单印有仇的传言，将不攻自破。这件事，从哪个方面来讲，都对你百益而无害嘛。"

现在谢光宁终于明白了，今天曾主任找他来，不是喝酒的，真正的目的是帮着单印要人。他明白，单印肯定前来找过曾主任，并且递上了见面礼，曾主任才如此卖力。他只能说："曾主任，如果单印的爱子真在赵之运手中，属下定会让他把人交出来。"曾主任笑着点头说："我只是建议，好啦好啦，不谈这些啦，我们用餐吧，今天，咱们兄弟要好好喝几杯。"

谢光宁回到府上，回想曾主任说过的那番话，犹豫着是否把单明交出去。事情都说到这个份上了，他感到左右为难。如果不给曾主任这个面子，也不好再用单明去要挟单印了。他考虑再三，感到现在这种情况有没有这个单明，并不会影响大局。因为他单印这种心理素质，把老婆输掉都能亲自牵出来交给人家，以他这种性格，单明也不会起到多大的作用。再者，他单印还有两个儿子呢。夜里，谢光宁跟赵之运商量把人送到他的家里，赵之运吃惊道："师座，在下想过了，还是不要送到我家为好，这样显得我不仁不义的。"

"之运啊，本座说要杀掉他吧，你又不同意，留着他你又说并不会起到多大作用。当初你提出要藏于你家，现在怎么又反悔了？"

"师座，当初只是怕事情败露影响到您的声誉。"

"那么现在你就不怕影响我的声誉了？"

"既然师座这么说，那在下只能遵从了。"

当天夜里，谢光宁就派人把单明送到赵之运家，然后去跟曾主任汇报，表明自己经过多少努力，做了多少思想工作，赵之运才同意把人交出来。曾主任点头说："这样吧，明天我约单印前来，我们三人同去接单明，这样也向大家表明你并没有偏护哪方，一直是抱着公正的态度解决他们之间的恩怨的嘛。你放心，我相信单印肯定会当着大家的面对你说声感谢。"

谢光宁心里感到有些苦涩，自己费尽心机把单明整来，本想在最关键的时候发挥作用的，最终白搭上了费用，还得还给人家。不过，他感到能够送给曾主任个人情，并且能够解除大家对他的流言，也算是有点意义了。他只能用这种理由，来说服自己，让自己好受点。其实，他心里是很难受的。

单明接回家后，潘叔才亲自到曾主任家拜访表达谢意，并说单印为表达感谢，想请他到家里吃饭。曾主任摇摇头说："叔才啊，在这种敏感的时候，我就不去他家了，由我来设宴请你们来坐坐吧。"潘叔才忙说：

"曾主任，属下认为在这种时候让单印前来是不合适的。如果谢光宁知道这个消息，肯定会对他进行狙击。"

"是吗，这我倒没有想到。"

"曾主任您想，他谢光宁是土匪出身，自来到成都之后，贩毒、挖祖坟、绑架，什么缺德事没有做过？为了保证他这次能赢，肯定会设计单印，所以呢，为以防万一，还是不让他抛头露面为好。"

"那好吧，就你与谢光宁过来坐坐吧。"

潘叔才回到辖地，跟单印说了这次去曾主任家的情况，然后提示他说，明天我与谢光宁赴宴，你正好可以去跟李文轩谈谈之前的那项计划了。

单印说："好的，我把他约过来，再给他鼓鼓劲。"

夜晚，李文轩如约而至，他苦着脸解释说："单哥，这件事不是小弟不努力，我姐是个妇道人家，心不够狠啊。"单印点头说："她的心情我能理解，毕竟他们在一起生活多年，是有一定感情基础的。不过你应该向她表明，他们虽然是结发夫妻，她没有生下一儿半女，而她下面的几个姨太太却都有儿女，她在这个家里就是个老妈子，现在没人把她当回事，以后更没有人把她当回事。"

"好的，我抽空再跟我姐说说。"

"明天曾主任请谢光宁与潘叔才赴宴。"

"单哥我明白了，明天我过去。"

李文轩告别单印，直接来到小妾那里。小妾隔着门问："带钱来了吗？"上次李文轩来时，小妾说自己身无分文，胭脂粉都没有了，让他给弄钱，他说下次一定带来，不带钱来就不给他开门。李文轩这才想到，忘了跟单印再弄点钱了，忙说："心肝宝贝，我马上就要发大财了。"小妾在门内说："那等你发了大财再来吧。"李文轩叫不开门，心里感到郁闷，便来到怡美院。怡美院的老板冷漠地对他说："小李子，你可欠我们不少钱了，你这次带钱来了吗？"

"欠不下你的，我马上就要发大财。"

"那等你先把钱还上再说吧。小李子，别以为你姐夫是个师长就想赖账，老娘的靠山比他的大腿粗，谢光宁想拜人家干爹，人家还不见得同意呢。"

李文轩又被妓院老板呛了顿，心里窝着火回到豪胜大赌场。他在大厅里来回踱着步子，想象着谢光宁死后自己变成赌场老板的光景，脸上不由预支了那种喜悦。他感到是得给姐姐鼓鼓气，把事情给了结了。第二天，李文轩起床时已经九点多了，他脸都没来得及洗，直接跑到谢府。来到客厅，见姐姐正在大厅里打扫卫生，便皱眉道："不是有下人吗？"姐姐叹口气说："这是五姨太吩咐的。"李文轩把姐姐手里的抹布夺下来扔掉，扯着她回到住处，把门关住，说："姐，你是不是真把自己当成老妈子了？"

"姐没有办法啊，不做，那小婊子就横鼻子竖眼的找茬。"

"姐你可想好了，几个姨太太中你是最老的，你还没为谢光宁生下一儿半女。你现在还能当老妈子，再过几年动不了，除了小弟我之外，没有人养你的老。"

听了这话，她的眼里蓄满了泪水。她并不是不会生，之前跟随着谢光宁到处打仗，她怀的孩子在行军中流产了，又没有得到好的休养，从此再也不能怀孕了，这成了她人生最大的遗憾。有时候她在想，谢光宁之所以对她不好，下面的几个小婊子之所以敢欺负她，就是因为她没有孩子。现在被文轩这么一提，就再也抑制不住自己的情绪了，越哭越想哭。"别哭了，哭有什么用。"由于李文轩的声音大，她吓得打了个激灵。她从来都没想到瘦弱的弟弟还能发出这么浑厚的声音："文轩，你是不是出什么事了？"

"出什么事你能帮上忙吗，我现在需要找个老婆给我们李家传宗接代，可我有钱吗？姐你想过没有，他谢光宁让我当老板，给的工钱却是跟别的员工相同，每个月都不够我应酬的。这样下去，我们姐弟还有什么前途？"

她叹口气说："文轩，我知道你说的那事儿，我左思右想，实在是下不了决心啊。谢光宁虽然现在对我不好，想想之前还是挺关心我的。这做人，就算养个小狗小猫时间久了都有感情，何况这人在一起时间长了。"

"姐，那你就在这里当老妈子吧，以后不要再哭天抹泪的，这是你自己选择的生活。还有，小弟实在混不下去了可以到别的地方打工去，有些话我得先说下，到时候你被人家折腾死了，怕是小弟都不会知道。"说完，低头耷拉角地去了。

大夫人在弟弟走后，回想着弟弟的这番话，越想越感到自己没指望了，越想越感到委屈，眼泪不停地落。这时，门外传来下人的叫声："哎哎，五太太问你打扫完了吗？要是你敢偷懒，就有你好看的。"大夫人抹抹眼泪说："我马上就去干。"大夫人叹口气，把自己的床垫掀开，盯着那个被压扁的纸包愣着。她抖着手摸起来，轻轻地打开，里面是些雪白的粉末。这时，响起了敲门声，随后传来五姨太的叫声："你是存心气我吗？"

大夫人的喘息越来越粗重，吼道："你是个婊子。"

外面叫道："什么什么，你敢这么跟我说话，来人，把门给我砸开，我把她的毛给撕光。"

"你是个婊子……"大夫人的声音越喊越响。门被撞得当当响。大夫人把那纸包捧起来倒进嘴里，吞了进去，跑过去把门打开，对着五姨太那张脸猛挠。五姨太叫道："疯了疯了，来人啊。"大夫人死死地抱她的腿，用嘴去咬她的腿，疼得五姨太哇哇大叫。当下人们赶过来，发现大夫人瞪着血红的眼睛，嘴里流着股血，吓得哇哇大叫着跑了。五姨太没人腔地惨叫着。几个卫兵跑上来，却没法把大太太的手给弄开。因为她的手指已经陷进五姨太的肉里。医生来了后，看到这种情况，摇头说："这个不好办，必须要把大夫人的手指给弄断。"

"那就赶紧弄断。"五姨太叫道。

"属下不敢，这个得请示师座。"

"我会跟他说的，你只管弄断就行了。"

"小的不敢。"说完，提着急救箱匆匆离去，任凭五姨太叫着也没回头。五姨太的小丫环在旁边抹眼泪，边哭边摇头："太太，我不敢，我不敢弄。"最后，小丫环找来菜刀，五姨太自己把大太太的手砍断，从肉里把指头抠出来，跑到了自己的房里，进门就背过气去了，医生好一阵忙才把她弄醒。

谢光宁从酒宴上回到家里，听说家里出大事了，见五姨太脸上包裹着纱布，腿上打着绷带。他来到楼上，见大太太五窍流血，眼睛瞪得狰狞，手已经被砍去，几截指头撒落在地上，那样子惨不忍睹。他深深地叹口气，叫道："来人，把她收拾起来埋掉。"

刘副官问："师座，要不要请文轩过来？"

谢光宁摇头说："这件事先不要声张。"

他怕李文轩知道此事，会影响马上就要面临的赌战，毕竟文轩作为荷官，在这起赌博中有着重要的作用。谢光宁来到三姨太的房里问事情的经过。三姨太一向看不惯五姨太的专横跋扈，她添油加醋说："你是让我说实话呢还是说假话呢？"

"废话，不想听实话我会来问你吗？"谢光宁瞪眼道。

"事情是这样的，五妹不让下人去打扫客厅，非逼着大姐去。大姐回到房里歇了会儿，五妹就领着几个丫环赶过去打她，把她打急了，就去撕五妹，结果她们就把大姐给打死了，还把她的手给砍了，手指头也给砍了。"

"真是可恶！"谢光宁用鼻子哼了声。

"唉，真可惜了五妹那张脸了，那么娇美，人见人爱，现在被挠花了。她就没有想想，等自己变丑的时候，还不同样会像大姐那样没人疼没人爱的。这人啊，做什么事情，己所不欲，勿施于人。想必六太太进门后，毁容的五妹日子也好过不了。"

谢光宁知道三姨太是讽刺他喜新厌旧，五姨太受宠娇纵。他哼了声，爬起来走了。回到客厅，他交代人把五姨太的几个贴身丫环全部卖到怡美院，把五姨太送回娘家养伤，让她永远不要再踏进府里半步……

本来，单印想借李文轩之手把谢光宁除掉，为师父报仇。当他经过线人得知，大太太已经死掉，并偷偷地埋了，便感到有些失意。他怕这件事情会影响李文轩合作的热情，决定对他做思想工作。当他们见面后，单印吃惊的是，大太太去世的事情，李文轩竟然不知道，因为他见面就说："单哥，前几天我找我姐了，我把狠话撂下了，目的是催她赶紧下手。"单印心里在想，是否把实情告诉他，随后感到还是有必要的，让他对谢光宁恨之入骨，这样他就不会在两方之间晃悠。想必，姐姐的死会让他铁了心与谢光宁背道而驰。他叹口气说："文轩啊，有件事情呢，不知道该不该告诉你。"

"单哥，小弟是诚心跟您合作的，就算整不死谢光宁，我们还是能赢的。"

"有件事情我说出来，你可要有心理准备。"

李文轩以为是要解约，急了："单哥，小弟有什么不对的，您可以提出来，小弟可以努力，千万不要对我失望。"

"我们合作的事情你不必怀疑，我单印说过的话是算话的，说让你从这起赌战中受益就一定会让你受益。何况，现在谢光宁已经变成我们共同的敌人了，我们合作的理由更充足了，所以我对贤弟是非常相信的。"

"单哥，小弟就愿意跟您合作，跟您合作小弟放心。"

"贤弟，我说的是另一件事情。"

"单哥请讲。"

"有件事情你可能并不知道，据可靠消息，你家尊姐由于与五姨太拌嘴，结果被五姨太杀害了。谢光宁为了掩盖事实，当天夜里就派人把尊姐埋了，并且封锁消息。我认为五姨太之所以敢杀掉尊姐，肯定是谢光宁授意的，如果他不点头，五姨太个妇道人家岂有这么大的胆子。"说着说着，见李文轩眼睛越瞪越大，便问，"贤弟，你没事吧？"

"大哥，你，你听谁说的？"

"文轩啊，大哥我从没有跟你说过假话。不过，这件事你要沉住气。如果你知道这件事后大吵大闹，谢光宁就不会相信你了，也不敢用你了，那我们的合作就不方便了。你要把这份痛压在心里，咱们合作成功后，让谢光宁输得精光，然后再痛打落水狗。"

虽然单印的诚信非常高，但李文轩还是不相信自己的姐姐被杀了，他随后来到谢府，要见自己的姐姐。谢光宁淡漠地说："她最近信佛了，到寺院里去烧香理佛，没个半月回不来。至于哪个佛院，我也懒得问这些。"说着站起来，表情异常严肃，"文轩，这是什么时候，你不去做正事还来这些家长里短的。"

文轩心里非常难过，现在他开始相信单印的说法了，他说："那我知道了。我去跟赵之运谈点事情，姐夫您忙您的。"

"这才对嘛，要把精力放到这起赌战上。我们倾尽所有，就是要把单印的财产给赢过来的，你放心，赢了这局有你的好处。"

李文轩来到赵之运的房里，把门闭上，小声问："赵哥，有件事你必须跟我说实话，你在府里住着，知不知道我姐的事情？"赵之运摸摸眉中的那枚痣，把本来就短的脖子缩得更短了，咋舌道："什么什么，你不知道？"

"请赵哥说实话。"李文轩心里已经明白了，眼里开始变得潮湿。

"这件事我不能说，说了你闹起来，那我岂不受到牵连？"

"放心吧赵哥，无论什么事小弟都压在心里，不会张扬。"

赵之运于是把事情的经过说了说。李文轩听到跟单印说的基本相同，便知道自己的姐姐真被杀害了。想想之前，姐姐优柔寡断，反倒被人家给杀了，便恨恨地说："我姐是该死。"

赵之运吃惊道："文轩，我没听错吧？"

李文轩泛出凶狠的目光："早知如此何必当初。"

"文轩弟，在这种时候你还是当作不知道的好。"

"放心吧赵哥，小弟是能装得了事的人。"

告辞赵之运回到住处，李文轩就像狼咬着那样哭，哭得在地上打滚。最后折腾够了，呆呆地坐在那儿。当初，谢光宁去求亲，姐姐提的唯一一个要求就是，你必须保证让我弟弟念好书，让他有好的前程……

第十章　定时炸弹

终级赌战的约期越来越近，谢光宁突然让李文轩发布声明，为了更好地迎接这场赌王之战，决定对豪胜大赌场进行内部装修，其间封闭赌场，任何人不得擅自入内。李文轩感到这起装修肯定有什么阴谋，怕影响他与单印的合作，问道："姐夫，这赌场不是好好的嘛，何必再花钱装修，我们又不是有钱？"

"又不用你花费，用你操心吗！"谢光宁的脸色很冷。

"姐夫，这次的装修是不是对我们的胜出有利？"

"你做好你分内的事情就好了，少管闲事。"

李文轩在报纸上发布消息后，谢光宁以练习发牌为由，把李文轩与赵之运关在一起，不让他们跟外界有任何接触，这让李文轩越发感到，这起装修肯定有什么猫腻。

随后，谢光宁抽出一个连的兵力，让他们全都换上便装，分布在赌场四周，设立障碍牌，禁止行人通过。他们还把赌场的窗子全部用黑布罩起来，从外面看去，显得极为神秘。

夜里，谢光宁与山本小郎、加藤三雄，还有三个日本武士来到赌厅里开会。会上，山本小郎将将嘴唇上的八字胡，笑眯眯地说："请师座放心，这个计划，是任何人都想不到的，可以确定万无一失。不过，您要保证，中途不能换场地，否则，我们的努力统统作废。"

"这个你放心，赌约上签订的地点谁都没权力更新。"

"师座，有件事情我必须强调一下。我们之所以来成都，是为了加强两国的交流，增进我们的友谊，和平共处，共同发展。可是，市民目光短浅，并未认识到我们的进步作用，因此情绪激动，决意要把我们赶出成都。请师座从中疏通，给我们争取相互了解的时间。"

谢光宁点头说："等此事成功之后，本座必然出面向市民声明，你们是本座邀请来的和平使者，旨在增进友谊的，这样，市民必然会从另外的角度重新对你们定位，会对你们友好的。当然了，你们本身也要注意言行，不要忘记这里是中国，如果做事太过张扬，本座也帮不上忙。你们应该明白，大家为什么对你们反感，这都是缘自你们的人在光天化日之下，就敢用枪打中国人。试想，我们中国人在你们日本拔枪打日本人，你们会拍手叫好吗？你们会认为这是友好吗？所以，只要你们低调行事，认清客人的身份，相信成都市民还是友好的。"

山本领事点头："嗨，师座放心，我会严格规范属下的行为。"

接下来他们开始对这个计划进行探讨。计划是加藤提出的，他的意向是对赌场进行装修，隔出几个暗室，利用壁灯留出射击孔，提前把狙击手封进去，等赌战开始，见到单印后对他进行狙击，让他无法赌博，从而达到不赌而胜的目的。这个计划的关键是封闭暗室，里面的人要经得起检查。因为，赌前双方需要对赌场进行检查，然后封闭赌厅，以防有什么作弊行为。

对于这个计划，谢光宁是认同的，不过他感到在隔出的空间里，封闭三个狙击手，过七天与世隔绝的生活，还不能发出任何响声，这个有些困难。别到时候连哭带喊的，反倒露了马脚。

"师座大可放心，"山本得意地说，"我大日本帝国的武士，他们都是忍士，在之前的任务中，他们曾为了目的，在荒野里把自己隐蔽起来，长达半月之久。这次，我们给他们备足食品，就算把他们封闭一个月都不会有问题的。"

谢光宁单独把山本叫到门外，说："还有种情况我们应该想到。就是我们做好了周密的计划，还是不能够保证赵之运彻底能赢，那么我们就要制造不可抗拒的力量解除这起赌局。"

山本眨巴着眼睛问："请师座明白的说。"

谢光宁眼里泛着刀子般的光芒，冷冷地盯着墙壁说："这次，本座是倾尽所有操作赌局的，目的是要把两位赌王的财产进行合并。如果赵之运输掉，就不只输掉他的财产，我的投入也会输掉，会让我陷入经济危机中。然而，世界上所有的计划都不敢保证百分之百的成功。如果你的人在墙内中途死掉，或者赵之运诱发心脏之病猝死，这样我们还是要输掉的。"

"不不不，师座您的过虑了，没有那么多的意外。"

谢光宁猛地回过头来，紧紧地盯着山本那双小眼睛："为了杜绝意外，你们在装修时，在大厅的地下给我埋上足量的炸药，一旦有什么意外，本座就把整个赌场炸掉，解除这起赌战。然后一切重新开始谋划，也许更有转机。"

山本愣了愣，随后竖起大拇指："高明。"

谢光宁说："只是，这样，你的人就再也出不来了。"

山本冷笑："他们能为大日本帝国殉职是光荣的。"

谢光宁去后，山本在那里愣了半天，他没想到谢光宁竟然如此之狠。本来，他以为自己的手段就很极端了，可是比起谢光宁来，还差很远呢……

当豪胜大赌场装修工程完成后，山本领着谢光宁参观。他们走进大厅，来到大厅中间，山本用脚点点地，把手握成拳头，猛地松开，做出爆炸的样子。谢光宁盯着脚下，来回踱着步子，皮鞋嗒嗒地敲着地板。他细致地观察了地板，跟原来并没有什么两样。他蹲下来，掏出枪来在地上敲敲，并没有什么异样，问："爆破装置在哪里？"山本说："布线通过下水道，在二百米外的地方。在那里引爆不会伤及自身。再者，我们采用的是最先进的引爆装置，为确保及时引爆，布了双线。"

"效果什么样？"

"属于定向引爆，也就是说，一旦引爆，整个大楼将会向内塌陷，不会影响周边建筑。这样做，会避免无辜的人伤亡。"

随后，山本又领着谢光宁来到大厅的立柱前，谢光宁记得，以前这里只是个柱子，现在变成了两米左右的立方体，并对着前后门分别装了壁灯。山本介绍说："我们已经在里面封进狙击手，到时候，无论单印从前门或者后门进入，狙击手通过壁灯预留处的射孔，对他进行打击。所用的枪都是经过消音的，大家见单印倒在血泊之中，但他们并不知道枪源在哪。"

来到二楼赌厅，谢光宁发现，每个赌手身后的墙上，都隔出了空间，并装了壁灯。山本说："如果在大厅中不能得手，那么就在这里进行第二次狙击，确保让单印毙命。"谢光宁来到多出来的墙跟前，用手敲了敲，感到与别的墙面没有区别，便点了点头。

山本说："放心，只要不扒墙，他们是不知道里面的。"

谢光宁问："这么说人已经在里面了？"

山本点头："所有的气孔都留在顶棚处，已经备足食品，足够他们生活半个月的。从今开始，他们不会发出任何动静。"

随后，山本领着谢光宁来到了引爆室。这是距离豪胜赌场二百米外的一处房子。进了门，谢光宁发现，一张桌子上摆了个引爆器，上面有两个红色按钮。山本介绍："这分别是两条线的引爆装置，只要按下，不超过三秒钟，整个大楼便轰隆一声往里塌下去，顷刻之间变成废墟，里面的人求生的几率非常小。所以，在开赌那天，师座尽量不要让亲近的人留在里面。"谢光宁点头："好吧，我会安排最信得过的人来接收引爆装置，并把这间房与我的办公室装好双向通讯，一是电话，二是电报，到时候本座根据赌场的情况进行判断是否把楼炸掉。"

自豪胜大赌场开始装修之始，单印就感觉到并不只是装修那么简单。他多次派人去联系李文轩，但李文轩就像蒸发了似的，没有任何消息。单印派付营长前去赌场调查情况，但根本无法接近，各个窗子又被黑布罩着，用望远镜无法窥探。

潘叔才非常重视赌场装修的问题，他多次通知单印、陈副官、付营长以及工兵连的连长开会，共同分析这次装修的内幕。他忧心忡忡地说：

"赌战之前突然装修，并且做得如此神秘，其中必有端倪。最让人感到怀疑的是日本租界负责施工。"

工兵连长认为，他们有可能在装修过程中布上老千机。日本的工业技术比较发达，可能会用先进的机器用来抽老千。至于究竟布设了什么，我们只能在对场地进行检测时加以判断，现在是没办法想到的。潘叔才叹口气说："这太被动了。"单印平静地说："师座不必担心，李文轩绝对不会背叛咱们。就算谢光宁背着他做什么动作，但毕竟还是在开局时让他出面主持。我们有时间也有机会把事情搞明白。大家请放心，这个不会影响我们的胜利。"

时间一天天过去，李文轩还是没有消息，单印的心情越来越沉重。这次能否赢得这局，对于他为师报仇的计划是非常关键的。只有把谢光宁逼上绝境，他才有机会达到目的。如果输掉这局，谢光宁拥有大量的钱财，将会如鱼得水，不但报不了仇，说不定等于帮他变成军团长，那时候再动他就难上加难了。为了确切知道李文轩的去向，单印调查到他养的几个小妾，并买些东西前去探望，叮嘱她们，如果李文轩回来，让他马上联系。

在赌战前的第七天里，李文轩终于露面。他是夜晚来的单印家。当谈起这次装修的事情，李文轩说："装修开始时，谢光宁就把我与赵之运给封闭起来，至于为什么装修小弟并不知道。"

"那么，你回到赌场后感到有什么变化吗？"

"变化很大，我检查过了，但并没有发现什么可疑的地方。"

"你能不能领着人进去对新改进的地方进行检查？"

"看守赌场的都是谢光宁的人，怕是不容易。"

"那么，贤弟今天晚上辛苦辛苦，画出大楼的示意图，并把改动明显的地方标出来，咱们共同研究，这些改动的地方，到底藏着什么阴谋。这对于咱们的胜利，是极为关键的。"

李文轩费了几个时辰的时间，把整个豪胜大赌场的示意图画出来，并用红笔标出改进过的地方。单印把陈副官、付营长、工兵连长叫到府上，对着示意图开始研究。单印指着图说："大家请注意了，据文轩弟说，这几处的改进都占用了空间，空间大约一平方米。那么，这个空间里到底装了什么？还有，大家请注意了，一个空间在一楼大厅，这个位置正对着前门与后门。二楼的两个空间分别在赌台两侧，也就是说在两个赌手的背后。大家想想，这样的改进究竟是什么目的？"

李文轩说："我对改进过的地方检查过，用手敲过，感到是实墙，外表与其他墙面没有什么两样，并没有看到什么蛛丝马迹。"

面对这种情况，大家都猜不到会有什么机关。单印对李文轩要求，最好能带着工兵连长进去查看。李文轩感到为难，因为现在谢光宁有整个连的便衣守在赌场周围，带生人进去太难了。单印想了想问："如果你带个女人回去呢？"

"带个女人回去还能说得通，大家都知道我比较，啊。"

"这样吧，我们把工兵连长化妆成女人，你带他进去，对那些改造处进行检查，争取看到其中的端倪。"

李文轩虽然感到这很冒险，但想想牵涉着自己巨大的利益，于是同意了。刘芳去给工兵连长改动衣裳，画妆。付营长打发手下去找假发。当把连长打扮成很丑的女人后，已经半夜。连长找些工具放进坤包，同李文轩坐黄包车奔豪胜大赌场了。

他们的黄包车在门口停下，几个便衣围上来，见李文轩与个很丑的女人，便笑道："李公子，哪个楼上的，多少钱？"李文轩知道他们是想说丑，便说："最近手头有点紧，楼上的太贵，随便找了个。"大家嘻嘻哈哈的，让他们过去了。李文轩带着连长进楼，把门从里面插上，开始检查三处改过的地方。三个改动的地方共同点是，都有一平方米的空间，外面是实墙，并装了壁灯。连长掏出工具，把壁灯卸下来，发现是个黑洞。他掏出个小镜子，翻照了里面，发现里面是空的，什么都没有。他们检查了几个改造处，都没有发现里面有人，便感到有些奇怪了。李文轩掏出怀表，发现已经是凌晨四点，对连长说："我得赶紧把你送走，不能等到天亮。"李文轩把连长送出门外，对守门的便衣说："一分钱一分货，寡淡无味。"

站岗的还笑道："寡淡还这么久。"

李文轩说："我请客，要不你们去试试？"

站岗的摇头说："谢谢李公子了，我们，哈哈。"其实他们是想说，这么丑，我们才不感兴趣呢。连长拐进巷里，去找候在巷子里的付营长。当单印听说，隔出来的空间里没有任何东西，便越发感到不解。连长说："通过留出来的空间可以判断，这是个足可以容纳人的空间，而壁灯没有任何灯具，但是可以从里面看到外面，从外面根本看不到里面。并且，壁灯下留出了射击孔。但让人意外的是，里面却没有埋伏人。"

"他们会不会在赌前，再放进人去？"付营长问。

"不太可能，因为都是封死的，人想进去必须扒墙。房顶我也检查过了，并没有留下进人的口子，直接顶着楼板。"

他们讨论到天亮，也想不通他们隔出这样的空间究竟是为什么。单印掏出怀表来看看，说："先休息，天亮后跟师座汇报，再研究这个空间的用处。"

由于谢光宁自感胜券在握，心情也好多了，脸色也暖和了。他让警卫员通知山本、加藤、李文轩，来府上吃饭。在酒桌上，谢光宁对山本说："这次的赌局，首先要感谢山本领事的大力协助，等此战胜利之后，我就公开向成都人表明，你们日本领事馆是我们的和平使者，让大家尊重你们。文轩呢，姐夫给你买处宅子，帮你娶个媳妇，让你姐也安心。你姐去庙里逗留良久，主要是向上天祈祷，希望你找个好媳妇，早生贵子，为李家传下香火的。还有，你平时少跟怡美院的那些人来往，要是染上病你就毁了。"

李文轩点头说："谢谢姐夫，我以后会注意的。"

谢光宁叹口气说："想想你姐，随我戎马生活，历尽艰苦，如果不能让你得以安定，我于心不安啊。好了，不谈那些了，大家喝酒吧。"李文轩听到这番能拧出水来的话，心里恨得都咬牙，但表面上还是泛着笑容。

长篇小说 赌道

他问:"姐夫,有件事我想问问,赌场装修后,几处的变化是做什么用的?"谢光宁愣了愣,突然拉长了脸:"你问那么多干吗?"李文轩说:"姐夫您想过没有,对于外界来说,我是赌场的老板,如果别人问我,我说不出理由来,岂不是招大家怀疑吗?"

"那你就告诉他们,主要是为了加固楼体,没别的用处。"

"好的,我明白了,要是别人问我就这么说。"

山本双手端起酒来,对谢光宁敬道:"师座,祝此次大赛之后,师座心想事成,前程似锦,还有,我们的合作会越来越愉快的。"谢光宁听到合作两字,感到有些难过。他从来都没有想过跟日本人合作,他已经计划好了,事情过后就跟他们分道扬镳。他淡漠地说:"山本君不必客气,相信我们的合作是非常愉快的。"

赌期迫近,到了双方去检查赌场的日期了。一般来说,双方检查过后会对赌厅进行封闭,以防期间有人做手脚,直到开赌那天,双方共同进入。潘叔才为安全起见,不同意单印亲自到场。在这种时候,走出辖区,极可能遭到谢光宁的打击。他派付营长与工兵连长前去检查,并对他们说:"这次你们去,要仔细检查,特别是那几处新加出来的空间,一定要弄明白了。"

付营长点头:"师座请放心吧,我们会着重对那几处进行检查的,并顺便再问问李文轩,要确定他们没有在里面放什么东西。"

两人来到赌场,工兵连长指着大厅里多出的那个地方说:"付营长,这就是装修后多出来的地方。"付营长来到那堵墙跟前,勾起手敲了敲,感到墙很厚。他故意问跟随在后的李文轩:"李老板,我记得早先好像没有这个?"

李文轩苦着脸说:"是为了加固楼体的。"

连长敲墙说:"嗯,是够坚固的。"

随后,他们来到赌厅,付营长走到两个新装修的地方,回头问李文轩:"李老板,这里面会不会有东西?"李文轩摇头说:"我问负责装修的工人了，他们说这么做是为了加固楼体，至于里面到底装进了什么，我还真不太清楚。"

当双方检查完之后，在赌厅外的大门上贴上封条。付营长告辞时与李文轩握手时，在他手心里挠了两下，示意让他晚上过去。李文轩说："放心吧付营长，不会有问题的。"付营长与连长来到潘叔才的办公室，见单印、陈副官都在，便向他们汇报了情况。潘叔才用手将将光脑门那几根毛问："你们发现有什么异常吗？"

付营长摇摇头说："师座，从外面根本看不出什么来。"

潘叔才忧心忡忡地说："谢光宁对赌场进行封闭后装修，仅是多出了几个空格，重刷涂料，太让人不可思议了。本座在想，那几个空格到底是做什么用的，会不会他们把人放进去了？"工兵连长摇头说："师座，属下上次检查的时候曾用指甲留下痕迹，这次前去观察，并没有发现异样，可见他们并没有动过。"

"那么空格的上方你们检查了吗？"

"已经查看了，空间的上方顶着楼板，不像动过！"

潘叔才叹了口气："那就奇怪了。他们费事加出空间来，难道仅是为了迷惑我们的？这不可能啊！"

付营长说："临走时我已经暗示李文轩了，等他过来，再问问他是什么情况。"

散会后，单印带着付营长、工兵连长回到家里。刘芳给他们泡上茶，见他们愁眉不展的，问："怎么了，是不是还有什么问题？"付营长说："是这样的，谢光宁对赌场进行装修后，加出来了几个空间，没有门，每个有一平方米左右，里面却没有放任何东西。我们在考虑，这些空间，到底是做什么用的。"

"里面会不会有炸药？"刘芳担心地问。

"没有。"工兵连长说，"我曾把灯卸下来看了，里面是空的。"

"你怎么看到的，要知道能伸进头去就能进去身子啊。"

"伸不进去头，我用小镜子翻到下面看的。"

单印见刘芳皱着眉头在那里思考，便说："行啦行啦，一边去，我们都想几天也没想透，你不要操这个心了。"刘芳皱着眉头说："肯定有用，你们得想办法弄清楚了，这可不是小事。"说着，吸溜着嘴，满脸疑惑地去了。单印叹口气说："我把所有的家产都给押上了，害得家人都很担心。如果输掉，我从此就变成穷光蛋了，这么一大家子人，怕是吃饭都成为问题。"

"不会不会！"付营长说，"我相信单部长肯定会赢。"

他们一直等到深夜，李文轩才来。他是一身黄包车夫的打扮，进门后，把帽子摘下来，说："单哥，这些王八蛋看得太紧了，出来一趟实在不容易，这可能是我在赌前最后一次过来了。今天晚上，咱们就制定一套间语，在开局那天，方便配合。"

"文轩，那隔出来的空格到底是做什么用的？"

"这件事让小弟也很纳闷。我一问谢光宁，他就拉长了脸，只说是为了加固楼体，除此之外什么都不说。还有，这件事情可能与日本人有关，听说日本人要跟谢光宁达成什么合作。山本帮助谢光宁赢得赌战，谢光宁负责向成都人民解释，他们日本来成都是什么和平使者。"

单印撇嘴道："这个谢光宁，竟然跟日本人勾结，该死。"

文轩点头说："单哥，今天晚上我回去，再细致地去查看，看看能不能发现什么。"

单印点头说："那就麻烦贤弟了。"

接下来，他们针对赌场上的变故进行了周密的推敲，直到天快亮了才散去。单印躺在床上，想着三个多出来的空间，久久不能入睡。天大亮时慢慢睡着，他梦到几个空间里突然伸出枪来，对着他狂扫，吓得他猛然就醒了……

第十一章　赌场绝杀

后天就是终极赌战的日期了，对于怎么保证赵之运在去往赌场路上的安全，谢光宁非常重视。他永远都相信潘叔才不会放过这个机会打击赵之运的，就像他不会放过这个机会对付单印那样。

这起赌局，自始至终就不是两位赌王的事情，发展到现在这种程度，两个赌王已经变成赌具，变成他与潘叔才的牌，而最终的赌注不只是可观的财产，还有军团长这个职位。

就在谢光宁与刘副官研究安保措施时，山本与加藤前来拜见，说来协商赵之运到达赌场的沿途安全问题。山本说："师座，据可靠消息说，潘叔才可能要对赵之运进行狙击，地点就在师部通往豪胜的沿途。以敝人之见，不如让赵之运提前躲在我们租界，届时，我把他扮成我们日本人，由我们的武士护送他到赌场。而你们这方呢，拿出护送赵君的架势，牵制他们的注意力。这样，赵君的安全，会得以保障。"

"你们有能力保证他的安全吗？"谢光宁担心地问。

"师座请放心，我们租界有二十多名武士，都是经过特殊训练的，他们已经做好了为帝国的大业捐躯的准备，肯定能够完成任务的。再者，我们给赵君换上和服，配上战刀，戴上假发，粘上假胡须，混在武士之中，外人是根本认不出来的。"

"那好吧，就这么办了。"谢光宁点头。

到了深夜，山本把自己的和服脱下来让赵之运换上，由加藤开车先回租界，然后再回来接他。等山本离开师部后，天已经大亮了，谢光宁却没有任何睡意。他让刘副官准备礼品，然后去拜见曾主任，劝他届时

长篇小说

赌道

不要到赌场观战。他们的车子刚拐进曾主任家门前的巷子，发现潘叔才的车奔来。在两车相错的时候，谢光宁把车门打开，跟潘叔才打招呼："潘兄早来一步啊，要不要回去再坐会儿？"

潘叔才笑道："小弟回去还有事，就不陪谢兄了。"

谢光宁把车门关住，脸上的笑容顿时消失殆尽，只剩嘴角挑着的一丝冷笑。记得潘叔才刚到成都时，他与陈副官抱着礼品来到府上，满脸谦逊："小弟前来成都，是因为谢兄是棵大树。俗话说得好，背靠大树好乘凉嘛。"没想到时隔不久，在单印的挑唆下，他潘叔才竟然有了野心，不顾交情，跟他公然作对。

走进曾主任家，谢光宁挺直的脖子缩了缩，身子也不像之前那么直板了。曾主任从堂屋里出来，招呼道："光宁啊，叔才刚走，你们碰到过吗？"谢光宁点头说："是的，正好碰到，我请他再回来聊天，他说有事先回了。"上茶之后，曾主任用杯盖划着浮茶说："叔才的意思是，请我去豪胜赌场见证这起赌战。我想这起赌战肯定是异常的精彩。"

谢光宁摇头说："属下今天来，是劝曾主任明天不要去赌场的。赌博这种事情，为历朝历代所禁止。您的身份如此特殊，如果进出赌场，这要是传出去，对您的影响不好。再者，赌场里充满了危险，谁都不知道会发生什么事情，倘若发生纷争，会对您的安全构成威胁。所以，属下建议您最好不要去赌场。"

曾主任把茶杯放下，眯着眼睛想了想，点头说："光宁，你说得有道理啊。这赌博本来就不是什么正道事，我奉命前来考察军团长人选，如果前去赌场逗留，传出去，上面肯定会指责我不务正业。好吧，那我就不过去了。"

"曾主任，属下给您安排一出戏，肯定比赌场那出戏要精彩。"

"噢，是吗，那太感谢光宁你了。"

随后，谢光宁用车拉上曾主任，七拐八拐来到一个四合院前。谢光宁领着曾主任走进院子，说："这个小院是属下刚来成都时购置的，外人都不知道这个院子是我的。您可以在这里领略一下小院里的春色。您放心，这里的春色都是新鲜的，属下没敢看一眼。"

曾主任笑道："光宁啊，你变成诗人了。"

谢光宁领着曾主任走进房里，三个学生模样打扮的姑娘站起来，对曾主任点头致意。她们都没化妆，看上去非常清纯。曾主任点点头，微笑着说："果然春色盎然，还有清香之气。"谢光宁说："您可尽情领略与感受她们对您的景仰，这总比去打打杀杀的赌场要愉快。"

"是啊是啊，光宁，谢谢你想得这么周到。"

至于单印去往赌场的安全，潘叔才召开了专题会议，研究明天去往豪胜大赌场的路上的安保措施。付营长已经把路线示意图画出来并贴在墙上，跟大家介绍需要经过的路段与拐角，以及沿路两旁的建筑与内部结构，并标出最有可能埋伏狙击手的位置。

付营长说："属下已经在靠近赌场两百米外的楼上租了一间房，计划今天就想办法把单部长保护送过去，明天我们从那里化妆进入赌场。这样，比从我们的辖地直接去往赌场，会安全得多。"

潘叔才点头说："这倒是个办法，不过你找的那个房子有多少人知道，如果知道的人多了，就谈不上安全。因为我们并不知道，在我们的人中，是否有谢光宁的线人。"

"师座您放心，这套房子是属下让女友前去租的，租房的理由是三个女生住。再者，属下在巷子里布满便衣，如有可疑的人靠近，就对他们进行盘查。我与女友陪同单部长在房里，如果有什么事，我的女友也可以到外面应付，不至于让外人怀疑。"

潘叔才说："好吧，那我们就按照付营长这个计划行事。对了，今天怎么让单部长到达那个地点，你有什么安排吗？"

"属下已经想好了，让单部长换上军装混在巡逻兵中，中途坐黄包车过去。这样不至于引起别人的注意。"

单印感慨道："付营长，太感谢你了，为了我的安全做得这么周到。"

付营长忙说："这是我分内的事情，不必客气。"散会回到家中，单印独自坐在沙发上发呆。面前的茶都放凉了，他始终没动。刘芳换了新茶，坐在他的旁边，紧紧地握着他的手，什么都没有说。她不知道应该说些什么。自单印知道师父裘玉堂是被谢光宁杀害的后，他就策划着报仇，但谢光宁太强大了，一直没有机会。现在，他用全部的家业诱发起这起赌战，主要目的就是想把谢光宁的经济搞垮，把他逼上绝境，让他铤而走险以至于出错，借机寻找报仇的机会。但他明白，瘦死的骆驼比马大，就算这次赢了赵之运，让谢光宁损失惨重，但离报仇的最终目标还有很大的距离。想到这里，刘芳不由叹了口气。

单印扭头见刘芳面带愁容，抚抚她的头发，笑道："你不必担忧，我已经把咱们以后的生活安排好了。就算这次赢不了，输掉了所有的家业，我们还是可以过普通的生活，饿不着你与孩子的。再者，我们已做好了充分的准备，有必胜的把握。"

"我倒不是担心生活问题，就算我们身无分文，居无定所，我们还有双手，可以再去赚钱。我担心，由于军方的参与，这场赌局充满了火药味，怕是赵之运输后，谢光宁会失去理智做出什么事来。还有，我感到谢光宁肯定做好了充分的准备，甚至做好了最坏的打算，我在想他最坏的打算是什么呢？"

单印把刘芳紧紧地搂住，说："不必担心，我们也做好了最坏的打算。"刘芳眼里蓄着泪水，把头靠在单印的胸前："无论输赢，都要安全回来，我们在家等你。一定要安全回来，要知道你的财富不是钱，而是家人，还有孩子。"

单印突然瞪眼道："不要哭哭啼啼的，给我添堵！"

刘芳抹抹眼泪："我去给你准备点吃的。"

单印摇头说："不吃了，让付营长进来，我们准备准备出发。"单印换上军装，付营长给他贴了条假胡子，他们走出门。单印混进外面候着的巡逻队里，他们顺着街道走去。这队人马平时主要负责巡逻辖区内的安全，每天执行两次任务，所以，路上的行人已经司空见惯了。由于明天就要进行终级赌战，大街小巷里到处都贴着海报。海报上画着单印与赵之运的漫画像，他们之间是副摊开的扑克牌，并用黑体字赫赫写道，欢迎大家踊跃下注，借赌王之东风，赢您的财富……

当巡逻队来到租房外的巷子里，有辆黄包车从巷子里冲过来，巡逻兵顿时把黄包车包围起来。付营长与单印在人围中把军装脱掉，坐上黄包车，包围圈打开个口子，黄包车奔着小巷去了。

当单印与付营长来到楼洞前，有位穿学生装的姑娘正在那里招手。在他们上楼的时候，正好碰到房东女人。这是位胖得没有脖子没有腰的中年妇人，脸上长满横肉，眼睛梢部有些上吊，看上去就不是个善茬。房东的小眼睛就像刀子似的剜着单印与付营长："他们是什么人啊，你不是说你是学生吗，怎么往家里带男人？"姑娘忙说："我来这里上学，父亲与哥哥来看看我就不行了吗？"

"这个行，乱七八糟的人可别往这里领。"

姑娘点头说："知道了。"

来到房间，姑娘气愤地说："这房东真啰嗦，今天早晨就过来给我上堂课，说了很多规矩，什么晚上十点关门早晨六点开门，在这个时间外，天王老子来了老娘都不给他开。什么注意卫生，什么，哎哟妈哟，烦死我了。"单印笑道："可恨之人，必有可爱之处，不必计较。"姑娘笑了："单部长，听小付说您对他很照顾，真得谢谢您了。"单印说："你说错了吧，应该说是付营长对我很照顾。对了，你叫什么名字？"

姑娘吃惊道："什么，小付就没有告诉你我的名字？"

单印说："告诉我了，可是我给忘了。"

姑娘说："我叫田静，是国文老师。"

单印笑道："当老师好，我小时候的理想也是当老师。"

付营长把单印叫进内间，两人坐在那儿商谈明天去往赌场的细节。付营长说："明天赵之运输掉这局肯定会发生纷乱。陈副官已经带人在周边进行埋伏，以防发生冲突。还有，毕竟赌场是谢光宁的，里面肯定安插了很多他们的人，赢得此局后，您要迅速离开，我们的人会围拢上来把您夹在当中。外面会有车子候着，咱们以最快的速度离开，这样就安

长篇小说
赌道

全了，至于后面的事……"

吃过夜宵之后，付营长让单印去休息，因为明天就要大赌了。单印没有睡意："反正我也睡不着，咱们聊聊天吧。对了小付，咱们不要老是聊赌博了，现在我听到赌博这俩字就难受。小田姑娘，说说你有什么理想吧，咱们换换脑子。"田静扑闪着大眼睛，用手轻轻地拍着头，注视着黑洞洞的窗户说："我的理想是办所平民学校，让所有穷人的孩子都能读上书……"

对于谢光宁来说，这个晚上的心情非常复杂，有担心，有兴奋，还有些莫名其妙的感觉。虽然他已经做好了充分的准备，但总感到有什么事情没有想到，就在这种纠结中天亮了。他买了些早点，送到了曾主任那里。曾主任的脸色有些黄，但表情非常愉快："光宁啊，这么忙还往这里跑什么，回去忙你的事情吧。"

"那好，属下就先回去了，等把事情办妥，就过来陪您喝茶。"

"好的好的，先去忙你的。"

谢光宁过来看曾主任，是确定他没有到赌场的意向。如果曾主任突然去了赌场，自己落实最后的计划时就变得非常棘手。回到府上，谢光宁来到自己的书房，重新对几部电话一部电台进行了测试。这些电话两条是通往赌场，一条电话线与电台通往控爆室，还有条线通往日本领事馆。当他验证了通讯的畅通之后，见时间还早，便掏出支雪茄来点上，慢慢地吸着。就在这时，卫兵前来报告说："五姨太来了，要见您。"

谢光宁瞪眼道："你不是说她疯了吗？"

卫兵说："看来治好了。"

谢光宁说："就说我出去了，让她明天再来。"

卫兵为难地说："我说过，她不相信。"

谢光宁说："那就把她领到孩子房间，不要让她乱走。"让他没想到的是，没过多大会儿，响起了敲门声。谢光宁开门看到是五姨太，便瞪眼道："不是让你在房里待着吗？"五姨太指着自己的脸说："我治好了，我脸上的疤痕看不出来了。"谢光宁瞪眼道："我现在有重要的事情，没时间跟你废话，你回房去。"五姨太说："你是我的男人，我想你了，看看你不行吗？"谢光宁气愤地对卫兵道："混账，我怎么跟你说的，马上把她给押下去关在房里，不要让她出来。"卫兵去拉五姨太，五姨太挣扎着突然大笑起来："谢光宁，你太狠心了，你忘了你给我舔脚趾的时候了，你说我的脚香，你还……"

谢光宁抡圆了胳膊，照她的脸抽去，喝道："臭婊子，你不想活了？"卫兵把五姨太扛起来就走，五姨太舞扎着双手，又哭又笑。谢光宁用鼻子喷了口气，说："臭女人，真是晦气。"

谢光宁刚坐下，隐隐地传来五姨太的叫喊声，听着烦人，他对警卫说："派人把她送回去。"卫兵去了没多大会儿，回来说："报告师座，夫人死死抱着少爷分不开。"谢光宁恶狠狠地说："把她的手砍掉。"见卫兵愣着，吼道："听到没有，马上去。"卫兵点点头，小跑着去了……

谢光宁感到很扫兴，本来今天是值得期盼与高兴的日子，没想到被这个臭女人搅了。随后，谢光宁深深地呼口气，冷静了一下情绪，看看怀表，摸起电话打给山本，问他准备好出发没有。

山本在电话里说："师座，我们已经做好准备了，时间一到，我们马上就护送赵君去往豪胜大赌场。"

谢光宁说："一定要注意安全。"

山本说："师座放心，我们的人会不惜牺牲自己保护好赵君。"

谢光宁说："好的，等胜出此局，我就为你们发表声明。"

事实上，谢光宁从来都没有想过要帮日本人说什么好话。现在是什么形势，成都人都在反对日本人，自己再站出来说他们日本人是和平使者，这不是跟成都人说自己是汉奸吗。他想好了，等此局结束之后就跟他们翻脸，然后顺应成都人的意愿，帮助他们把山本赶出成都，让所有的成都人都知道他的态度，让所有的同僚知道他的爱国情怀，这对于争取军团长的位子才是有利的……

田静领着单印与付营长下楼，正好在楼梯下碰到胖房东，她的眼睛顿时瞪大了，叫道："什么什么，他们俩在你房里过的夜？"

姑娘笑着点点头说："是的，他们远道而来，没地方去，就在我房里住下了。"

胖女人急了，叫道："我哪知道你们做了什么，我早就跟你说过不会租给婊子，你还在这里接客，马上收拾东西给我滚，房租不退。"姑娘气得脸都红了，去看付营长。付营长却说："好的好的，我们现在就走。"胖妇人叫道："真不要脸，看你这么正经，原来是个婊子。"

姑娘叫道："你，小付，你就不管管她！"

付营长拉起田静就走，走出楼洞，田静说："人家骂你的女友婊子你却无动于衷，我嫁给你也没什么好日子过，分手。"单印上去把她拉住："小田，我是过来人，我来说两句吧。小付并不是不气愤，因为他有重要的任务，在这种时候不能为了一时之气破坏了大事。如果他跟这女的纠缠下去，就不是付营长了，也就不优秀了。所以，你不要生气。"田静说："既然您替他说话，我就给他个面子。不过，事后得向我赔礼道歉。"

付营长忙说："当然了，肯定道歉。"

单印笑道："好了，回去时，顺便买个搓板留着让他跪。"

姑娘扑哧笑了："您可真幽默。好啦好啦，你们去忙你们的吧。我刚才也就是说气话，其实我知道你们有大事要做。小付，别有心理负担啊，我不嫁给你还嫁给谁啊。"说完吐吐舌头，扮个鬼脸，小跑着去了。

单印点头说："小付，有眼光，这个姑娘好啊。"

付营长挠挠头，不好意思地说："看上去文静，但脾气却是男人性格。等今天的事情完成，再到府上，您可以好好传授属下一些经验，要不，我还真降不住她。"

两人坐着黄包车来到豪胜大赌场门前，发现已经人山人海。门前停了很多轿车，黑压压地拥挤着人。有卖东西的，有拉皮条的，还有些现场押宝的。付营长与单印从黄包车上下来，混在人群中的便衣立马围上来把单印夹在当中。来到门前，门卫在对他们进行了检查后，确定没有武器与刀具，这才放他们过去。由于单印化了妆，还戴着胡子，戴着礼帽，一副商人打扮，守门的并没有认出他来。两人走进大厅后，直接向二楼攀去。在楼道里，单印把胡子摘下来扔掉，把外衣脱下来，倒背着手进了赌厅。

赌厅里已聚集了很多人，有观战的赌坛元老，商界大亨。他们见单印来了，都站起来鼓掌。单印向大家抱抱拳道："诸位久等了。"说着看了眼那宽大的赌台，与对着赌台的那个隔出来的空间，随后进入专门为赌王设立的休息室。

付营长对休息室进行了检查，两人刚坐下，李文轩溜进来打了个手势，表明一切正常，按计划行事，然后马上就退出去了。没多大会儿，李文轩领着个记者过来，要对单印做赌前采访。记者进门后，把自己的相机摘下来打开，从里面掏出支小手枪递给付营长："属下已经细致地检查过，赌场内有十名谢光宁的人混在服务人员中，他们都带着枪。属下已经联系好咱们的人，胜出之后，大家借着采访之机，把单部长围起来拥着向大厅外走，让他们没有下手的机会。"

"赵之运来了吗？"单印问。

"至今没有见他的动静。"记者扶扶眼镜说。

付营长说："你出去继续观察，有什么情况要第一时间过来通知我。"记者点点头，背着相机出去，在门外叫道："单赌王，请把门打开，我就问你几句话。"这时，有两个工作人员跑过来把他拉开："先生，请不要打扰赌王休息。"付营长掏出枪来，拉下弹匣看看，推上弹匣，插在后腰处，说："单部长，现在这段时间是最重要的时刻，说实话，都没有在大厅里安全。我们不能这样等下去。"

"要不我去赌厅，正好跟那些老朋友聊聊天。"

"不行不行，在那里过于暴露，极有可能会变成靶子。"

这时又响起敲门声，付营长问："有事吗？"外面的人说："我是工作人员，送水果的。"付营长说："不需要！"外面的人说："还有份大赛的新规定请单赌王看看。"付营长让单印避在门后，把门打开，服务人员进来，把盆子放到桌上，还放了份报纸，匆匆离去。付营长盯到水果盘里那个大个的橘子上……

虽然谢光宁知道山本为了促成合作，会尽力保证这次的赌局胜出，但他这个人疑心较重，就算是山本做好了充分准备，他还是不放心的。为确保在赌前杀掉单印，达到缺席而赢的目的，自己还是策划几起赛前谋杀。比如，让自己的人混进工作人员之中，以送报、送水果、送点心等等服务之名，对他进行谋杀。他相信众多的细节将会保证计划的落实。

现在，谢光宁坐在书房里，面对着几部电话对自己说，一切都在掌握中，没有人可以妨碍这次成功。他站起来，踱到窗前，望着楼下的花园，有两个兵正领着五姨太生的儿子在那里玩着。想想五姨太，由于生了儿子，变得越来越娇纵，把谁都不放到眼里，其他几个姨太太都成了她的出气筒，所以导致如此严重的后果，最终把自己也废了。谢光宁摇摇头，似乎要把这种坏情绪给摇掉，他开始想象赵之运的女儿赵小娟。赵小娟已经二十岁，那模样长得怎么看都不像是赵之运的孩子。等这局过后，他就向赵之运求亲，他有办法让赵之运同意。比如，派人把赵之运绑架，以帮助找人为由逼迫他的女儿嫁给自己。想到这里，他的脑海里浮现出赵小娟的模样，那么清秀端庄……电话响了，谢光宁摸起电话问："什么情况？"

"师座，单印已经到达赌场，已经进入休息室了。"

"什么，他已经进入休息室了？"

这让谢光宁有些意外，因为山本在墙里镶进三个武士，至今都没有动静，还让他在休息室里坐着，这太不正常了。随后谢光宁想到，单印肯定会化妆进入现场，一楼埋伏的狙击手不容易判断。到了二楼，他们没有进入赌厅，而是直接进入休息室，两个狙击手也没有机会出手。谢光宁说："你们要按先定的计划，在赌前把他解决掉。"挂了电话，谢光宁看看表，认为这时候赵之运应该出发了，便拨了山本的电话。山本说："师座，我已经派二十位武士护送赵君上路了，请您放心，不会有任何问题。"

放下电话，谢光宁嘴角上泛出一丝冷笑，他感到，只要赵之运到达现场坐在赌台前，就会有完美的结果。因为，他单印是没法坚持到开赌的。他相信，就算没有山本埋伏的狙击手，他自己的三个计划也是完美的。等待永远会让时间变得漫长，谢光宁坐在桌前，眯着眼睛，开始想象自己当上军团长的日子。自己成为川军领袖之后，他要看看潘叔才那副嘴脸。当然，他是不会让他潘叔才好过的，一定要让他知道他错在哪里……

在休息室里，付营长变得越来越紧张了，因为他在服务员送来的水果里扒出了定时炸弹，在他拆除引线后离爆炸还有三秒钟。他相信谢光宁并不会只计划一个谋杀行动，在开局前的半个小时内，可能还有别的手段。单印见他脸上的表情非常严肃，笑道："小付啊，不必紧张，富贵由天，生死由命。"

付营长摇头说："单部长，这是谢光宁的地盘，他为了确保不赌而赢，肯定想尽办法让您上不了赌台。这样等下去不是办法，这样太被动了。这样，您躲在门后面，我出去一下。"说完，走出门，把门关住，在门外站着，见有个服务人员走来便问："哎，你们看到单赌王没有？"服务员说："不是在休息室吗？"

"我去洗手间前他在休息室，回来人不见了。"

"什么，那他去哪了？"

"不知道，你马上跟其他人说说，帮着去找找。"

"可能去洗手间了，我去看看。"

付营长看到几个服务人员行走匆匆，目光锐利，心中就有数了，他们是行伍出身。职业习惯让他们的目光锐利，步伐干脆利落，目标性极强。几个服务员又回来，说没有找到。付营长点头说，我刚得到消息，说是到一楼去迎接潘师长了。几个服务员匆匆地离去。付营长回到休息室说："单部长，我已经知道，其中有四个服务员是谢光宁的杀手。"

"小付啊，没想到你这么机智，想必你以后大有前途。"

"单部长，在师座面前可不能这么说。"

"放心吧小付，我不会拔苗助长的。"

付营长走出休息室的门，掏出表来看看，还有二十多分钟开赌，这二十分钟充满了死亡之气。他明白，他把谢光宁的线人调动几番后，他们还会回来，那时候就真的危险了。好在，这时候潘师长与副官来了，身后还跟着两名待卫，付营长终于松了口气。两个警卫站在门两侧，付营长交代说："记住，任何人都不能靠近，特别是服务人员。"回到休息室，付营长擦了把脸上的汗说："师座您可来了，再不来属下就应付不了啦。"单印把刚才的情况向潘叔才说了说，潘拍拍付营长的肩说："你如此年轻，如此机智勇敢，堪当大任……"

在开局前的十分钟，赌手应该到赌台前准备。单印在两个警卫的保护下缓缓向赌厅走去。付营长尾随在后面，不时观察着周围。有两个站在走廊里的服务人员把手插进了衣袋里面，付营长马上转到单印的侧面让他们无法下手。一直到单印进入赌厅，付营长发现几个谢光宁的线人都来到赌厅，便知道他们马上就要准备动手了。付营长对潘师长耳语几句，潘师长站出来说："李老板，本座要抗议了，在进入赌场之时，本座为了你们的任何人不准带枪刀与凶器这个规矩，主动把枪支留在外面，可是据本座得知，你们的服务人员中却有几个人带着枪支。"

李文轩故作吃惊："是吗，你们都过来让潘师长检查一下。"

那几个线人听到这里转身想溜，李文轩喊道："唉，你们听到没有，过来。"那几个线人匆匆离去。李文轩对几个熟悉的服务人员说："你们去盯着那几个陌生人，我感到他们不像是赌场的人。"几个服务生去后，李文轩看看表，再有五分钟就要开始了，赵之运还没有来。如果他赵之运迟到一秒钟他就马上宣布单印胜出，这样，自己也算胜利了。

他高声喊道："约定的时间马上就到，请两位赌王入座。"

单印来到赌台前，坐下。李文轩看看空着的那个位子说："按照赌约规定，如果在五分钟内赵赌王还不能入席就说明放弃，这局的胜利就属于单印。来人，去赵之运的休息室看看，让他赶紧过来。"

第十二章　引爆未知

当谢光宁听说谋杀失败，至今赵之运还没有到达现场，不由惊出一身冷汗。他忙给山本打电话，山本说："师座，我早就派人护送去了，不可能没到啊，这样吧，我亲自前去看看。"电话断了，再打过去没有人接了。谢光宁打通赌场现场的电话，听说潘师长提出要检查枪，之前布防的人只能退出，没有机会落实他们的计划，他感到有些不好了，额头上顿时冒出了密集的汗珠。

没几分钟，赌场打来电话说："师座，已经宣布，由于赵之运缺席，按之前的赌约，单印胜出。"

谢光宁把电话扔下，打通引爆室的电话，恶狠狠地说："引爆，马上引爆。"扔下电话后，谢光宁的喘气呼呼得就像刮风，他脸上的颜色变成猪肝色，脖子上的青筋爆出老高，就像缠着青色的绳子，他咬牙切齿道："我要让你们知道，你们永远都不可能赢。"由于他太气愤了，突然想到自己并没有听到爆炸声。按说，把整座大楼给炸掉，在距离赌场几公里的地方应该能清晰地听到的。他又给引爆室打电话，问："引爆了吗？"那边说："报告师座，已经及时把两个引爆装置引爆了，并且按了两次。"

"你们听到爆炸声了吗？"

"报告师座，并没有听到爆炸声。"

"什么？你们马上赶到赌场去看看。"

谢光宁感到不好了，不停地拨着山本的电话，却没有任何动静。这时，电话响了，引爆室的人汇报，豪胜赌场没有任何损伤。谢光宁手里的电话掉在地上，整个人也颓然跌在地上，他自言自语道："为什么，为

长篇小说
赌道

什么？"警卫员听到动静，进来："师座您怎么了？"谢光宁从地上爬起来，叫道："备车，去豪胜大赌场。"

一路上，谢光宁只感到头里嗡嗡作响，血都快从眼睛里冒出来了。他甚至有了屠城的冲动。当车子来到豪胜大赌场门前，门前已经没有几个人了，满地的垃圾。他从车里钻出来，抬头看了看这个本应变成废墟的小楼，现在仍然立在这里，是那么碍眼。他在上台阶时差点就跌倒，警卫上去扶他，被他给甩开。他背着手，迈着沉重的步子走进大厅，当他来到埋炸药的地方，站在那里待了会儿，然后向埋狙击手的地方奔过去。谢光宁掏出手枪来，对着壁灯，一阵枪响，灯碎了，露出个黑糊糊的洞来。他的手枪没有子弹了，把警卫员的手枪夺过来，继续对那个洞射，还是没有听到动静。他说，找人来把墙给我扒开。

他来到二搂，一脚把李文轩的办公室门踢开。李文轩正在高兴，见谢光宁杀气腾腾地闯进来，马上哭咧咧地说："姐夫，我们输了。"

谢光宁扑上去对着他就是几脚："混账。"

李文轩坐在地上哭声哭气地说："姐夫，这不怨我啊，我都准备好了，可是他赵之运没来，当着这么多人的面，我不能不宣布啊。就算我不宣布，按照赌约也是单印赢。"

谢光宁坐在椅子上，李文轩从地上爬起来，给他泡了杯茶："姐夫，您不要生气，虽然没有赢，还是有很大抽头的，您等于没亏多少。"谢光宁拾起茶杯就扔到李文轩头上，叫道："统统的该杀。"李文轩被烫得跳了几个高，躲到旁边。虽然很疼，但他内心却是非常高兴的，因为，他谢光宁输不输跟他没多大关系，自己发财就好了。

警卫们把封闭的空间打开，跑上来汇报。当谢光宁听说里面根本就没有人，不由急了。随后，他安排把其他两处打开，发现里面还是空的。谢光宁开始怀疑一楼肯定没有埋炸药。他打发人打开，里面倒是有个小箱子，警卫员小心地打开，见里面有封信，便递给谢光宁。他把信扔到地上，想了想，又让警卫员捡起来。

信上写着："谢君，当你看到此信想必已经震怒，并且杀气腾腾。当前您必须冷静下来，因为您并没有失败也没任何损失。请您扪心自问，是否真正地想帮助过我们？有没有想过在完成你的计划后把我们给赶出成都，收买民心，以树威信，并用赢来的钱运作军团长之职？如果你曾这么想过，就不必为这次的失败而感到懊恼。身为军人，胜败乃兵家常事，应该做的不是冲动不是失态，而是在失败中进行总结，获取更大的胜利。其实，你的目的就是想得到两个赌王的钱，并且当上军团长，我们可以轻而易举地保证你达到你的目的。如果我们帮助你成功后，被你给设计了，我是不会冲动的，因为我们是智者，我知道失败是为成功准备的，如果我是你，会冷静下来，然后共同协商，诚信出发，达成最好的合作，以达到双赢，我等着师座的到来……"

读完这封信谢光宁终于明白了，此次的失败主要原因是山本太狡猾了，竟然能够看透他的想法反制于自己。谢光宁渐渐地冷静下来，感到有必要跟他们谈谈，现在他必须要跟他们谈谈了……

赢得了此局胜利之后，潘师长他们就像过年似的那么高兴，可谓全师欢腾，并举行了盛大的庆祝会。单印并没有多么高兴，说自己累了，要求回家休息。这次的成功虽然算是成功，但离他的成功太远了，因为他要的不是钱，而是谢光宁的命。

刘芳见丈夫能够安全回来，已经很高兴了，忙着给他做好吃的。做好了去叫丈夫时，见他已经睡了，就不忍心叫醒他了。想想今天的豪胜赌场，是多么的惊心动魄，他承受了多少压力啊。刘芳坐在床前，端详着丈夫的脸庞。他瘦多了，脸也黑了些，虽然睡着，眉头还是皱着。她伸出手轻轻地揉着他的眉心，满脸怜爱的表情。

天都黑了，刘芳见丈夫还在那里沉睡，便让孩子去叫他。两个孩子跑进卧室把单印闹醒。单印看看怀表，发现晚上八点多钟了。来到客厅，发现饭菜已经摆在桌上，全家人都在等他，便说："你们吃过了吗?"刘芳摇头说："大家都不肯吃，要等你。"单印皱眉道："那我今天晚上不吃你们还得饿着，来来来，开饭啦。"

他刚坐下，光头敲门进来："大哥，李文轩来了。"

单印愣了愣说："把他带到书房。"对刘芳说："你们先吃，我去去就来。"单印用湿毛巾擦了把脸，向书房走去。他知道，李文轩今天来的目的，是要拿走属于他的份额。单印走进书房，李文轩站起来，笑嘻嘻地点点头说："单哥，祝贺您赢得此局。单哥，小弟想好了，我也没有帮上多少忙，所以呢，没必要按以前说的，您看着给我点就行了。"

单印坐下来："文轩，这次的赢纯属意外。还有，有件事情我不能不提前告诉你，有些事情不是我们兄弟能掌握的。你想过没有，虽然我与赵之运在赌，但是真正的赌王是谢光宁与潘师长，我与赵之运说白了就是他们的棋子。他们支持赌局主要是为了捞钱运作军团长的职位，我担心这次赢得的财物到时候我说了不算。当然，如果我有发言权我会努力为贤弟争取你的份额。"

文轩有些失意："单哥，小弟可是真心想跟您做事的。"

单印深深地呼出口气，痛苦地摇头说："人在江湖，身不由己啊。还有件事情我得提醒你，至于你姐去世的消息，谢光宁瞒着你是怕你影响这起赌博，现在他已经输了，没有瞒你的意义了，等你知道后，他就不会再信任你了，过不了几天他会免去你豪胜赌场经理的位置，然后重新找个人代理。这样吧，在核算之前我先给你两千大洋，你尽快离开成都为好，如果我以后有发言权，肯定不会食言的，会给你争取更多的钱，可是贤弟你要明白，现在我自己的命运我也掌握不了。"

文轩感到有些难过，他说："单哥，我相信你的为人，我也知道你的处境。"

单印想了想说："你现在还是赌场的老板，掌握着抽水的钱。我相信这次的抽水肯定不只十万大洋。明天，也许后天，这些钱就不属于你管了。这笔钱可不是个小数目啊，并且是你杀姐仇人的钱，要是我的话，早给卷跑了。当然了，如果你能够这么做的话，我会提供帮助，派人护送你安全离开成都。"

李文轩听到这话不由感到心动，是啊，自己守着这么多钱为什么还要受穷呢，并且是杀掉自己亲姐的凶手的钱。他回到赌场之后，打开保险箱，负责押注管理的银庄给他开的是全国通汇银票。也就是说，这样的银票在全国哪个银庄都能够提出钱来的。他相信单印说的没有错，今天谢光宁还处在愤怒中，明天冷静下来，肯定要拿走这些银票的。他想过之后，把银票塞进箱子里，匆匆地离开赌场，直接来到单印家。

已经是半夜了，单印见李文轩提着箱子来了，便明白他准备携款潜逃。单印想要的就是这种结果，因为他就是想把谢光宁逼上绝境，然后达到报仇的目的。他拍拍李文轩的肩说："文轩，这是我第一次佩服你，像个男子汉。"

李文轩抽出几张银票："单哥，小弟欠怡美楼五百块大洋，你帮忙给我还上。还有，我养的三个小妾，在我走后她们将没有生活保障，每个人给她们几百块大洋，让她们去追求自己的幸福生活去。如果对我有情有义愿意等我的，将来我会想办法来接她们。"

听了这番话，单印不由有些感动，因为李文轩在这种时候还有此情义，真是超出他的想象了。他把银票接过来，点头说："这样，我给你带些现银路上用。这些银票呢，我会兑现出来帮你送到他们手上。为了以防万一，我今天晚上就让付营长保护你离开成都。"

李文轩非常感动，突然跪倒在单印面前给他磕了几个响头："单哥，多保重。记住，不要过于相信潘叔才，其实他与谢光宁差不多，都是靠不住的，我们在他们这里只是个棋子。"

单印点头说："是啊是啊。贤弟，近期不要回成都。如果有缘，以后我们还会相见的。"随后，他取些金子让李文轩放进箱子里，趁夜让付营长把李文轩送出成都。当把李文轩送走之后，天已经大亮了，单印突然感到非常愉快。因为，谢光宁最后的这点钱已经没有了，他已经变成穷光蛋了。他没有钱，必然会采用极端的方式去弄钱，极端，就容易出问题，自己才有机会报仇……

由于谢光宁输了比赛，看什么都不顺眼，动不动就歇斯底里地叫唤。

长篇小说
赌道

有个丫环上茶时，由于紧张，把茶杯给掉在地上，他掏出枪来就对她开火，差点把她打死。下人们都躲着他，不敢跟他照面。现在的谢光宁在考虑是否派兵把山本给灭掉，还是选择继续跟他们合作。如果灭掉就会得罪日本国，如果合作，怎么把自己输掉的给赢回来，这让他难以抉择。

就在谢光宁痛苦绝望与愤恨之时，银庄派人来向他收银。他当时就火了，叫道："你是怕本座不还是吗？你是不是逼着我不还你？"老板缩着脖子小声说："师座，您举办麻将大赛，还有这次的赌王之战，应该有不菲的抽水啊。"想到抽水，谢光宁感到了一丝希望。对啊，我还有抽水啊，我还没有到山穷水尽的地步啊。他冷静下来，对银庄老板说："这个，你也不用太急了，本座不会不还的，如果借了钱不还，以后再需要急用时谁敢借给本座。回去等着，等本座有钱马上就送去。"银庄老板知道，如果强要，谢光宁肯定翻脸不认人，于是就告辞走了。

谢光宁让刘副官马上去找李文轩把抽水的钱拿过来。刘副官来到豪胜大赌场，几个工作人员正在打扫卫生，他问李文轩在不在楼上，工人说几天都没有看到李老板了。刘副官感到事情不好，马上派兵四处寻找。找了怡美院，找到李文轩的小妾那里，都没有他的踪影。刘副官马上向谢光宁汇报情况，谢光宁隐隐有些不好的感觉，命令继续寻找。刘副官带着人找了三天，还是没有看到李文轩的影子，他们把赌场的保险柜打开，发现里面没有什么银票，只有一封信。

刘副官把信展开，看到上面写着："谢光宁，我姐跟随你闯荡江湖，随军从戎，历经磨难，你最终不顾旧情把她给杀害了，如今，我只能把这些钱卷走，让你知道善有善报恶有恶报……"

刘副官看着这封信站在那里待了很久，他深深叹了口气，轻轻地摇摇头。回到师部，他把信递给谢光宁："师座，保险箱里只有这封信。"听说又是封信，谢光宁显得非常焦躁。他山本给他埋了封信宣布了他的失败，现在李文轩也给他留封信，他说："什么内容？"刘副官咋了下舌，有些为难地说："师座还是亲自看看吧。"

谢光宁心里咯地一声，厉声道："让你念你就念。"

刘副官把信念完后，谢光宁身子晃了晃，差点就跌倒，随后咆哮道："马上封锁路口，就是把成都翻个底朝天也要把人给我追回来。"

刘副官对辖区进行了戒严，封锁了进出成都的各个路口，折腾了三天，还是没有找到李文轩，于是汇报说："师座，他会不会跑到潘师长的地盘里了？"谢光宁马上前去拜访潘叔才，要求协助查找李文轩的下落。

潘叔才知道谢光宁马上就要疯掉，如果这时候拒绝极有可能会引发大的事件，说："没有问题，你派个连的兵力在我的辖区里查，由陈副官配合你们，想搜哪儿都行。这样，也是为了避免被怀疑窝藏嫌疑犯。"

谢光宁的人在潘的辖区搜了整整一天，还是没有任何的效果。李文轩就像人间蒸发了那样，再没有踪影了。这件事把谢光宁给逼上了绝境，现在他不只分文没有，还欠了十万大洋，还有急需要支付的军费。如果不是他内心中还有着经营军团长的那点念头，如果不是曾主任还在成都，他可能会带兵去跟潘叔才火拼或者屠城。现在，他只能在绝境中想想自己的生路。

他冷静下来，细细地分析赌局的失败，与李文轩的逃跑。他认为李文轩拿走了那些钱做得是对的，如果这事放到自己身上肯定也会这么做，那些钱就当是对大夫人的赔偿了。至于山本为何让他输掉此局，他认为是故意让他陷入绝境，不得不依靠他们，甚至变成他们的人。谢光宁想，山本你等着，我会让你知道代价的。

为了能够展开手脚，寻找起死回生的办法，他认为应该劝曾主任离开成都。他想好了，到时就对他说潘叔才不停地挑衅，有可能想挑起战争，现在成都的局势很不稳定。当他来到那个小院，负责看门的几个便衣汇报说："师座，今天早晨，曾主任刚刚离开。"

"什么，他走了？"谢光宁吃惊道，"留下什么话了吗？"

"他给您留了封信。"看门的说。

听到信，谢光宁感到心里隐隐作疼，这几天他对信非常反感，因为每封信都在对他下刀子。当他打开曾主任的信，见上面写着："光宁，因有急电，必须离开，没有当面告别，见谅。非常感谢贤弟对我的照顾，

长篇小说
赌道

此恩必报。还有，贤弟永远都要记住，胜败乃兵家常事，不要气馁，不要焦躁，我相信你有能力有办法解决好所有的问题。另外，我还是像之前那样用力在上面推荐你……"

看了这番话，谢光宁心里很不是滋味，虽然曾主任鼓励了他，但是他好像知道自己现在的处境了。谢光宁想，现在确实不是冲动的时候，越是在这种时候越要冷静，要想办法挽回败局，争取主动。于是，他打发刘副官前去通知山本，要求见面洽谈合作……

在日本领事馆里，赵之运独自坐在房里待着抹眼泪。他押上了所有的家业，在没有到赌场的情况下全部输掉，他没法接受这个事实。自他得到这个消息后就在那里又哭又闹，寻死觅活的。山本多次给他做思想工作，并对他说这不过是个小小的失败，并不会影响大局，接下来自己会让他重新变得富有……

山本听说谢光宁前来拜访，他就在客厅里等着。

他明白，谢光宁选择面谈就说明他已经冷静下来了，可以与他进行合作了。想想自己破坏了谢光宁的计划，让他处于绝境，不得不前来依靠于他，山本感到有些得意。当谢光宁来到后，山本站起来笑着说："师座，先听敝人讲几句，这次的失败，其实是敌人有意为之，是采用了你们中国的欲擒故纵。师座请放心，你们的损失，我们会加倍地帮助你们赚回来。"谢光宁强压着心头的怒火："山本，废话就不要说了，说说你的计划。"

山本说："这次他们赢了，我们有权利再对他们进行挑战。"

谢光宁冷笑说："我们输掉了所有的资本，用什么去赌，赌你们领事馆吗？"山本笑道："师座不要激动，至于赌资吗，我们大日本帝国来提供。你们想过没有，他单印的后台只是个小小的师长，而你的后台是整个帝国，他们是无法与你相比的。相信，我们的合作，将会是非常开心。"

谢光宁心里还是恨得咬牙，但他知道，现在不是发火的时候，而是要跟他进行合作，然后伺机把损失捞回来，到那时候再让他们知道代价。他平静下来，说："好吧，那么请山本君说说，我们合作的意向，与具体的操作方式。"

"这个，第一嘛，谢师长要出面说明我们日租界是你请来的客人，任何人对我们进行伤害或者有不利行为都是对你的不敬。第二，由赵君向单印方提出挑战，敝人负责筹集赌资。无论他们那方出多少我们都会跟。第三，从今以后我等休戚与共，每个礼拜要碰个头，保持畅通的联系。师座你看如何呢？"

现在的谢光宁还能怎么说，他只能说："这个没有问题。不过，我们向单印提出挑战之后，你必须要让我看到钱，否则，订下赌约，我们到时拿不出赌资，岂不失信？"

"放心吧，我们大日本帝国说话是算话的。"

"那么，我把赵之运带回去？"

"当然。加藤君，把赵君带来。"

加藤从后室把赵之运带来，谢光宁冷笑道："之运，最近过得好吗？"赵之运突然哇哇哭起来，边哭边叫："师座，我不想活了，我拿出全部的家业去赌，连赌场都没进就输掉了，现在我不想活了。"谢光宁吼道："别在这里丢人现眼，回去再哭。"说着上前抓住他的衣领，就像提小鸡似的提出去了。

在回府的车上，赵之运搓着眼睛说："师座，这小日本害得我赔光了家业，我们还跟他们合作，我们是不是傻了？"

谢光宁目光如刀，恶狠狠地说："本座让你说说情况。"

赵之运说："什么情况，他们派人把我给带出去，直接就押到一个院里不让我出来，目的就是想让您输掉这局，然后让你陷入绝境，好前来求他们。师座您可想好了，现在成都人都想把他们赶走，这时候要是帮助了他们，成都人就会说您是汉奸，这名声有辱您的祖宗八代，军团长的位置就永远也轮不到您了，说不定别的军队也会以您叛国为由前来攻打您，这样，您可就真的走投无路了。"

长篇小说
赌道

这个道理他谢光宁能不懂吗，可是，现在自己不只欠着银庄的钱，还没有军费，再者，曾主任那边三十六拜都拜了，就差最后这一哆嗦了，他急需要钱去烧香。在这种情况下，就算把租界里的人全部杀掉有用吗？现在需要做的是把损失给找回来，然后再报此仇。

回到府上，谢光宁说："之运啊，现在这种年代，外人是靠不住的，他小日本插了笼子让咱们钻，谁想到这危难之时，李文轩又带着钱逃了，让我现在变得异常困难。本座想过了，所有的原因都是他山本所为，我们必须要想出办法，让他吐血。"

"怎么吐？"赵之运问。

"这不是小事，等本座想好之后再告知与你。好了，你可以回家去看看了。"

"师座，现在我把家业都输了，没脸回去了。"

"放心吧，怎么失去的本座会让你怎么捞回来。"

赵之运走后，谢光宁独自在书房里来回踱着步子，起草山本要求的那个声明，每写一个字心里都像被刀划一下。他相信，这个声明见报后，怕是游行队伍不只要去日本领事馆，极有可能会来他的师部吵闹，那就真的麻烦了。如果不写，山本肯定不会出钱，不出钱，自己这种局面维持不了多久。想着想着，谢光宁把刚写的这封信撕掉，把刘副官叫来跟他商量一件事情。

谢光宁恶狠狠地说："这次本座算是被山本给害苦了，他插了笼子把我们给出卖了。现在我们到了没法支付军费的困境，这样的日子坚持久了，整个师都可能会瓦解。当前我们得想办法弄些钱。"

"师座您说，怎么办？"副官问。

"他山本是想让我跟他们合作，把我变成他们的走狗。如果本座跟他们合作，那么潘叔才肯定会用这件事做文章，本座可能再也没有资格去争取军团长的位置了。你想过没有，只要本座成为军团长，你的职务自然就是副军团长，高于川军任何师职，所以，我们都要努力了。"

"师座您说就是，属下定会努力完成任务。"

"他山本不仁我对他也就不义。你今天晚上带个营的兵力冒充潘叔才的部下，把日本领事馆洗了，把山本给我抓过来，把领事馆内所有值钱的东西拉回来。只要把山本给抓来，我就有办法让他吐血。"

"好，属下现在就去安排，不过，他们肯定反抗，伤亡是免不了的。"刘副官担心地说。

"如果他们反抗，格杀勿论。"

副官去后，谢光宁待在书房里，回想他派人去洗劫裴玉堂的情景。那次，从裴玉堂家翻出很多古董玩意儿还有大量金银。正是由于这些财物，才让他得以在成都稳定下来，然后打开了局面。他认为，山本口口声声地在说要帮助他跟单印再赌，肯定是藏有大量金钱的，如果把这些钱切过来，自己便又获得了重生。他就在书房里坐着，等刘副官他们带着财物回来。丑时，副官终于回来了，他猛地站起来："怎么样？"副官垂头丧气地说："日本领事馆连个看门的都没有，所有的人不知去向，我们搜遍了各个角落，也没有几件值钱的东西。看来，山本已经知道咱们要去洗劫，提前做好准备了。"

谢光宁感到脊梁有些发凉，难道他山本能掐会算，料想他会采取这种行动？最让谢光宁感到惊异的是，早晨，山本打来电话说："师座，昨天晚上你去拜访，不巧的是我正好不在馆里，没有招待你们，实在对不起了。"

"什么拜访，本座正在写对你们有利的声明呢。"

"我相信师座是不会食言的，我们等着你的声音。"

放下电话，谢光宁愣了很久，对副官说："这个山本不可小觑，他竟然能算准我们要做的事情。经过这件事后，我们不确定他还有没有意向跟咱们合作。这样吧，活人不能让尿给憋死了，咱们还是想想别的办法。"

"师座，您的意思是？"

"今天夜里去抢两个银庄，先弄点钱花花。"

"可是，如果这样，可能会引发战争啊。"

谢光宁站起来，倒背着手来回踱着："本座没让你去潘叔才的辖地去抢，去那里抢人家必然会怀疑是咱们干的。我们可以在咱们的辖区里洗两个银庄，这样，大家肯定认为是潘叔才他们干的，我们既得到了钱财还能给姓潘的造出不好的影响来，可谓一举两得。不过有个问题你要明白，每个钱庄都不会把钱放在面上，一般会有地下室，你们带着工兵，准备好炸药，到时候打不开暗室可以炸开。不过，无论采用什么手段，速度都要快。"刘副官眨巴着眼睛，点点头说："好的师座，属下现在就去安排。"

　　当天夜里，刘副官派人把本辖区两个最大的银庄给抢了，一共抢来十多万大洋。谢光宁终于松了口气，有这些大洋，他的部队就可以吃上饭。只有吃饱了，才有时间有精力去图谋大事。早晨，谢光宁亲自带人前去出事的银庄察看，并在报纸上发表言论："有人竟然在我的辖区内抢银庄，这是对我部的挑衅，我谢光宁不惜引发战争也要伸张正义……"

第十三章　烟土之战

对于谢光宁发表在报纸上的声明，潘叔才是心知肚明的，这就是监守自盗，目的是把大家的注意力引到他身上。此事非同小可，自己分文未得还落个嫌疑，这件事不能这么了了。他把几个得力的部下召来，开会研究这件事情。由于事情发生在谢光宁的辖区，他们没法前去侦破，也没法证明不是他们干的，大家显得有些沉默。

单印说："师座，他谢光宁本来就是土匪流氓，什么事都能做得出来。明眼人都知道是他贼喊抓贼，问题是平民百姓并没有这种认识高度，他们只看表面现象，认为兔子不吃窝边草，认定这事是咱们的人做的。"

"贤弟，本座也是这么想的，你有什么办法吗？不过，本座认为尽量不要从武力上考虑解决问题，一旦两军打起来，成都将陷入战火，这是下下之策。"

"属下通过小道消息得知，谢光宁输掉这局，是由于山本的原因。日本人承诺帮助他们胜利，借装修时隔出狙击手的容身之位，准备把狙击手镶进去，到时候图我的性命。更骇人听闻的是，谢光宁还要求在大厅里埋进烈性炸药，在不能确定胜出的情况下把整个大楼炸掉，制造不可抗拒的力量解决赌局，并且把我与赵之运，还有您给炸死。让他没想到的是，日本人并没有埋炸药，也没有往空间里放狙击手，并且在护送赵之运来赌场时把他给控制起来，让他无法到达现场。"

大家听到这里不由倒抽口凉气。他谢光宁太狠了，如果日本人肯配合他，那么他们在场的人就全部遇难。陈副官说："好在日本人没有这么做，问题是，他们为什么不这么做？难道他们是暗中帮助咱们？"

单印摇头说："日本人谁都不会帮，他们只是为了帮助自己。他们自来到成都之后，日子非常不好过，目的是想跟谢光宁进行合作，向成都人发表声明，他们日本人是和平的使者，是受驻军保护的，任何人不能以任何方式对他们构成威胁。但是，山本知道谢光宁在争取军团长的位子，是不会在这时候跟他合作的，于是他们故意让他落败，经济上出现严重问题，谢光宁为了生存，不得不寻求他们的资助，把谢军变成日本的部队，为他们服务。"

大家听到这里都在点头，表示这样的分析是合理的。潘叔才轻轻咳几响："每个人都是有两面性的，虽然谢光宁可恨，但就他坚决不与日本合作这件事情还是令人敬佩的。不过，我们也不能让他任意诬陷我部，让我部陷入被动局面。"正在这时，警卫员前来报告，说是日本领事馆的山本求见。

潘叔才愣了愣，说："告诉他，本座去外地会友，近期不能回来。"

单印忙说："师座慢着，属下认为应该与他见见，听听他有什么说法。还有，属下认为日本人与谢光宁合作不成，肯定前来与您寻求合作，不妨提出条件，比如让他们负责解决掉谢光宁，他的手下必然会投顺我军，这样，我军的实力在川军是最强的，军团长也就实至名归了。"

潘叔才愣了愣，随后点点头："想法是很不错的，这样吧，我去跟山本谈谈。"虽然潘叔才善于听别人的意见，但并不是没有自己的想法，再怎么说他也是正规军校出来的，也是经过战争历练的。他明白，谢光宁现在到了逮不住兔子扒狗吃的程度了，如果去跟山本说谋杀他，图谋他的部队，说不定山本会借着这个理由讨好谢光宁反过来会对付他，所以，他感到这么说是有风险的。来到客厅，坐在沙发上的山本马上站起来，大弯腰道："敝人刚从帝国回来，给师座带来了一件东西，以表达师座对我们的关照。"

"坐吧坐吧，礼物嘛，本座实在受之有愧，就免了。"

山本从加藤手中接过匣子，捧到潘叔才的面前，把盖儿打开。潘叔才一打眼，不由感到吃惊，里面那尊白玉佛，竟然与自己送给曾主任的那件一样。他把佛拿出来仔细辨认，发现就是自己送出的那件，心里便开始翻腾，难不成他曾主任跟日本人有联系？山本见潘叔才盯着玉件不放，还满脸惊异的表情，认为他非常看好这东西，于是说："师座，敝人把这件东西送给师座是表达我们的友好的。"

"如此贵重的礼品，本座不敢接受。"

"任何的宝贝都没有友谊的珍贵。"

"那么请问阁下，你想我们怎么友好呢？"

山本笑道："其实很简单，保护我们的领事馆，向成都人表明我们是师座请来的友好使者，是为了增进两国的友谊，相互了解，相互扶持，荣辱共进，和平相处。"

潘叔才泛出为难的表情："阁下，是这样的，本座晚于谢师长来成都，先入为主，在成都都是谢师长说了算，这个声明本座不能发，一是达不到你们想要的效果，二是会引起谢师长的反感或者报复。本座之见，你把这件东西送给谢师长，效果比较好些。"

"您的意思是让我们帮助谢光宁争取军团长的位置，您心甘情愿地追随他，寄人篱下？"

"是的，是的，论能力论实力谢光宁都比我要强，由他当军团长那是实至名归，本座愿追随于他。所以呢，与你们日本合作的事情本座爱莫能助了，不好意思。"

山本脸上的笑容收起，抱起盒子来背过身去，用冷冷的语气说："师座你非常的不友好，错过这个机会你会后悔的。"说完，与加藤匆匆去了。潘叔才现在的心情非常复杂，从理智上讲，谢光宁这种土匪流氓都不跟日本人合作，自己当然也不能这么做，但是这会不会影响他竞争军团长的位置呢？回到会议室，潘叔才把刚才的情况说了说，单印遗憾地说："师座，您该接受这件礼品，做出与他们友好的事情，利用他们达到您的目的，然后再把他给甩开。否则，他们极有可能去寻找谢光宁，说不定会对谢光宁说这件玉器是您送给他们，让他们帮助谋杀他的。这样效果岂不是更糟了？要不要这样，属下去跟日本人说说，缓和一下咱们的关系？"

潘叔才想了想，点头说："那就有劳贤弟了。"

日本在成都设立租界以来，由于受到民众的反抗，根本没法开展他们的工作，落实他们的计划，山本多次受到高层的指责，说他的工作做得非常的不好。所以，山本才谋划跟谢光宁合作，可他哪想到谢光宁身处绝境之中，不但不跟他合作，并且暗里派人洗劫领事馆。他想抛开谢光宁与潘叔才进行合作，又被人家拒绝，心里非常难过。他回到领事馆后，哇哇大叫："道理的不懂。"加藤分析说："潘叔才并不是不想合作，而是不想得罪谢光宁。再者，他说得没错，在成都确实是谢光宁一手遮天。我们还是想办法跟谢光宁合作才是上策。"山本深深地叹口气："谢光宁心狠手辣，不按常规出牌，我们很难把握他。"

加藤摇头说："只能说没有找到契合点，相信以后会有的。"

当单印来到领事馆后，山本首先问他："单君，问你个问题，你们的中国人为什么大大的不友好？"单印笑道："山本君您说错了，我们是非常友好的。你们在我们的地盘上，青天白日就在大街上杀人，我们还让你们在成都住着，能说不友好吗？如果这件事发生在东京，你们会友好吗？"

"那单君今天来的是什么的意思？"

"今天过来，是感到现在山本君急于想合作，但又没人理你，非常苦恼，想过来帮你们想想办法的。"

"单君的请讲，我的洗耳恭听。"

"其实潘师长并不是不想跟你们合作，可是谢光宁这个人太流氓了，如果跟你们合作，他不得拿着这件事说事儿，说不定会借着这个理由发动战争。潘师长为了大局不得不对你说那番话，所以，你要换位思考，理解他的苦衷。"

山本的眼睛里冒出凶光："他的谢光宁，大大的不友好。"

单印叹口气说："谢光宁早来成都，有先入为主的心理优势，潘师长虽不想寄人篱下，但也没有什么办法。当然了，如果谢光宁消失了，事情就好办了，可是他自己又不会消失。"

山本冷笑道："单君的意思是让我们谋杀他？"

单印忙摆手道："这我可没说啊，我只是帮着你们分析原因。"

等单印告辞之后，山本在院里来回踱步。他穿着团花和服，勾着头，双手抱在腹部，满脸愁苦，不时深深地叹气。他想来想去，感到谋杀谢光宁风险太大了，一是谋杀他并不容易，再者，就算真的杀掉他，潘叔才就真跟他们合作吗？这个也未可知。潘叔才此人做事谨慎，为人低调，欲望不大，这足以说明此人城府极深，跟这样的人合作前景也是不容乐观的。谢光宁欲望大，做事不择手段，跟这样的人合作虽有风险，但是他为了自己的利益是不会考虑后果的。想来想去，山本感到跟谢光宁合作还是有可行性的。

山本召开会议，重新把与谢光宁合作的议项提出来。加藤分析说："我们之前的计划是对的，只是强度不够。如果谢光宁的经济问题越来越严重，到了无法应付军费的程度，想必他为了保住自己的实力必然会向咱们要求合作。只是，他刚抢了两个银号，虽说不能解决大问题，但现在的军费还能维持。如果我们让他面临绝境，他再也想不出办法弄到钱，那么他就会主动向咱们要求合作。"

"道理谁都懂，我要的是效果。"山本瞪眼道。

"谢光宁当前最主要的事情就是弄钱。因为他要养兵，他要运作军团长的职位。我们可以想办法策划一个让他能发财的机会，然后把他手里的钱掏光。"

"怎么掏，我们难不成去抢吗？"山本急道。

"谢光宁之前的主要经济来源是赌博与贩卖烟土，后来由于烟土生意遭到意外，被烟土商认定黑吃黑，因此切断了与他的来往。据说，谢光宁曾派人去联系货源，结果呢被人家杀了两个人，只有一个受伤的人回来。如果我们说有批好的烟土要卖给他，然后把他仅有的钱给弄到手，他就真的走投无路了。"

长篇小说
赌道

山本闭上眼睛，紧锁着眉头，嘴唇不停地蠕动着，就像在品味着什么，那样子显得很纠结。突然，他把眼睛睁开，眼睛瞪得圆圆的，坚定地说："好，这件事情由你负责，一定要做得巧妙，不要露了马脚。"

加藤马上致电上峰，要求找几个商人，让他们带几包优质烟土，冒充烟土商人速来成都，暗中与他联系。并说明这样做的目的与意义。没多久，两个人就秘密来到领事馆。他们进行了周密的计划后，然后按部就班地开始落实……

虽然谢光宁抢了两个银庄，得到了些钱，但用钱的口子太多，那只是杯水车薪。现在他感受到了巨大压力，每天都在冥思苦想怎么才能多弄些钱。他甚至后悔自己把盗墓王杀掉，否则，关键时候还可以用他来做两单，以解燃眉之急。

就在他感到有些绝望之时，有个军官前来汇报说，两个商人来到成都正在寻找烟土代理商，谢光宁的眼睛顿时亮了。之前，谢光宁经营的生意中，无论是赌场、妓院，比起烟土的利润来说，都是微不足道的。之前他的日子如鱼得水主要是烟土生意挣来的。只是生意被抢之后，供货方怀疑黑吃黑，没人跟他做生意了。

他决定，要重新拾起这个生意来。为避免把人吓跑，他让刘副官冒充商人前去跟泰国人接洽，代理他们的烟土，并建立长久的关系。他想好了，等他进来烟土，就马上派人去查禁别的烟土来源，垄断市场。刘副官找来之前经手烟土生意的军官，让他们化装成商人秘密地接触泰国商人。在线人的联系下，他们终于与泰国人见面了。在茶馆的包间里，他们坐下来洽谈合作事宜。

那个留大胡子的泰国人问："你们是哪个部分的。我们的原则是，不跟你们成都的军政方做生意。听道上的人说，成都的军方是非常的流氓的，没有信用。"

刘副官忙说："说实话，我们也很讨厌军方，他们依仗兵力，为所欲为，就像穿着军装的土匪。"几个随从听刘副官这么说，联想到谢光宁的出身差点笑出来，使劲憋着，有些笑意还是从嘴角上跳出来。刘副官继续说："你们放心，我们是成都最大的特业批发商，所有的烟馆都是用我们的烟土。之前我们主要经营东北烟土，因为后劲大，深受烟民喜爱。当然，你们的烟土也非常好，只是没有合作的机会。"

大胡子说："刘老板，不对啊，据说，成都的特业是有个叫刘麻子的人把着？"刘副官摇头："你说刘麻子啊，跟你说实话吧，他是从我们手里拿的货。"大胡子点头："噢，原来是这样。"经过首次交流，刘副官感到他们是有诚意的，于是要求下次带样品过来。

过了三天，他们再次见面时，大胡子从包里拿出两块烟土。刘副官让手下检查。结果，这是顶级的烟土。这样纯度的烟土可以掺进大量的烟灰，会获得更大的利润。

当他们谈好了价格后，刘副官提出先进五万大洋的货。大胡子听到这里吃惊道："我们不是零售。"

刘副官说："初次合作，先少进点，当我们达成信任之后，我们自然会多进的。"

大胡子摇头："现在我们手上有二十万大洋的货，你们必须一次性购买。因为我们不想在成都再找另外的代理，代理多了，就会形成竞争，就会竞价，会出现很多问题。"

刘副官为难道："我们刚开始打交道，相互还不了解。"

大胡子摇头说："到时我们把货送到你们指定的地点，由你们来验货，又不是让你们带着银子去我们的地盘提货，你们倒还小心起来了。我看你们根本就没有诚意，也没有实力做这样的生意。"

最后大胡子要求，少于十万大洋，坚决不跟他们合作。刘副官没有办法，只得应承下来，并签了个合作协议，规定好了接货时间与地点。在回去的路上，刘副官感到没法向谢光宁交代，因为谢说过，劫来的十万大洋，其中的五万需要应付给养，只能先进五万大洋的货，现在定了十万大洋，这个月的给养又不能按时发了。

回到师部后，刘副官咧着牙花子说："师座，他们非让咱们进二十万

长篇小说 赌道

大洋的货，属下跟他们讲来讲去，他们说最低要进十万大洋，否则就另找代理人，属下只得答应下来。不过您放心，把货接过来，咱们马上批发出去，就有钱了。"

这几天，各部每天都催着要钱，说炊事班里半粒米都没有了，再这样下去，可能会有人逃离。谢光宁叹口气说："那你好好跟下面说说，再坚持几天。"

"师座，要不要咱们把他的货给切过来。"

"不不不，为了达成长期的合作，我们还是要讲诚信的。不到万不得已绝不能切他们的货。对了，一定要保证这单生意的安全，绝不能发生上次的情况。"

"放心吧师座，我们约定，送到豪胜大赌场，咱们验好货后，再给他们钱，不会有什么问题的。"

"你马上安排人，缉拿其他贩卖烟土的商人，指定咱们设定的进货渠道，相信很快就会有回头子。一旦运作起来，所有的问题都能得到妥善的解决。"说着说着，突然停住，皱着眉头咋了咋舌，"刘副官，这件事千万不能走漏风声，如果让潘叔才他们知道，肯定会前来破坏。最近本座终于想明白了，潘叔才是想把我给逼上绝境，让我投奔于他，而山本想把我逼上绝境去寻求他们的帮助，变成他们的走狗。现在，本座只有弄到钱才能破坏他们的阴谋！"

由于大赌之后这段时间太平静了，单印感到有些不对劲儿。按说他谢光宁在这种情况下，肯定会有所活动的，可是他却这么沉得住气。他派光头暗中调查谢的最近动向，还真让他给查到了。原来，谢光宁正在进行烟土生意。单印明白，这是谢光宁最后一根稻草，如果把这根稻草给拿掉，他就真的过不去这坎了，说不定会疯掉。单印跟潘叔才进行汇报，要求把这单生意给切下来。潘叔才沉默良久，满脸的纠结，最终还是摇了摇头："贤弟，现在我们与谢光宁结怨颇深，已经到了发作的边缘，如果再把他这单生意给切下，谢光宁面临绝境，说不定会对咱们进行打击报复，那样就不好了。我们为了成都的安全考虑，这单生意不要再动他了。"

"师座您想过没有，如果他这个财路建立起来，那么他以后的日子就好过了。等他缓过劲来，他会想办法对付咱们的。"

"贤弟啊，现在的谢光宁还不是落水狗，只是被追到水边上，形成了破釜沉舟的局面。这时候最好不要惹他，惹他，他会咬人的。这单生意要让他们做成。不过，你们可以对付那两个商人，让他们不能再跟谢光宁做生意就行了。"

单印说："高明，属下这就去安排。"

回到办公室，单印跟付营长进行策划，密切关注两个商人的行踪，等他们交易完后，把他们的钱切下，把他们做掉。这样，谢光宁的烟土生意又断了，他的日子还是不好过……

对于这起烟土生意，谢光宁是把它当作重要军事行动来处理的。他们对交易线路、地点，以及方方面面都做好了充分的准备。

谢光宁问刘副官："最近潘叔才与单印有什么动向？"

刘副官说："属下一直派人盯着他们，没有发现他们有任何行动。"谢光宁眯着眼睛，轻轻地叹口气说："他们越是没有动静越不可掉以轻心。当然了，他们赢得巨款之后，现在低调也是可以理解的，不过我们宁可相信他们会有什么行动，也不能忽视。在安保上，就当他们要图谋我们的生意来防卫。"

为了确保这次交易的安全，在预定的交易日前一天夜里，刘副官派出大量便衣，埋伏在豪胜赌场周围二百米内。早晨，他带着几个随从，还有装着十万大洋全国通汇银票的箱子来到豪胜大赌场，在二楼的赌厅里候着。他们面色凝重，沉默少言。刘副官明白，虽然他们这边做好了一切准备，但他们不确定对方在来的路上是什么情况。预约的时间已经过去十多分钟了，还不见他们来，刘副官有些着急，不时站起来到窗前张望。

时间在焦急的等待中过得很慢，但，半个小时都过去了，还是没见着来人，便感到不对劲了。刘副官心想，会不会在路上出情况？或者他们得知是跟军方交易吓得不敢来了？就在刘副官想打道回府时，警卫跑上来说："长官，人来了。"

刘副官这才松了口气。他带着随从来到楼下，来到后院，发现院里停了三辆黑色轿车。大胡子用一只脚踩着轮胎正在那里吸烟。见刘副官来了，他把脚放下来说："马上卸货验货。"当士兵们把烟土从车里搬出来，懂烟土的军官掏出匕首来开始检查。他划开一包，闻闻，用指头沾点尝尝，点点头，然后又去划另一包。大胡子皱眉说："这么验法今天能完成吗？没见过你们这么外行的，你们可以从里面抽验一百包，如果没有问题基本就可以放心了。再者，我们好不容易找到代理，是准备长期合作的，能在第一单就给你们假货吗？"刘副官对验土的军官说："从不同的位置，抽出一百包来。"那个军官从烟土垒起来的堆里抽出一百包，对一百包进行了检验，发现都是上等的烟土，便对刘副官点了点头。刘副官让警卫把装银票的箱子递上去，大胡子接过来，打开箱子看看里面的银票，把盖合上："你们马上找安全的地方藏起来，我们先走了。"

"喝一杯再走吧。"

"刘老板你这句话很外行。"

"其实我是想试试你们是不是外行。"

"聪明！"大胡子竖了竖大拇指，钻进车里，回头说，"后会有期。"大胡子带着车驶出豪胜赌场后门，三辆车分三个方向去了。当大胡子的车拐过几个路口，车子停在路边，大胡子从车上下来，想坐黄包车进巷里与加藤会合。

车夫拉着大胡子刚走了几步，有辆车从后面奔驰过来，把黄包车撞飞了。大胡子滚到地上，刚要爬起来，车里伸出几只枪同时对他开火，人顿时就变成马蜂窝了。轿车退到大胡子跟前，车门打开，有只戴着黑色手套的手伸出来，夺大胡子手里的皮箱，由于他握得太紧，根本夺不下来，于是掏出手枪对他的手腕开火，硬是把手腕打断。那只挂着手的箱子进了车，然后奔着大街就去了……

刘副官安排下属把烟土运到之前准备好的加工地点进行掺假，他坐车回师部向谢光宁汇报。半路上，发现很多人围着在看什么。他下车凑过去，发现跟他交易的大胡子躺在地上，那姿势非常难看。有个穿黄包车职业服的黑瘦汉子，躺在地上没命地叫唤。刘副官走过去把他扶起来，问发生什么情况了。

车夫哭道："小的正拉这位先生走，有辆车从后面撞了我们，随后车里的人用枪把他打死，抢了他的箱子。"

听到这里，刘副官不由深深地叹了口气，他明白，看来这个货源又断了。当他回到府上，谢光宁见他神情有些凝重，心里不由咯噔一下："是不是出什么问题了？"

"报告师座，交易非常顺利。"

"那就好，本座从没有像如今这么提心吊胆。说白了，我们的情况容不得再有任何闪失。我们是指望这些烟土救命的。"

"不过师座，还是出了些意外。"

"什么什么？"谢光宁的眼睛顿时瞪起来。

"属下回来的路上，发现刚跟我们交易完的大胡子已经被车撞死了，盛钱的箱子也被人抢走了。据车夫说，有辆黑色的小轿车从后面撞了他们，并开枪打死了大胡子，把他装银票的箱子给抢走了。至于是谁做的，还不清楚。"

听到这里，谢光宁感到心里隐隐作疼，自己好不容易找到的货源，如今又断了线索。"什么人如此大胆，敢在我们的辖区里有这么大动作，肯定是潘叔才他们干的。妈的，老子跟他没完。"

刘副官摇头说："师座，通过交易过程来看，潘师长好像并不知道我们的交易，如果他们知道我们的交易肯定不会只抢钱，可能把咱们的货也毁了。"

谢光宁感到非常郁闷，恶狠狠地说："马上去调查，不管是谁干的，把他给消灭掉，把抢去的钱给我捞回来。如果是他潘叔才做的，老子就是不做军团长了也跟他玩命。"说着愣了愣，"对了，我们的货呢？我们的货不会有问题吧?"

"属下已经派人拉向加工地点了。"

"好在货没出现问题。"话刚说完,电话响了,谢光宁摸起电话听了没两句,电话从手里落在桌上,整个人变成泥塑。刘副官见他面色惨白,冷汗布满额头,浑身哆嗦得就像发高烧,小心地问:"师座,出什么事了?"谢光宁抬手抽到副官的脸上,咆哮道:"你们是怎么检查的,我怎么跟你说的?"

原来,他们拉货刚到加工地点大门外,烟土接连发生爆炸,十万大洋的烟土全被火给烧掉,并且还搭上辆货车。谢光宁再也忍不住了,他恶狠狠地说:"潘叔才这是你逼我的。"

"师座,还是等属下调查清楚后再下决定为好。"

"他潘叔才欺人太甚了。当初他来到这里,口口声声说,以后小弟我就跟着您干了,现在,因为有了个单印,他就敢公开跟我作对,我受够这气了,如果再不打他,我就不是我娘养的。马上召开军事会议,研究作战方案。"

"师座,开战毕竟是件大事。如果是他们做的,他们肯定做好了迎战准备,仓促行事,是不会赚到便宜的。等属下调查清楚后,咱们再从长计议。"

刘副官赶到现场,根据幸免于难的人说,不是外人投放炸弹,而是烟土自动爆炸的。这说明,大胡子在烟土里包裹了定时炸弹。那位善于辨别烟土的军官握着被炸成两半的一包烟土,来到刘副官面前说:"长官,我们上当了,这些烟土就表面上有一层,里面都是些普通的黄土。"刘副官说:"马上清理现场,要是让师座知道是假烟土你的小命就没了。"那人听到这里,马上招呼士兵,把炸飞的烟土收集起来全部给烧掉了。

在回去的路上,刘副官感到事情真的严重了。现在谢光宁已经被逼上绝境,不管是不是潘叔才做的,他都可能把怒气发到潘的身上,定会不惜发动战争来谋求生存。他把车停下,抽了支烟,然后打转方向奔潘的辖区去了。

自潘叔才得知谢光宁的生意伙伴被人干掉，烟土被炸掉，就开始追问付营长与单印，是不是他们做的事。他明白，这单生意是谢光宁最后的稻草，动了就会触动他的底线，将会让他变成疯狗，逮住谁咬谁。付营长与单印都表示绝对没有接触过那批货。单印说："我们本来是想图谋那位商人的，可是他们出门后分成三路，奔往三个方向，我们只是跟着第一辆车，当发现大胡子下车后正想行动，没想到有辆车朝他们撞去，我们就马上撤离了。"

"那，这究竟是谁干的？"潘叔才急道。

"这个我们真不清楚。"单印摇头说。

"事态严重了。无论是谁做的，他谢光宁肯定会认为是我做的。陈副官，马上通知各级军官，召开会议，做好一级战斗准备。"

陈副官刚离开，门外传来警卫员的报告声："师座，刘副官求见。"谢光宁闭上眼睛，轻轻地摇摇头，说："看来是来下战书的，这场战争是免不了了。"说完，垂头丧气地来到客厅，见刘副官站起来，忙说："坐着坐着。"刘副官并没有坐，神情凝重地站在那里，说："属下想问师座，这次的事情是不是你们做的？"

"我说不是我们做的你们相信吗？"

"我相信，请讲。"

"说实话，我的部下倒是真想干扰你们这次交易，但本座考虑到谢师长的处境，感到动了这单买卖他会变得失去理智，可能要发动战争，成都会变成战场，会伤及无辜，因此我并没有让他们行动。在出事之后，我分别对他们进行了盘问，可以确定，这不是他们做的，但是，无论谁做的，他谢光宁都会怨到我的头上。"

"唉，是的，谢师长把所有的怨气都指向你们，要发动战争。下官跑到这里是想请您想个好的对策，尽量避免两部火拼。"

"你认为怎么才可以避免这起战争？"

"火速通知曾主任，最好让他前来调解，是可以避免的。成都是曾主任的故乡，他最不想这里发生战争，肯定会第一时间赶来。"

"太感谢刘副官，你为了百姓，冒着通敌的风险前来告知，避免两军开火，我替所有的成都人感谢你。"说着深深地鞠一躬。

刘副官回到师部，谢光宁正在召开军事公议，制定攻打潘军的方案。刘副官进来后，谢光宁说："货已经被毁，没必要再去调查了。就算不是这件事情，我们也有充足的理由讨伐潘叔才，决定谁才是成都的主持。"刘副官并没有坐下，表情凝重地说："师座，我刚从潘叔才那里回来。"

"什么？"谢光宁掏出手枪，"你是去报信了吗？"

"师座，在下前去质问他们为什么雪上加霜。您想知道潘叔才是怎么说的吗？"

"本座不差这点时间，说。"

"他说，之前，他的下属曾经提出过要干涉这起生意，但潘叔才认为这是您的底线，绝对不同意这么做，因为他不想发生战争，让成都陷于战火，以至于两败俱伤，最后落得只能投顺别的同僚的地步。再者，这次的事不是外力所为，而是烟土里裹着定时炸弹，半路上炸毁的。可以说，这两个人早有预谋，至于动机属下还不清楚。"

"那你敢确定这两个人不是潘叔才他们找来的？"

"师座您也知道，打仗打的不只是兵力，还有金钱。我们现在的经济如此困难，如果与潘军开火，由于双方实力相当，不可能在短时间拿下。如果久了，对我们是不利的。再者，一旦发动战争，潘叔才的几个同学肯定会派兵缓助，那么我们就变得非常危险，所以，现在开战是非常不成熟的，请师座慎重考虑。"

大家都纷纷表示副官说得有道理，现在确实不是开战的时候。谢光宁也明白自己在这时候打潘叔才，是讨不到便宜的，说不定被他灭了，不过就是这口气难咽。他说："你去跟潘叔才说，本座现在这种情况已经面临绝境，就算破釜沉舟，背水一战，也要拼个你死我活。如果他不想开战，如果他真的为老百姓着想，那好，把单印交给我，我们可以握手言和……"

第十四章　与子同袍

对于潘叔才来说，把单印交给谢光宁，这是他绝对不能允许的。如果交出单印，那就等于向天下人表明他是个没有诚信，没有忠义，没有道德的人，是个卸磨杀驴的人，会让所有的部下心寒，从此将没有人真心追随于他。再者，单印并非普通百姓，而是远近闻名的赌王，又是袍哥会默认的继承者，其知名度并不比他们这些师长要差。把他给兔死狗烹了，这影响太大了。

当单印听说谢光宁指名道姓要他，倒显得非常平静，主动找到潘叔才要求："师座您不必为难，属下为了成都的安全心甘情愿到谢光宁那里。"

潘叔才叹口气说："贤弟，你认为本座是这样的人吗？无论如何本座都不会把你交给谢光宁。再者，把你交出去，我还没有打仗就已经失败了，既然这样，还不如跟他拼一拼。当然，本座还是不提倡开战，这样不只劳民伤财，还有可能会带动起川军大乱。本座已经派人火速去请曾主任，让他前来协调这件事。这几天呢你老实待着，不要有什么心理负担，我的任务是跟谢光宁谈判，尽量拖延时间，等曾主任前来调解。"

为了能够避免战争，潘叔才多次约谢光宁要求面谈，谢光宁就是不肯见面。为了以防万一，他不得不召开军事会议，研究作战计划，做好战斗准备。随后，潘叔才派陈副官前去拜访谢光宁，向他表明，为了不让成都陷入战火之中，他可以拿出二十万大洋平息这起误会。

谢光宁听说给他二十万大洋，有点心动，但他还是果断地摇头："人要活得有气节，不能只是盯着钱。要打他潘叔才是因为他恩将仇报，多次挑衅所致。想当初，他潘叔才领着残兵败将来到成都求我收留，我百般呵护，现在他站稳了脚就开始对付我，这是什么行为，这是猪狗不如的行为，因为狗都知道报恩！"

陈副官说："师座您得到单印能解决什么问题？如果把他杀掉，请问以何种理由杀呢？再者，您杀掉他对您没有任何好处，袍哥会的兄弟们还会从此跟你较上劲，这不是也麻烦吗。当前，您的经济问题人人皆知，得到二十万就可以缓燃眉之急。再者，潘师长是不会把单印交给您的，交给您就等于向天下人说明自己背信弃义，等于把自己的人格输了。就算我们协调不成，最后开战，您有打胜的把握吗？您现在经费困难，孤立无援，可是潘师长就不同了，现在有充足的给养，还有诸多的同学协助。您应该是知道的，潘师长的同学中从戎的最小的也是团长，有三四个师职，他们早已形成了联盟，一方有难多方支援。你们一开战，他们就会调兵前来援助，您只能完败，将来您只能带着残兵败将去别人手下混饭吃，所以，开战对您没有任何好处。"

这些道理谢光宁不是不知道，不过他了解潘叔才，考虑事情过于周密，是不会轻易开战的。正因为知道他的底线，所以才敢这么要求。事实上他想要单印并非杀掉他，而是想把他握在手里，逼他拿出半数的家产解决自己面临的种种问题。他对副官冷笑说："陈副官你回去告诉潘叔才，我谢光宁本来就是土匪出身，自从断奶以来就没有信过邪。就算我打不过他，被他消灭了，我也要鸡蛋去碰他这块石头，溅他满身的糊糊。"

为了尽量拖延时间，过了两天，潘叔才再派陈副官前去跟谢光宁商量协调办法，这样两交流三交流，曾主任就到成都了。

曾主任听说谢光宁因为赌博失败，贩毒品又遭到欺骗，把所有的梁子都算到潘叔才头上，并借故发动战争，不由感到气愤。

于是曾主任火速赶到成都，当天夜里就来到潘叔才府上了解情况。潘叔才苦着脸说："曾主任，属下知道您日理万机，不应该惊动您，可他谢光宁太恶劣了。自己操作赌博被日本人设计了，最近做毒品生意又遭到失败，他把这些失败都怨到我的头上，要挑起战争。属下认为，双方开战，成都将陷于战火之中，所以一再退让，可他非要属下把我的后勤部长交给他。单部长为我部做出了非常大的贡献，有功未赏，如果把他当成人质交给他，我就成为背信弃义之人了。"

曾主任点头说："叔才啊，不要跟他一般见识。他谢光宁就是个土匪出身，跟他讲不上理去的。这样吧，我去跟他协调，这打仗是万万不可以的。他谢光宁不冷静，你要冷静。有个事呢我提前跟你透点风，上面在考虑军团长这个问题上，主要考虑到的是你们几个正规院校出身的师长，对于那些野路子出来的，上面向来都看不上眼。"

回到旧居，曾主任独自坐在那里，在考虑见到谢光宁后的措辞，等他感到有把握了，打发警卫员去叫谢光宁过来吃饭，并让警卫说明这次是带着上面的手谕来的。

当谢光宁听说曾主任请他到旧宅吃饭，不由心中暗惊。他没想到曾主任来得这么快。当听说带着上面的手谕，便有些拿不准了。他收拾了些礼品，来到曾主任家。曾主任还是像往常那样热情，并拍着他的肩说："光宁啊，这次我回来呢，是要谢谢你的，再就是，噢，对了，上面不知道听谁说川军有些骚动，特命我前来看看情况，并且专门写了道手谕让我转交给你。"说完，从公文包里掏出张纸，递给了谢光宁。

面对"遇事冷静，方成大事"这几个字，谢光宁感到不解。曾主任解释说："光宁你想过没有，川军的武装力量众多，上面给谁亲笔写过信？这么做是说明了对你的重视，要求你遇事冷静，将来委以重任。"

"并非属下要挑起战争，而是潘叔才欺人太甚。当初，他刚到成都时，我每个月都帮助他筹集军费，他是感恩戴德。现在呢，突然找了个赌王帮他做事，就开始挑衅，属下实在难以咽下这口气。属下也明白，发动战争必将祸国殃民，所以提出要让他把挑事者交出来，可是他根本就不同意这么做。"

"光宁啊，在这种时候你可要沉住气啊。其实，他潘叔才就希望你沉不住气。现在是什么时候，是正在考察川军领袖的关键时刻。之前，由

长篇小说

赌道

于我多次推荐你，可能叔才通过小道消息得知，故意激你，让你失去理智做出错事，他好趁机而上。再者，如果你挑起战争，会让整个川军骚动起来，这个责任是非常大的。就算这些我都不考虑，我们换位思考，如果你是潘叔才，让你把自己的后勤部长交他，你会同意吗？如果交给你不等于向全军将士说明自己是个背信弃义之人了。所以呢，这件事就不要再提了。如果再较劲下去，事情就越变越复杂。将来你成为军团长，整个川军都以你为中心，又有中央的扶持，自然也没人敢跟你过不去了。"

"可是他，欺人太甚了。"

"光宁贤弟啊，记得你曾说过，怕赵之运与单印打打杀杀扰乱民众，曾主张他们通过赌博来解决问题，我感到这个办法很好嘛。至于你与叔才的过节，也可以寻求更好的办法来解决嘛。当然了，也许现在你的资金暂时困难，不过，并不是没人愿意出钱，你也可以利用一下嘛。……"

"属下懂了。那属下看在曾主任的面上就不跟潘叔才计较了。"

"这就对嘛，好啦，明天咱们双方坐下来，好好聊聊。"

回到府上，谢光宁把副官找来，两人一起分析曾主任的话背后的含意。刘副官冥思苦想了许久，突然道："曾主任是暗示让咱们和日本人……。"谢光宁微点头，叹口气说："曾主任都出面调解了，这个面子还是要给的。你去跟潘叔才说，让他出二十万大洋，之前的恩怨，一笔勾销。"

潘叔才听刘副官说，谢光宁现在要二十万大洋平息此事，不由感到后悔，要早知道曾主任来得这么及时，当初就不应该说出这些话来。不过，他感到送给他二十万大洋也好，省得谢光宁每天都在宣扬，他当初对自己多么好多么好，现在对他怎么怎么样，显得自己好像是忘恩负义之人。

当单印知道这件事后，心里非常不痛快。他的目的是想把谢光宁逼上绝境，然后伺机谋取他的性命，以报大仇。现在谢光宁拥有了二十万大洋，又解决了当前的困难。潘叔才见单印满脸的不高兴，说："贤弟啊，本座给他这些钱，并非为了帮他，而是考虑到之前他确实帮助过我，并常拿着这个说事，搞得本座很没面子。这些钱给他后，以前的情分一笔勾销，从此楚河汉界，就算日后与他开战，也不会背个忘恩负义之名。"

话说到这个份儿上，单印就不好再说什么了。不过，心中还是不痛快。自从师父被谋杀之后，他就在运作报仇计划，可是谢光宁太强大，自己费尽周折，始终都没有机会动他。

第二天，潘叔才带着二十万大洋的银票来到曾主任设的宴席上。谢光宁已经早来，当他看到潘叔才后，站起来迎上去："啊哈哈，潘兄来了，小弟我想死你了。"说着引他到座前，还扶着靠背让他坐下，"说起来，我与潘兄在整个川军中是个美谈，都说我们不是亲兄弟胜过亲兄弟，能够做到有福同享，有难同当。"

潘叔才心想，这谢光宁太不要脸了，太会演戏了。他对曾主任说："属下初来成都时，曾多次受到谢兄接济，这件事情属下从未忘记。现在，听说谢兄经济有点困难，而我手里恰好有点钱，今天就当着大家的面送给谢兄，以报当初之大恩。要不，这件事压在心上，我感到很不安。"

曾主任笑道："乱世之中，相互扶持，以求生存，这是对的嘛。"

潘叔才掏出二十万大洋的银票放到桌上，让大家看看，然后推到谢光宁面前。他本想到，谢光宁会演戏那样推托一番。他想好了，只要他推托自己就把银票拿回来，让他谢光宁后悔得吐血，可是谢光宁拿起银票看看上面的数字，塞进兜里："反正都是兄弟，那我就不见外了。"潘叔才心想，土匪就是土匪，这脸皮太厚了，他说："还了谢兄的人情，我现在感到轻松多了。"

曾主任笑着说："好啦好啦，开始用餐。"

在整个宴会过程中，谢光宁都主动跟潘叔才搭话，并主动地敬他酒，把戏份演得很足。宴会结束后，潘叔才回到营地，对付营长说："找人去通知银庄，说现在谢光宁刚收到二十万大洋，现在去要正是时候。"之前，谢光宁因为筹赌资借了银庄十万大洋，银庄老板多次去要都没有结果，如今听说有了钱，差点跑掉了鞋。见到谢光宁后扑通就跪倒在地，哭咧咧地说："师座，小的现在的生意都快关门了，实在周转不开了，您就把钱给小的吧，小的不要利息了。"

"你听谁说我现在有钱了？"谢光宁皱眉道。

"小的没有听谁说，只是感到您肯定有办法。凭着师座您的威信您的智慧，想搞点钱还不容易？您就先给小的吧，以后您有什么急用我们还会帮您筹备。师座，我求您了，您如果不帮助小的，小的就得关门了。"

谢光宁现在真不想还钱，但考虑到如果再不还，他肯定出去乱说，到时候自己急需要钱，哪个钱庄也不会帮他，于是只得忍痛把钱还了，并说："本座向来是守信用的人，最近只是手头暂时有点紧。"

"小的就知道您有办法，小的相信您。"

等银庄老板千恩万谢走了，谢光宁看着剩下的十万银票，感到日子还是很难过。因为这些钱根本就解决不了任何问题，而新的来钱门路还没有。他叹口气，对刘副官说："不能再这样下去了，得尽快想办法弄点钱。你去找山本，跟他好好交流，就说本座现在诚心想跟他合作，让他拿出点诚意来。"

本来山本以为成都将要陷入战火，并懊恼自己的策划并未成功。毕竟，他的任务不是来发动战争的，而是要拉拢与腐蚀驻军，建立长期合作，为将来的帝国大业做准备。现在，谢光宁主动来向他表明合作，不由心中惊喜。他对刘副官表明："你回去跟谢师长说，让他考虑个合作意向，我们坐下来谈谈。"

副官说："山本君，上次你们提出帮助我们，结果把我们给害苦了，所以呢，之前师座对与您合作有戒心，发生了些不愉快的事情，还请您理解。现在，师座派属下前来向您提出合作，是因为认识到一个问题，在当前这种形势下，为了更好地生存，必须要多交朋友。还有，您可不要以为我们是在山穷水尽之时有求于您，是跑您这里求助的。说实话，昨天，潘师长还给我们师长二十万大洋，帮助他渡过难关。"山本点头："回去跟谢师长说，我们也是诚心的，是想交他这个朋友的。他有什么好的合作意向，提出来，咱们坐在桌上商讨嘛。"

回到师部，刘副官说了这次的租界之行，谢光宁皱着眉头说："我们得想个方案让他山本出钱才行，否则还有什么合作的意义？"

副官想了想说："师座，要想让他们出钱实在没有更好的理由。不如这样，让他们出钱咱们与单印好好赌一场，争取通过这个赌局解决咱们的经济问题。"

谢光宁眼露凶光，微微点头："这是本座心中的至疼，如果本座不把单印给赢得身无分文，这将是我今生最大的遗憾。好了，你把赵之运叫来，我们共同商量这起赌战。等我们计划得差不多了，去跟山本谈，让他出钱资助我们，无论他有什么条件我们都要先应着，事成之后再说。"

"师座，我们这次不能赢，而是要输。"

"什么？"谢光宁瞪眼道，"你是不是说错了？"

"没有错，我们这次要输，要完输。"

"胡闹，没赌你就说输，那还有什么意义？"

当刘副官解释了其中的道理，谢光宁虽然感到不舒服，但他明白这是最有效的捞钱方式。等赵之运过来后，谢光宁见他低头耷拉角的，袖着手坐在那里很委琐，便咋舌道："之运，打起点精神来嘛。"赵之运抽抽鼻子，哭声哭气地说："师座，在下现在生活困难，正准备找赌场去打工养家糊口，所以现在打不起精神来。"

"像你的赌技随便去哪个赌场，不得满载而归？"

"师座，没有人跟我赌，赌场也不让我进，我没办法了。"

"好啦好啦，这段时间呢，本座的情况跟你差不多，但我们面对困难不能消极，要想办法才对嘛。这样吧，咱们再策划一场赌局，跟单印好好赌一局。你放心，这次没有那么紧张，因为我们做的只需要输。"

赵之运吃惊道："什么什么？"

谢光宁叹口气说："国恨家仇，我们要从大处着想。本座的意思是，去跟潘叔才商量，促成你跟单印的大赌，让山本出资，然后由你输给单印，双方分钱。"

赵之运抠着眉毛中的那颗黑痣，摇头说："师座您啥时候变成菩萨了，这么好心帮助潘叔才赢钱，在下愚钝，实在听不明白您的话，能不能说清楚点。"

"这还不够清楚？说白了就是骗他山本的钱。"

"那您还是找别人去输吧，跟单印合作，小的心里难受。"

"之远你的脑子是不是被驴踢了，仇恨仇恨，就你现在的情况，他单印如果像你这么狭隘，早派人把你给剁了。"

"师座，他单印没动我并不是好心，而是让我活受罪。"

"不要再说了。"谢光宁瞪眼道，"一切要以大局为重。本座与潘叔才也是矛盾重重，现在不是也得把个人恩怨放下，跟他寻求合作。只有把山本赶出成都这才是大义，才是爱国。之运你放心去赌，等这个计划完成后，本座就把豪胜大赌场送给你，这个虽说弥补不了你以前的损失，但也能保证你们家今后的生活。"

"问题是单印同意吗？"赵之运怀疑道。

"这个我跟潘叔才协商，由他去做工作。"

潘叔才正在书房里练书法，听说谢光宁与刘副官前来拜访，手一哆嗦，纸上出现了团死墨。他把毛笔扔下，盯着那团黑墨用鼻子喷了口气，心里在想，自他们关系恶化后，谢光宁还是第一次到家里，是不是又有什么新的花样？谢光宁太让人头疼了，他不只脸皮厚，做事不计手段，还不按常规出牌，常常冒出些诡异的想法，让你不知道他最终是想达到什么目的。来到客厅，潘叔才还未开口客套，谢光宁站起来笑道："潘兄，今天过来是向您道谢的。在小弟最困难的时候，由于潘兄的相助才得以渡过难关，此等恩情，小弟定会大报。"

"坐坐坐，客气什么，以前你不是也帮过我吗。"

"唉！想想之前，咱们因为点小误会闹得不愉快，现在想来是极不应该的。这段时间小弟我作了自我检讨，认为所有的原因都是小弟的错误，请潘兄大人不记小人过。"

"谢兄您今天来，不会只是为了说这些话吧？"

"当然当然。通过您的资助，小弟我突然想到个问题，在当前这种乱世中，大局很不明朗，要想求得生存，我们必须紧密团结，荣辱与共，否则就会唇亡齿寒。"

听到谢光宁的情绪这么好，说得这么漂亮，便知道他肯定有事相求。他谢光宁就是这种人，如果求到你头上可以跪在地上喊你爹，如果你求到他头上，你喊他爷爷他都不会抬眼皮。潘叔才做了个请茶的动作，端起盖杯，边刮浮茶边说："谢兄，有什么事就说吧，像咱们这么多年的交情了，能够做到的，小弟我不会推辞。"

当谢光宁眉飞色舞地把自己的计划说出来，潘叔才心里有些不太情愿，因为如果他谢光宁的日子好过了，必然与自己形成竞争，但他又不好拒绝。毕竟，这是联合对付日本租界，是他义不容辞的事情。日本人自从来到成都之后，专横跋扈，从不把中国人放到眼里，公然在大街上用枪打中国公民，这太可恶了。

"谢兄，共同对付山本小弟是义不容辞的，不过我得去做单印的工作，毕竟他还没有我们这样的认识高度。再者，他与赵之运结怨颇深，突然合作，可能不太愉快。"

"不愉快是很正常的，我在跟赵之运商量时，他坚决不同意，经过我耐心做思想工作，他才想通这件事情。相信，对于单印的工作，潘兄肯定能做得下来的。对了对了，有件事呢，咱们先小人后君子，咱们先把合作的分成谈好，省得以后发生纠纷。这件事情呢，是由我方想出来的，并且还得前去说服山本。您也明白，让山本出钱是有条件的，这个条件会让我非常为难，可能要背着汉奸的黑锅，在我们成功后，他会记恨我，报复我，甚至会派杀手杀我。所以，等此事操作成功之后，我们占七成，你们占三成。从始至终你们都没有什么风险嘛，只是让单印到场就行。"

"至于分成的事就按谢兄说的，不过我得做通了单印的工作才能答

长篇小说
赌道

复你。"

"小弟相信潘兄做思想工作没任何问题。还有，为了让山本多出钱，到时候咱们还得唱个双簧，配合配合。"

"这个你放心就是了，需要配合，尽管说。"

"痛快，好，一言为定。"

谢光宁没有想到潘叔才这么痛快就答应了，心里非常高兴，走上去跟潘叔才拥抱了一下，拍拍他的肩说："通过这件事情，我深受教育。在八国联军入攻咱们中国时，如果都像咱们哥俩这么团结，就是十八国联军也打不进来。到时跟单印说，此事过后咱们几个结为兄弟，从今同甘共苦，荣辱与共，在乱世中突起，做番惊天动地的大事。"

送走谢光宁，潘叔才独自坐在客厅思考，怎么跟单印提这件事情，想他与赵之运梁子结得深了，让他与仇人合作怕是他很难接受的。他打发人把单印找来，对他说了谢光宁寻求合作的意向，单印当即回绝："在下没法跟他们合作。"

单印投奔潘叔才，苦心经营，并不是为了钱，也不是想在军营中谋求更高的位置，而是要替师父报仇。如果合作成功，谢光宁的日子就会很好过，极有可能会当上军团长，那时候，想图谋他就更不容易了，怕是师父的大仇今生都没法报了，百年之后，自己没脸去见师父。他闷闷不乐地回到家里，来到师父的牌位前，上三炷香，说："师父，实在辜负您的养育之恩了，徒儿明知杀害您的凶手是谁，每天都能见到，却不能为您报仇，实是无用之极。不过您放心，我从来都没有放弃过这个信念，只要徒儿一息尚存，就会努力的。"这时，刘芳进来轻声说："大哥来了，说有重要的事商量。"

单印点头说："让他去书房，我马上过去。"

早晨，单印没吃早饭就出门了，他来到潘师长的办公室，见时间还早，就在外面等着。潘叔才来到后，见单印站在门前，满面凝重，便知道他很纠结。进房后，潘叔才说："贤弟，如果你真不同意，没关系，本座可以跟谢光宁说让他们另找人。其实，从内心讲，本座也不想跟他合作，跟他合作等于增强他的实力，他有了实力对我就形成威胁。可话又说回来，本座之所以同意，是因为我们共同对付的人是山本。"单印说："师座，属下想好了，我愿意放下个人恩怨，配合赵之运与谢光宁。"

"太好啦，贤弟真是深明大义，让人感动。"单印告辞后，潘叔才给谢光宁打电话，表明了自己做了多少思想工作，一夜未睡，最终才把单印的工作做下来。谢光宁在电话里千恩万谢，声音里充满了欢快……

第十五章　活人骰子

当与谢光宁达成合作意向后，对于怎么让山本拿出巨款，谢光宁感到是个难题。虽然山本说我们支持你，你们想想合作的方案吧，但是他太狡猾了，绝不会轻易就把钱掏出来，就算真的出钱，提出的条件也会非常苛刻，比如让他向成都各界发表公告，表明他们日本是友好的，是中国人的朋友，是为了和平而来。这个声明就等于向各界表示跟日本人穿一条裤子，是汉奸，收了日本人好处。这太严重了。不过，如果不同意他们的要求，他们肯定是分文不出的。谢光宁明白，在当前这种困境下，这个黑锅无法拒绝。

在接下来的协商中，当谢光宁提出，由他们资助赵之运与单印的这场终级之赌。山本笑眯眯地说："没有任何的问题，我们的资金大大的有。问题是师座是不是有诚意。"

谢光宁心里很难受，但还是点头说："山本君，请讲，看看在下能否承受您的条件。"

山本用指头轻轻地点着桌面说："我们的条件对师座来说是小小的。你只要亲笔给我们写个邀请书，并在报纸上声明是你把我们请过来的，我们是朋友，是受你们保护的，任何人不能反抗我们，做对我们不利的事情。你放心，只要你表达了你的诚意，我们将出钱出力帮你打败潘叔才与单印，帮你运作川军领袖之职。"

谢光宁嘁了几下牙花子，那样子就像吃了黄连："这个，山本君，你自己也明白，由于你们来成都后太过张扬，已经变成过街老鼠，到了人人喊打的地步。可以说，你们在成都是寸步难行了。本座如果按照你的

—— 173 ——

方法做必然会变成公敌，说实话，本座真的很难接受这个条件。你看，能不能就先不发表声明。"

"师座不必担心，只要我们达成合作，我们将给你提供最先进的武器，提供军费，让你的实力变得可以接受任何挑战。如果必要之时，我们也可以派军队前来协助你，别说帮助你当个军团长，就是帮助你建立新的政府，都没有问题。"

"事关重大，等我回去研究过后再给你答复吧。还有件事情请有思想准备，本座向潘叔才提出赌约，他们为了避免跟我赌，极有可能会用高赌资来吓退我，因为他们知道我现在没有钱。那么，真较起劲来你们是否能拿出这么多钱？别到时候你们一拍屁股走了，让我陷于不仁不义。"

山本把头仰起来，哈哈大笑几声，猛地把笑收住，严肃地说："师座你的明白，他单印的支持者不过是个小小的师长，而你的支持者是整个大日本帝国，如果咱们达成合作，不论他们出多少，我们只能加不能少，这个请你的放心。"

"事关重大，这件事情等我想好了咱们再谈。"

"那好吧，我等着师座的喜讯。"

在回去的路上，谢光宁对刘副官说："这件事情，我们不能太痛快地答应了。他山本这么狡猾，如果我们急于表示接受他的条件，他就会怀疑这次合作的目的。你派些便衣，联合部分学生去他们的租界门前闹，适当时也可以砸点他们的东西。连着闹他三天，山本必然会急于跟咱们合作，这样的效果最好。"

刘副官派出一个连的兵，去几所学校发送传单，组织游行队伍，涌到日租界的门前，声势浩荡地在呐喊："小日本，滚出成都。"还有人用砖头瓦块砸他们的大门。山本见他们大有冲进来的架势，感到事情紧急，不由慌了。如果游行队伍冲进来毁了他们的设施，伤害了租界里的本国居民，那责任大了，自己的前程就折在这里了。他马上给谢光宁打电话："师座，在我们洽谈合作之际，他们如此的不冷静，请您出面

长篇小说 赌道

协调。"

"山本君，你们租界不是有武士吗，不是有枪吗，对他们扫。"

"师座您开玩笑了，我们是来友好的，不能用枪。再者，我们租界的武装力量是不足以应付这样的突发事件，如果开火，租界将会不保。"

"本座可以看在我们谈合作的事情上，把他们给劝回，希望你们也有点诚意。"谢光宁放下电话，对刘副官笑道："山本这次说不定都吓尿裤子了，好了，你带人去把他们给劝走。可以鸣枪，但不能伤人。"刘副官说："放心吧师座，游行队伍里几个挑头的都是我们的人，他们会主动带人走的。"

经过这次的游行，日租界里的很多人都要求回国，因为他们感到在这里太不安全了，看游行的那架势，如果冲进租界，会把他们给吃了。山本自然不肯放他们走，放他们回去就等于说明他的工作失败。他马上召开会议，让工作人员通知租界各家日本公民，使馆正与军界合作，将会受到军方的支持与保护，这种问题以后不会再发生了。

虽然山本急于得到谢光宁的支持，但是要拿出大量的钱来，还是比较慎重的。他在日本的时候就在特训处工作，主要培养特务人员，他有理论与实践从各个方面分析判断问题。对于这起合作，他似乎怀疑谢光宁与潘叔才有合伙骗他的嫌疑，于是派加藤前去暗查。

加藤带人出外几天，回来说："属下已经调查清楚，他们串通的可能性等于零。单印之所以投靠潘叔才，是因为与师哥争夺袍哥会大哥的位置，产生了矛盾与仇恨。还有个鲜为人知的原因，就是单印已经知道是谢光宁杀掉了他的师父，所以，他为了报仇才去投奔潘叔才的，在这种情况下他们是无法串通的。"

"这件事情搞清之后，我们就可以跟谢光宁合作了。"

"其实，我们没有必要担心。我们投资之后会亲自运作这起赌局，他们想玩什么花样也是不容易的。"

随后，山本带着加藤、财务官来到谢光宁处求见。当大家坐到桌前，山本说："师座看到我们的诚意了没有？"

谢光宁点头："本座也是抱着诚意与你们合作的。这样吧，你们说说我们合作的具体事项。"

"加藤君，由你阐明我们的意向，让师座明白我们的诚意与诚信。"加藤掏出张纸来看看，又把纸装回去，说："一，由师座公开声明，我们是受您的邀请前来成都，您对我们有保护的义务，任何团体与个人不能干涉我们的自由活动。二，我方出资帮助赵之运与单印赌，并由我方操作，赢得的钱师座拥有，我们只收回本钱。三，由谢师座负责促成这起赌战。四……"

"等等。"谢光宁打断他们的话，"要是本座挑起赌战，到时候你们不出钱了，那我不失信了？"

山本笑道："师座请放心，你向潘叔才提出赌，他们必然会加大赌资份额，逼你退却。这样，我们马上注资。你没有必要担心。"

"资金到位后，我马上在报纸上公布你们所要求的。"

"师座，我们是非常有诚心的。这段时间，成都人对我们的误会越来越严重，让我们不能正常工作，这样下去不利于我们合作，您还是先发表声明为好。"

谢光宁说："放心吧，这段时间本座会派人通知各所学校，并派人负责你们的租界安全，杜绝任何人游行示威，这样你们放心了吧。"

山本点头说："那好吧，还请师座尽快向潘叔才他们促成赌约。"

事情谈妥之后，谢光宁给潘叔才打电话："潘兄啊，事情已经与山本初步达成了合作意向，随后我让之运马上发表声明，向单印进行挑战，你们要先提出三百万大洋的赌本。等山本同意之后，你们随后要提出五百万大洋，然后咱们根据情况再加。"

"谢兄，问题是我们拿不出这么多钱来。"

"知道你们没这么多钱，单印的家业可以抵钱嘛。"

"就算是单印的家业也没有五百万大洋啊。"

"那个没有问题，你们可以跟银庄借钱。"

"那好吧，我跟单印商量商量。"

谢光宁把赵之运叫来，拍拍他的肩："之运，你现在可以向单印提出挑战了。"赵之运沮丧地说："师座，您为何自己不向他们挑战呢？"谢光宁瞪眼道："之运啊，你脑子是不是有问题了，我作为军人，公开去赌影响多不好。再者，本座正在运作军团长的位置，你认为他们会扶持一个赌徒当川军领袖吗？再者，你与单印是老对手了，由你提出挑战最合适不过了。你放心吧，赌完这场，你同样还可以过上层的生活，否则，你与家人的生活都会成为问题。"

　　"师座，这么说我跟单印也变成骰子了？"

　　"这个，哈哈，你的比喻很有意思。其实，以我的理解，人活在这个世上，每个人都在赌，但每个人都在做骰子。但是大家的目的是有共性的，那就是大家都在追求赢嘛。"

　　"听师座这番话，在下稍微明白点了。不过，当促成此次赌战后，希望在签约的那天您把豪胜大赌场的产权转到小的名下。"

　　"没有任何问题，只要你与单印签订赌约，本座立马把豪胜赌场过到你的名下，从此这家赌场属于你的个人财产，这样你满意了吧。"

　　在会议室里，潘叔才正与单印他们围绕着赵之运在报上发表的挑战声明进行分析。潘叔才担心的是，他谢光宁口口声声说要骗取山本的钱，可是谁能知道他会不会联合山本，赢他与单印的钱呢？他把这个问题提出来，陈副官点头说："师座，谢光宁这个人太狡猾了，他什么事情都能做得出来，还是小心点为好，千万不能上了他的当。"单印说："虽然我们不能保证谢光宁是真心实意跟我们合作，不过我们可以分析他跟谁合作得到的钱更多。因为，谢光宁现在最缺的是钱，面对钱他会六亲不认。如果他与山本合作，赢我们的钱这毕竟还是要赢才能得。他们明白，赌就会有意外，就有很多不可预见的因素，谁都不敢说一定能赢下来。如果跟咱们合作效果就不同了，他们要的是输，想要输有很多办法可以做到，只要他们输了，他们就可以拿到百分之七十的份额，这些钱就等于是白捡。所以，属下认为，他跟咱们合作的可能性比较大。"

副官想了想说："单部长说的不是没有道理，不过，他现在是我们师座竞争军团长的对手，提出此赌，有可能是借此打击我们，也未可知。"

单印摇头说："军团长这个职务不是需要能力，而是需要钱去买。现在他谢光宁需要的是钱。再者，日本人出这么多钱帮助他，必然会让谢光宁保护他们，并且还有更深的目的。如果他谢光宁与日本人走得过近，影响肯定不好，他不可能真心跟日本人合作。相信当他赢得山本的钱之后，肯定会跟他们翻脸，重树自己的声望。"

副官摇头说："如果他赚到钱把日本人踢出去，那么他就有钱去运作军团长职务。这对于我们师座的竞争力度会增大。其实，我们真的没有必要跟他合作。我们不跟他合作，他谢光宁的经济问题越来越严重，以至于没办法承担军费，最后说不定他的部队会瓦解，还有可能投顺我们，那么我们师就会变成川军中最强的师了。"

单印笑了笑说："这么说吧，像谢光宁这种人，在最急的时候什么办法都会想出来。如果他感到自己的军团长没有任何可能，那么他可能会做出更疯狂的事情。"

潘叔才叹口气说："好啦好啦，我们不要扯太远了。至于军团长这件事，川军中有这么多师编制的队伍，至于谁来当，我们说了不算，这个得看上面愿意扶持谁。我们争取过了，就不会后悔。当前，我们只关心他谢光宁是不是真心跟咱们合作，只要他是真心跟咱们合作，咱们就应该配合他。毕竟，日本来成都建立租界本来就不是个简单的事情，而是有更深的目的。据小道消息称，日方有吞并我们中国的打算。为了我们的国家，我们还是要精诚团结一致对外的。单贤弟，这件事主要由你来决定，因为这关系到要押上你的全部家业，甚至还要去银庄借钱，如果你同意咱们就配合他。"

单印点头说："这样吧，我马上回应赵之运的挑战，先提出三百万大洋的赌本，并表明，他们如果拿不出同等价值的赌资我们不会应战。"

当单印的应战声明发表之后，谢光宁让刘副官拿着报纸去找山本。

长篇小说

赌道

山本没想到对方上来就提出三百万大洋的赌资，这已经超出他的计划了。他本来想到，单印最多也就会提出几十万大洋，绝对不会超过百万的。他有些为难地说："加藤君，我们也拿不出这些钱来。"

加藤说："我们可以向上峰申请，表明我们如果在成都达成与军方的合作后的深远意义，并且说明这些钱只是周转，用完了就还回去。相信上峰不会不同意的。"

"问题是，赌博是有风险的啊。"

"这个请您放心，我们有办法有能力保证赵之运能赢。"

"既然这样，你马上写份报告，请示上峰。"

电报发出去后，第二天就回复了，同意这个计划。山本看到批复终于松了口气，马上给谢光宁打电话："师座，我刚请示了上级，上级的意思是全力支持你。无论对方出多少赌资，我们都会跟。放心吧，你的后台是整个大日本帝国，如果在这点钱上都比不过他们小小的一个师，那么还算什么帝国。"

谢光宁接到这个电话后，脑子里顿时出现了一个比例，三百万大洋减去潘叔才的九十万大洋，自己还剩二百一十万大洋，有了这些钱可以招兵买马，加强武装力量，迅速拓展自己的实力。他马上召开会议，研究接下来的策略。赵之运摇头说："师座，在下感到有些不妥。如果我们输给潘叔才与单印，到时候他们不给咱们钱了，我们不是替他人做了嫁衣吗？到时候钱没得到还把山本给得罪了，所以，这件事有风险。"

谢光宁皱眉说："之运，我看你最近的脑子有点问题，多亏我们运作的是让你输，要是运作让你赢这件事还真做不得。"说着，猛地瞪起眼来把声音提高，"你是不是认为本座是傻子，你认为本座是那种替人做嫁衣的人吗，本座只能穿别人做的嫁衣。在你们签订赌约之前本座肯定要跟潘叔才签份协议的，表明你是故意输他，此次所赢三七分成。"

"师座，您把赌场给我，咱们也得签个协议。"

"之运你现在小气了。放心吧，本座会找人出面做证，这样你放心了吧？"

"师座，不是小的小气，小的现在是穷光蛋，俗话说人穷志短目光浅。"

"好啦好啦，你马上再去发表一份声明，接受单印的挑战。"

赵之运走后，谢光宁与刘副官商量，等声明发布之后让单印加大赌本，最好加到一千万大洋，摸摸山本的底线，然后再适当地降些，最后也得达成七八百万大洋的赌资投入。刘副官想了想，摇摇头说："师座，数额太大，显得有些假了。"谢光宁摆手说："你想错了，如果单印他们加得少了，山本这个老狐狸肯定会怀疑。只有单印猛加数额山本才会相信，单印是为了吓退我们而加的。这就像偷鸡牌，就要拿出大架势来吓退对方。"

谢光宁给潘叔才打电话，对他说："潘兄，好消息，现在你九十万大洋已经基本到手了。这样，你让单印马上提高赌资，要加到一千万大洋。如果促成这起赌局，那么你就白拿三百万大洋，从此以后的日子就会好过了。"

"谢兄，实在加不了这么多。我们所有的资产、借的钱，都加起来也就能出五百万大洋，如果虚得太多了，山本如果同意跟，我们拿不出钱来，还是赌不成。谢兄你想过没有，他山本的后台是个国家，拿出几百万两黄金也是没有问题的，而我们这方只是个穷师，还有单印个人，能有多少家底啊。"

"潘兄，这可是发财的好机会，你可想好了，这等于白捡钱。您能不能跟同学、朋友、亲戚通融一下，反正就是用一个月左右的时间，赌完了就把钱还给他们。"

"五百万也是在我们考虑到能借到的钱的情况下说的。真不能太多了。我们不能在对方应战之后，因为没有资金而失信。"

"好吧好吧。真是太遗憾了。"

放下电话后，谢光宁咋舌说："太遗憾了，我们还能想出什么办法吗？"刘副官说："师座，我们没有任何办法可想。属下认为潘师长那边已经是极限了。"

"我总以为，单印的资产不只五百万大洋吧？"

"师座分析得极是，如果在和平年代，他单印的家业确实不只五百万大洋，可是现在是什么年景？群雄四起，外扰内乱，除了粮食值钱，别的东西还能卖几个钱。所以属下认为，能够促成五百万大洋的赌战也可算得上中国之最了。"

"真是太遗憾了。"谢光宁吧唧几下嘴，"去跟山本说吧。"

刘副官开车来到日租界，还没等说，山本就先开口了："刘君，你不用说了，让赵之运去向单印他们表明，我们接受他们的条件，并且问问他们还加不加。不过，我认为他们也加不上去了。"

"如果他们加到一千万大洋呢？"

"不可能的，如果他们敢于提出这个数字，按照你们中国的话说，我们让他吃不了兜着走。据我的估算，五百万是他们的最高限度，如果再加是不可能的了。他们永远都不能跟我们相比，咱们整个帝国的支持，多点少点都不会有问题。"突然，他的脸变得严肃起来，"刘副官，你回去跟谢君说，我们合作的事情一定要保密，如果让单印他们知道是我们出钱，他们可能就打退堂鼓了。"

"据说单印的诚信，一直非常好。"

"诚信好是好事，其实真正的问题不是诚信。哈哈，这件事情呢我们没必要探讨。回去对师座说，不要犹豫，也不要谋求对方更多的投入，马上签订协议。能够把他们这些钱赢来，赵之运与潘叔才就变成穷光蛋了。"

当赵之运在报上公开声明，同意接受单印的条件后，单印看着这份报纸脸上泛出笑容。他在对潘叔才进行汇报时说："师座，属下真想不出办法了，如果还有地方借到钱，属下想加到千万大洋。"潘叔才摇头说："贤弟，这已经是我们的极限了，就这样吧，凡事都要留有余地。"单印问："师座，要不要跟曾主任说，让他想办法筹点钱？"潘叔才摇头说："不不不！"他摇头把腮帮子上的肉都甩得变形了，"这件事不宜弄得动静太大，再者我们也要考虑到山本敢于出这么多钱，必然认为他们有把握把钱收回去。上次他们做的事情咱们是领教过的，如果日本人不是出于自己的目的，蓄意破坏谢光宁的计划，我们不但不能赢，说不定早被他们给害了。"

"好吧，属下现在就去发表声明，约定时间签赌约。"

"不要急，这件事情要拖几天效果才会好。如果我们马上同意，山本就会考虑，咱们为什么这么想赌。山本敢于出这么多钱，是以为咱们是想用大赌本为难谢光宁，本意是不想跟他们赌的。如果让他有了怀疑，之前的事情可能就等于没做。"

接连三天，单印没有发表任何声明，谢光宁坐不住了，他担心单印在关键时候打退堂鼓，甚至可能会提出要求。谢光宁已经想好了，如果他们这时候提出要求，他顶多让步到只拿六成。谢光宁每天都坐立不安的，实在忍受不住这份煎熬，于夜晚拜访了潘叔才。"潘兄，我们都做好准备了，您是不是还有什么想法，有就说出来，我们兄弟之间好商量嘛。"潘叔才摇头说："谢兄，并不是小弟有什么别的想法，而是我们不能急于表明。如果我们一听你们出五百万跟马上说好好好，山本就该多心了。"

"潘兄真是高明，好的，但也不能撑得太久了。"

"谢兄，你最好再发表点声明，用点办法督促我们，就像是逼着我们应战，这样才合理。"

"好的，小弟明白了。"

谢光宁高高兴兴地回到府上，跟刘副官开始商量怎么刺激单印同意签约。刘副官吃惊道："师座，不会吧，他们不可能在这时候打退堂鼓吧？"谢光宁笑道："这倒不会。潘叔才这人不简单啊，别看他平时像南瓜，其实是蛮有心数的。他的意思是让山本始终认为，他们那方是拿着大赌资唬人的，是不想赌的，如果很痛快地答应下来山本就该怀疑了。所以，咱们必须把这戏给演好了，要做出是在我们的逼迫下他们被动接受才行。"

长篇小说
赌道

接下来，刘副官联系几家报纸，与赌坛的元老，让他们共同发表声明，强烈要求单印要履行自己的诺言，否则就是骗子，应该把他赶出成都……

第十六章　不赌而胜

赵之运与单印的约战，刚开始的时候，大家还认为赵之运这是纯属胡闹。现在别说让他拿五百万大洋，拿五个大洋也得去借。可是，当两人将军将到五百万大洋的赌资时，大家又开始重新考虑这件事了。有人说，上次赵之运输掉的那些家产只是他的家业中的一小部分。还有人说，当初裘玉堂老先生去世的那天夜里，家里被人抢劫，这极有可能就是赵之运干的，所以才有钱与单印再赌。甚至还有人杜撰出赵之运的祖父曾当过大清太监，偷了不少宫里的宝贝。当然了，更多的人认为，他赵之运是在玩偷鸡牌，自己没有钱，故意喊出来吓单印，只要单印敢出来应战，他肯定哑了。

大家最没想到的是，单印却胆怯了。

面对单印迟迟没有回应，山本有些坐不住了。本来他想通过此赌与谢光宁达成合作，谋求驻军的支持，然后慢慢地把谢光宁变成他们的势力，以备将来侵华时有所用处。

加藤分析说："说到底，他单印就没有想过跟赵之运赌，所以把赌资提到五百万，是考虑到他不可能筹到这笔钱，如今，他们见赵之运同意了，就开始有顾虑了。因为，他们会考虑，赵之运的钱是哪来的，因为谢光宁不可能拿出这么多钱，成都任何一家都不可能拿出这么多钱来，他们必然猜到了是我们出资。"

山本问："谢光宁是什么态度?"

加藤说："谢光宁当然是极力想促成这个赌局，如果没有这场赌博，他从哪里弄钱去养自己的军队。最近，他们联合舆论界给单印施加压力，督促他履行诺言，就是想着尽快达成他们的赌约，好从中渔利。"

山本眯着眼睛，用指头轻轻敲着桌面，突然抬头问："我们可不可以从另外的角度去衡量这件事。如果这起赌局不成功，他谢光宁会不会走投无路，只能依靠咱们，由咱们来提供军费，然后把他们变成咱们的部队？"

加藤摇头说："这是不可能的。就算促不成这起赌战，谢光宁也不会沦落到这种程度。他是什么出身，他是土匪出身啊。现在他的经济困难并不是他弄不到钱，而是想保住体面弄到钱，用来争取军团长职务，尽量克制着不去做对自己影响不好的事情。如果把他逼到绝境，他会去抢劫、挖祖坟、砸银庄、绑架，甚至用我们想象不到的办法弄钱。如果事情发展到那种程度，他必然会把所有的怨气都发到我们身上。因为，他现在的困境都是因为咱们破坏了他的计划所致。"

"我们放弃谢光宁，与潘叔才合作怎么样？"

"这是不可能的，潘叔才为人低调，前怕狼后怕虎。再者，他有很多战友都是师团级军官，有同学对他的影响，他在做事的时候，还是比较慎重的。他是绝对不会跟咱们合作的，更不会为我们所用。所以，谢光宁还是最佳的人选。"

山本深深地叹口气，脸上泛出了愁苦的表情："当初我来成都之前，曾对上峰夸下海口，将用最短的时间在成都站稳脚步，密切联系当地军方，发展我们的力量，以备将来帝国总攻之时会有内应。谁能想到，自来到成都，步步维艰，几近到了被百姓轰走的程度，实在是失败之极。这样吧，你去跟谢光宁说，如果单印不肯接受赌博，可以联合各界向潘叔才要求，以单印虚造声势，扰乱社会治安为由，要求把人交出来，驱逐出成都，逼他们就范。"

加藤点头说："这确实是个办法。上次，由于单印的事情双方差点就开火。如今，再次围绕着单印又把两军的关系推到战争边缘，相信潘叔才肯定会胁迫单印迎战。"

当潘叔才与单印见谢光宁发表了这么狠的声明，他们认为现在可以签约了。随后发表声明，要在明天与赵之运在豪胜大赌场商定签约事宜。当天晚上，谢光宁、刘副官、赵之运三人偷偷来到潘叔才的办公室，要签订他们的阴谋协议。

双方入座之后，单印冷冷地盯着赵之运，讥笑道："赵之运，我看你的气色如此之差，面罩黑雾，相书云，脸罩黑气不死既伤。倘若你死了，不知道你怎么去见师父。"

赵之运抠抠眉心上的黑痣，哈哈笑几声，猛地收住笑："师弟你吃的什么，你不会吃屎吧，怎么嘴里这么臭呢。"

眼看着两人针尖对麦芒，就要掐巴起来，谢光宁忙站到两人中间，举起双手说："慢着慢着，两位兄弟听本座说句话。今天咱们大家聚起来，不是解决个人恩怨的，而是同心协力共同对付山本的。所以呢，大家要以大局为重，不要影响了大的合作。"

潘叔才说："单部长不要冲动。无论你们之间有什么恩怨，今天来到这里就是客人。好啦好啦，大家坐下来开始谈正事。"

由于两个师兄弟一掐，气氛有些凝重。大家坐在那里，一时没有什么话说了。上茶后，谢光宁看看单印那拉长的脸，咳几响说："这个，在我们大家的努力下，终于促成了赌战，这是值得庆贺的。这一次的赌局我们双方没有任何风险，不存在谁输谁赢，最终的结果是双赢。通过这次的合作敌人明白了一个道理，团结就是力量，团结就能发财。以后呢，我们要加强合作，争取更大的利益。所以，小怨小恨的暂且放放，一切本着咱们共同的利益出发。"

单印突然问："谢师长，在下有个问题想请教，你只是表明日方出资，等把钱赢下来，我方占三成。可问题是，这次的赌战肯定备受大家关注，想必押注的金额不菲，抽水不在少数，那么抽水的钱怎么分成？"

听到这里谢光宁愣了愣，脸上泛出不易觉察的微笑。这段时间他忙着运作这件事，多次在算五百万大洋的百分之七十，竟忽视了这次的抽水。"不是单贤弟提起本座差点忘了。没问题，抽水的钱我们双方各占五成。不过呢，为了有更多的抽水，单贤弟要表现得弱一点，让大家都纷纷去押之运，这样我们才能得到更多的钱。"

"没有任何问题，在下会这么做的。"单印说。

"好，太好了，相信我们的合作是非常愉快的。"谢光宁高兴地说，"刘副官，把协议拿出来，让大家看看有什么需要改的。"

刘副官掏出已经写好的两份协议，递给单印，让他看看有没有修改的。单印仔细地读过后又递给潘叔才。当大家都认同协议后，由赵之运与单印分别在两份协议上签字，并摁上手印。这时，谢光宁要求他与潘叔才也在上面签个字。潘叔才对他招招手，把他带到了隔间："谢兄，小弟感到我们没有必要在上面签字，这份协议已经明确地表明赵之运故意输给单印之后，所赢的七成归赵之运所有，并表明抽水的钱五五分成。这是个污点合同啊，万一泄露出去，对我们的影响就大了。当然了，小弟说的是万一。"

"这个，潘兄有些多虑了吧。"

"谢兄，现在我们需要做的是你盯好赵之运，我盯好单印，保证能从他们手中把钱弄过来。如果我们不放心可以分别跟他们签个合同。不过，我们的担心是多余的，如此巨大的赌资，在结算的时候我们会全程跟随，他们很难带着钱跑掉的。小弟可以保证，单印是不会有问题的，至于赵之运，你自己把握就行了。现在，小弟我倒是担心抽水的钱，别到时候又让你的人给卷跑了。"

"潘兄放心，如果这次的赌局再发生李文轩事件，你们抽水的份额，可以从我的别的份额里扣除。"

"谢兄放心就行了，单印这个人的诚信我还是了解的。"

"好啦好啦，我相信潘兄，我们就不要再画蛇添足了。"

两人回到会议室，单印掏出两个牛皮信封，当着大家的面把两份协议分别装进袋里，然后掏出蜡来封口。谢光宁不解地问："贤弟这是为什么?"单印冷笑说："为了确保对方不会对合同进行改动，我要用蜡封住信封，然后由我与赵之运分别在蜡封上盖章，中途任何一方不能私自拆开，在结算时我们同时打开验证。如果不封住，有人在里面添几笔或者涂改，到时候又得发生分歧，会产生不必要的纠纷，影响我们的合作。"

潘叔才说："还是贤弟想得周到。"

谢光宁点头说："是的，非常必要。"

在大家的注视下，单印封好信封后，与赵之运摁上章，把其中一份推到了赵之运面前。赵之运把信封装进了包里，又在包上拍了拍。谢光宁盯着赵之运那个脏兮兮的包，不太放心，说："之运啊，装在你的包里，这搓来搓去的，还不把蜡封破坏了，将来又说不清了。这样吧，把此件交由刘副官保管，回去锁进保险箱里。"

赵之运说："那好吧。"说着把信封掏出来递给刘副官。

刘副官接过来，吹吹上面的蜡封，小心地装进自己的文件包里。这时，陈副官已经把几个杯子斟了酒，对大家说："好了，我们可以庆祝我们的合作成功了。"大家纷纷端起酒来，相互碰杯，宣布这次合作的圆满。谢光宁看看时间不早了："潘兄，马上就要天亮，我们该回了，如果不幸让山本得知我们来这儿，之前所有的努力都会泡汤的。"潘叔才点头："那好吧，陈副官，你亲自把他们安全送到家。"谢光宁他们回到府上，刘副官从包里小心地拿出信封，看看上面的蜡封，放到桌上。

谢光宁看看上面的蜡封，说："这个单印做事真是太过小心了。"

刘副官说："说白了他是信不过咱们，怕咱们动了手脚。其实，这样封住也好，省得以后有什么纠纷。"

谢光宁打开保险箱，把合同放进去，推上门，转几下暗锁，站起来说："可恨之人，必有可爱之处。单印这么做，也表明了他做事的严谨，说明他还是有信用度的。"

赵之运说："那师座的意思是说，我没有信用了？"

谢光宁皱眉说："之运，你没事把话往你身上拾什么拾。这个，明天你与单印签订赌约之后，我们之间也形成协议，本座就把豪胜赌场转到你名下。"

用五百万大洋帮助谢光宁与潘叔才赌博，山本可不是拿着这些钱打水漂的，而是要有回报的，最少也得收回成本。这些钱，可不是上级拨下来的经费，而是借给他的。

他与加藤商量，把钱投出去，怎么才能保证收回来。加藤听了这话，嘴角上泛出丝笑容："想收回来，那就必须要保证赵之运胜出。"山本皱眉道："这个用你说吗。我是问你怎么才能保证赵之运胜出。如果我没有把握，把如此巨大的款项放出去是非常危险的。"

"要想保证我们能赢，就要让赵之运与单印签订赌约时，像上次那样约定，任何一方不能提出退出或迟到，退出、迟到都是自动认输。只要有这两条，我们就有办法让单印不能到场。"

"加藤君，你可不要忘了单印现在潘叔宁那里，有整个师保护着他，你有什么办法让他不能到达赌场，并且有什么办法能够保证赵之运不被他们伤害？还有，最好不要把抽老千考虑进计划里，这个本来就是不靠谱的事情。如果让他们双方都坐在赌桌上了，那我们就没有任何的把握了。再者，你也明白，这些钱是借的，不是拨来的费用。"

加藤平静地说："其实，属下认为，这些钱没有必要还。当我们与谢光宁达成合作后，给上峰打个报告，就说这些钱用来收买谢光宁了，上峰考虑到用这些钱得到一个师的兵力，绝不会埋怨。"

"废话，就算不用还我们也不能把这么多钱白扔出去。"

加藤绕了半天弯子，这才吐露实情："其实，属下这几天可没闲着，属下是前去调查了。属下发现了个重要的线索，潘叔才指定付营长跟随单印，并负责保护他家人的安全，只要把付营长拿下，想图谋单印那是手到擒来。"见山本又要瞪眼，加藤忙接着说："听属下把话说完。我们还掌握了个情况，付营长的女朋友田静在女子中学教国文，把她给请来，相信付营长肯定会为了女友跟咱们合作。"

山本用鼻子哼了声："一个女人，有这么大的作用吗?"

加藤说："从古至今，爱情就是惊天动地的，足以让一个人失去理智。难道您没有读过中国的古籍，里面曾有篇故事叫《褒姒一笑》，说的是一个女人一笑就把一个国家给笑垮了。再者，经过我们调查得知，付营长家里没有什么亲人，这个田静可以说是他唯一的亲人了，对他来说，那是比自己的生命都重要的。您要明白，我们不能拿我们国家的武士去衡量付营长，中国的军人还是有爱情的。"

山本叹口气说："只有这个办法是不保险的。"

加藤说："放心吧，属下有办法保证资金的回收。"

这个夜晚，山本根本就没有睡着，穿着睡衣在房里来回地走动，考虑与谢光宁合作的种种可能性，越想越感到有风险。谢光宁这人根本就是怪胎，从不按常规出牌，心狠手辣，是什么事情都能办得出来的。如果真让他赚到钱，还不知道会发生什么情况。不过，现在租界面临着巨大压力，租界里的日本公民都闹着要回去，这时候他们太需要驻军的保护了，他知道这起合作有风险，但必须要做这项风险投资，因为他没有别的选择，否则他只能辞职。

早晨，山本洗把脸，修了修嘴上那两撇胡子，来到客厅。在他面前的桌上，放了个厚厚的文件袋子。这时，有位戴眼镜的瘦男子，扛着相机与闪光灯进来，对山本笑着点点头。

山本说："把相机摆好，等我与谢光宁签订协议时要拍照，当我们握手时一定要拍照，要尽可能地多拍照，以防胶片有什么损伤。"

瘦男子点点头，把闪光灯放到墙角，又检查了相机，然后坐在墙根眯着眼睛在打盹。前天，加藤把这个记者给抓来，对他进行了教育，又派两个东洋女人陪他休息，因此备感疲劳。

当下属来报，谢师长来了，山本说："让他们进来。"当谢光宁来到客厅，山本并没有回头看他，只是冷冷地说："请坐。"谢光宁见他的屁股粘在椅子上，连动都没有动，便感到有些恼火。不过想想自己是来骗钱的，不应该再要求别人尊重你，于是来到山本旁边坐下。他扭头看看在墙根打盹的青年，面色蜡黄，神情倦怠，不住地捂着嘴打哈欠，便问："山本君，那棵豆芽菜是什么人？"

山本不解地问："师座想吃什么菜？"

谢光宁指指墙根那正犯困的瘦子。山本说："这是位记者，对我们的合作非常感兴趣，要求前来采访，敝人想到，既然他感兴趣，就给他这个机会。"谢光宁心里很难过，因为今天的合作一旦报道出去，自己的麻烦就来了。可是他无法选择，必须要承受这种合作带来的副作用，这就是人生。

接下来，山本双手扶着桌面，头昂得高高的，声音洪亮地说："师座咱们谈正事吧。我们的钱已经到位。加藤君！"加藤抱着一个古铜色的密码箱过来，放到谢光宁面前，把密码锁打开，掀开盖儿，嘴角上泛着丝不易觉察的微笑。谢光宁看到里面装的是通汇的银票，看那些张数知道不老少，便咋舌道："没想到山本君这么富有。"

加藤抱着箱子去后，山本把面前的邀请书与提前写好的新闻报道推到谢光宁跟前："请谢君先把这两件东西签了，盖上你们的章，咱们再谈具体的合作事项。""豆芽菜"站起来，勾着身子跑到墙根，把那架相机推到他们旁边，对准那两份文件。谢光宁心里就像窝了把草似的难受，他把文件递给刘副官："念念写的是什么？"刘副官接过来："师座，一份是邀请函。上面写着，兹邀请大日本帝国少将山本小郎前来成都，加强两国之间的交流，促进友谊，增强合作……"

"行啦行啦，不用再念了，本座知道了。"

刘副官说："师座，另一份是新闻报道，有五页纸，主要阐明了合作的意义。"谢光宁皱了皱眉头："五页纸，这么多，算啦算啦，不念了。"其实，谢光宁不听都会知道山本在里面写了些什么，肯定表明他们来成都的意向有多么友好，与军方的关系多么密切，是受到驻军保护的，请大家要冷静，要把目光放长远，要奔着和平的未来着想什么的，"刘副官，把咱们的章盖上。"

山本说："师座，请您签字。"

谢光宁说："山本君，本座个人签章没有多大用处，那只能代表本座个人。我们的章代表的是整个师，还是盖章有力度。"

山本点头："那就盖章的干活。"

刘副官掏出章来，山本要求说："一定要盖得清楚。"刘副官把章递给山本："那请您来盖，但不能把章给我们压碎了。"山本说："加藤君，你来盖。"加藤接过章来，在印台盒蹾了十多下，还往印上哈几口气，在两份文件上用力压着，压得脖子上的青筋都爆出来了。然后把章从纸上扯下来，吹吹章印。记者上去，对着两份文件拍照。那嘀的一声就像炸在谢光宁的心里，他感到这种疼扩散到了全身。山本左手拿着邀请函，伸出右手拉过谢光宁的手站起来。记者又对他们嘀的一声，闪光灯亮过，一阵白雾。

谢光宁心里像被撕裂了似的难过，他心里的牙已经咬得咯咯响了，等事情过后看我怎么治你山本，我要让你求生不得，求死不能……山本握着谢光宁的手不放松，让记者从各个角度照了几张相，这才松开手："谢君请坐。现在，由敝人说说我们合作的具体事项。这次赌战的全部赌资由我们租界来出，不过我们得事先拟个协议，说明这次赌战的利润分成问题。我的建议是，赢得赌战之后除我们收回成本，然后对赢来的钱进行分成。谢师长、赵之运、日租界，各占三成，不知道谢师长有什么看法？"

谢光宁才不关心这些呢，反正他也没有打算赢。不过，为了不让山本怀疑，他还是拿出斤斤计较的样子："山本君，你跟我们合作难道是为了赚钱吗？你这么在乎那三成的利润，让本座感到非常遗憾，这不像合作，倒像是本座与赵之运为您工作似的。当然，你们是出了力的垫付了赌资，但我们这方为了促成这起赌战，为了确保胜利，可谓费尽心机，做出了极大的贡献。"

山本眯着眼睛，微微点头："说实话，我们帮助师座并非为了赚钱，只是想帮助你解决你的经济问题。这样吧，我们扣除本金之后，所赢的钱我们只占两成，其余的你跟赵君去分。这两成是作为费用的，主要用来帮助师座与赵君确实能够胜出。"

赵之运突然问："山本君，如果输了那算谁的？"这句话说出来，大家顿时愣了。山本眨巴眨巴眼睛说："输了，算我们的。但是，我们是不

长篇小说 赌道

会输的，虽然我们不缺钱，但也不是把钱拿来输的。"

赵之运说："那好，这句话要写在协议里面。"

山本点头说："没有问题。"

赵之运问："那么，山本君能否把你们赢的理由说说，让在下放心。只有在下放心了，对胜利才更有把握。"

山本摇头说："这个现在还不能说，等条件成熟时再告知你们。"

接下来双方签订协议，明确了各自的责任与相关的工作，以及具体的分成，可谓皆大欢喜，但谢光宁心里却喜不起来。回去后，谢光宁突然对刘副官说："本座突然想到个问题。"

刘副官问："师座，是不是有什么疏忽？"

谢光宁说："在这起赌战中，有个问题我们给忽视了。本座想到的是如果之运输了，我们会有百分之七十的收益，但是，如果赵之运赢了，我们竟然有百分之八十的收益，并且我们还能落下抽水的钱。你不感到赵之运胜出对我们最有利吗？"

"师座，这么想，是不是有点那个了？"

"刘副官你想过没有，如果之运胜出，那么单印将会输掉所有的资产，而潘叔才投进去的钱，同样会落到咱们手里，他们的日子将会非常难过，甚至比咱们现在的处境更为艰难。像潘叔才那种人，死要面子活受罪，办法也不是很多，当他面临困境时，定会像初来成都时那样甘愿寄人篱下，我们便可以趁机对他的部队进行整编，到时候本座自封个司令，还用得着去拍曾主任的马屁吗。"

"师座，属下认为这样翻了翻糊了糊的是不对的。"

谢光宁坚定地摇头："不不不。身处乱世之中，是讲不得人情的。其实，如是我们改变计划，得到的将不仅是八成的利润，而是百分之二百。"

刘副官问："师座，您说的是？"

谢光宁脸上泛出得意的笑容："赵之运赢了之后，我们冒充潘军把租界洗了，这样我们就没必要再还赌本，那么，山本的钱与潘叔才与单印的钱就都属于咱们。"

刘副官担心地问："如果赵之运赢不了呢?"

谢光宁笑道："赢不了,咱们还可以去收取属于咱们的七成。再说,单印到时候认为咱们求输,也不会有什么准备,想赢他比正式的赌博要容易得多。"

刘副官听到这里,表情就像牙痛似的:"师座,您还是想想明天的报纸发行之后的事情吧。属下认为,当山本写的报道见报后,整个成都人将会对您骂声一片,会把你定位成汉奸,并且极有可能有游行队伍来堵咱们的门。"听了这句话,谢光宁脸上泛出的那点笑容顿时消失殆尽,恨道:"妈的,无论这次谁输谁赢,本座敢断言他山本是输惨了。等这件事完成,看本座怎么对付他,让他知道跟本座讲价还价是什么后果。"

第十七章　千千之手

由于李文轩逃跑，谢光宁请来了成都赌协会长代管赌场，并让他组成此赌筹委会，聘请美国财务代理机构，打理这起赌局的赌资等财务事项。这家机构是著名的代理机构，曾代理过香港、澳门、上海、广东等多起赌王大赛的资金管理。请他们来，主要是考虑到赌资涉及到了山本出的钱，还有将来收取利润份额的方便。

在签约这天，单印与付营长、光头来到豪胜大赌场，他们发现，赌场原来加出的空间已经拆除，又恢复赌场本来的样子。当他们来到二楼的赌厅，发现赵之运、刘副官、加藤已经在等了。贵宾座上，坐满赌坛的元老，还有几位热衷于投资赌博事业的大亨。

在赌厅的角落里，有十多个抱着相机的记者。

赌协会长已经七十多岁，留着雪白的胡子，但他面色红润，有种仙风道骨的气质。他缓缓地来到赌台前，用沉稳的声调对大家宣布说："两位赌王再次聚首，可谓赌界之盛事。下面，由老夫说说这次赌约的规矩，一，不能赌命，身体器官，儿女。二，不能……"赵之运不耐烦地说："老会长，大家都是老手了，不用强调那些了吧。"

老会长点头说："那好那好，先请两位赌王出示赌资。"

加藤把箱子放到赌台上，然后抱着膀子，脸上泛着淡淡的微笑。光头把箱子也放到台上，抱起膀子冷冷地与加藤对峙。负责管理资金的美国人加顿带手下上来，对双方的资产进行核对，然后给他们开具代管收据，并对老会长点头："OK。"老会长微微点头，说："现在，双方可以进行签订赌约之前的交流了。"

赵之运抠着眉中的黑痣说："没有什么可交流的，按上次的赌约就可以了。"单印当即提出不同意，他说："上次的赌约时间过长，太浪费精力了，本次赌约不应超过一个月，否则我们只好退出。"

赵之运说："我们大人大量，就按你说的。"

老会长问："你们双方还有什么意见没有？"

赵之运说："我从来都没有什么意见。"

单印点头说："我们这方也没什么意见了。"

老会长让人当场把合约写成，让双方看了，然后开始签字。这时，闪光灯劈劈啪啪地爆亮，就像放了挂火鞭。双方签订协议后，记者们围上来进行采访。付营长扒拉开记者，带着单印匆匆离去。赵之运却坐在赌台前安心地接受大家的采访。有位记者问："赵赌王，请问您的资金是哪来的？刚才看到是那位日本人抱着钱，是不是日本人资助你的？"

"这位加藤武士，是本赌王花两块大洋请来的保镖。"

"这么便宜就能请到日本保镖？"有人问。

"保镖也值不了几个钱。"

"请问赵赌王，您的资金到底是从哪儿来的？"

赵之运说："说实话，为了筹备这五百万大洋，本赌王自上次输掉家业后，就在街上卖包子赚钱，直到今天才筹足这五百万大洋。"

刘副官叫道："好啦好啦，今天就采访到这里。"

大家依旧围着赵之运问来问去，刘副官掏出手枪，对着天放了两响，这才把赵之运给捞出来，然后匆匆离去……

由于山本在报纸上登出了谢光宁与山本的合作意向，还登出了他们合作时的照片，成都人顿时震惊了。他们把对赵之运与单印赌局的关注，全部都挪到这件事上。各个学校自发地开始游行示威，强烈抗议，并打出了谢光宁是汉奸的标语。

谢光宁的日子不好过了，每天都有几百人堵着大门吵嚷，铺天盖地的报纸都在转载他是汉奸的文章。有的报社更加有创意，把山本写的那份报道与他们的评论放到一起，对那些敏感的字句进行分析，说他谢光宁是民族的耻辱，是中国的败类……就在他焦头烂额之际，山本打来电话求助，说游行队伍开始砸他们的门了，让他出兵前去援救。

谢光宁说："山本君你自己想想办法吧，现在我也被游行队伍给包围起来了，根本就出不去。本座不能架起机枪对他们扫吧。等他们从这里离开后，本座会第一时间派人去保护你们。"说完把电话挂掉，并把电话线给扯断了。

刘副官忧心忡忡地说："师座，现在怎么办？您与山本合作的事情会很快传遍全国，您将会变成公敌，这样下去就麻烦了！"

"这个本座能不知道吗，在与山本签订协议之前就已经想到这种后果了。这样吧，你带人去把那天照相的记者给我抓来，另外再去请几位名人大亨。对了，到街上抓个刻印章的。本座得想点办法，洗掉身上的污点才是。"

刘副官点点头，匆匆去了。谢光宁来到窗前，看到门口的游行队伍，不过他很平静。这种情况他早就想到了，并且早就想好了开脱的理由。在等人的时候，他闲得无聊，就把保险箱打开，看了看里面躺着的几份合约，然后把门关上，去休息了。

虽然游行队伍的喊声越来越大，但他还是睡着了。这几天他太累了，睡得很香，还做了个很美的梦，他梦到娶了赵之运的闺女，两人进入洞房……这时传来敲门声，谢光宁醒过来，听刘副官说人已经找到了。谢光宁坐起来，回想起刚刚这个梦，才想到自从五姨太疯掉之后，自己好像很久都没碰过女人了。看来，等这场赌战完成之后，是得找个新人了。他提着帽子来到客厅，见几位大亨都缩着脖子坐在那里，显得很紧张。

"哎哎哎，本座不是跟你们借钱的，紧张什么。"

"不不不，我们是为那些游行的而烦躁不安。"有人说。

谢光宁扭头没看到记者，问："刘副官，豆芽菜呢？"

刘副官摇头说："师座，那豆芽菜辞职走了，不知下落，我们把主编给弄来了，他就在隔壁。"

"让他过来。"谢光宁说完，抄起份报纸，来到大亨们面前，哗哗地甩着报纸，对他们说："今天让你们来呢，是揭露一下山本的阴谋。你们看到这张相片没有，这是在赌王大赛期间，咱们大家在一起聊天的时候，山本主动上来跟我握手，没想到被别人拍到并且用这个来说我跟他有什么合作。当时，我们有什么合作吗？"几个大亨愣了愣，七嘴八舌说："想起来了，是那时候的照片，没有任何合作，就握了握手。"谢光宁点点头说："还有，你们看看这张相片上登的这个邀请书，上面的大印是我的大印吗。这完全是伪造的嘛。"几个大亨点头说："是的是的，我们见过您的章，跟这个不同……"

由于游行的队伍越来越强大，二十多个日本武士在门内，听着被砸得山响的大门，他们握着战刀柄，表情怯怯的，有几个武士由于过于紧张，就像发了高烧似的在哆嗦。

这时，山本正在办公室里来回踱步子，就像踩着烧红的地板。他本来想到表明与军方的关系之后，会相对安全些的，没想到情况更糟糕了："加藤君，是不是我们的计划失败了？"

"虽然没有失败，但并没有起到好的作用。我们没想到他谢光宁竟然容忍游行队伍堵在他的门前叫喊。属下认为，只要他派人朝天放几枪，就会把那些乌合之众吓跑，可是他并没有这么做。"

"现在我们怎么办，谢光宁的电话又打不通。"

"不如给潘叔才打个电话，让他帮帮忙。"

"我们没有任何交情，再说在这种时候他是不会帮咱们的。"

一天的时间，山本都是在心惊胆战中度过的，好不容易熬到深夜，游行的队伍都散去了，但想到明天他们还会来，山本一筹莫展。他给属下开会，强调了，无论他们怎么闹，只要不破门而入，就不要发生冲突，如果他们冲进来，那事情就严重了。最让山本感到气愤的是，他谢光宁的电话就打不通了，便有些上当的感觉。山本一夜未睡，早晨起来，他来到院里，看到院里挤满了本国的居民，都在要求回国。山本对他们讲

长篇小说 赌道

话说："请大家不要紧张，我正与军方寻求合作，让他们对我们进行保护，不会危及到你们的生命与财产安全的。"大家哪肯相信这个，这段时间，他们过够了担惊受怕的日子了。

就在山本感到无法应付之时，有个武士喊道："谢师座来了。"山本不由悲喜交集，说："请大家马上散去，不要影响了我与谢师长的合作。"大家这才慢慢地退去。

山本领着谢光宁来到了客厅，没有等山本说话，他就说："山本君，本座已经把他们劝回去了，你们安全了。"

"太感谢了，真的太感谢了。"山本大弯腰说。

"山本君，由于本座的地方也被游行队伍给围起来了，本座没有办法，只得采取了点措施，才能抽身前来搭救你们，还请见谅。"

"师座英明，感谢师座。"山本又弯腰道。

等谢光宁离开之后，山本才知道，谢光宁所谓的措施是在报纸上公开发表声明，从未邀请山本来成都，报纸上所登的照片是在上次举办赌王大赛之时的相片，邀请函上的章根本不是他们师的章，是日方做的假证。这则声明下面，还有几位名流佐证，还有刻章的人的证明，日本人确实找他刻过谢师的章。

报纸在山本手里被抖得哗哗响，他的脸色越来越暗，眼里都快滴血了。山本还看到谢光宁在报上说，对于日本租界在成都的所作所为，本座也非常愤慨，一直在协调，让他们滚回本国……不过，请大家冷静，以防事态恶化，本座会顺应民意，劝他们归国，如果他们执意不听，不排除动用武力……

"简直就是流氓，无赖。"山本吼道。

"其实他谢光宁本来就是土匪。"加藤说。

他马上给谢光宁打电话，斥责他道："谢光宁你大大的不够意思。"谢光宁在电话里说："山本君，本座不是跟你说明了吗，采取措施是为了脱身去救你们。如果我不发表这个声明，他们堆在我的师部大门口，我出不了门，怎么去救你们。山本君你不要只看表象，要看现实与效果。

现实就是自我发表了这个声明之后，你们门前就没有游行的人了。"

"可是，你为什么说是我们是伪造的？"

"山本君，我们的合作并没有改变。合作这样的事情本来就不是拿到面上说的。在本座的心目中一直是跟你们合作的。现在，如果他们再去游行，本座就可以前去劝他们，并给他们做工作让他们冷静下来，然后再达到相互了解与宽容。再者，上次你们把本座坑得这么苦，本座不是还是很冷静吗，希望山本君也要冷静下来，不要生气，要从长远去看。"

放下电话，山本眯着眼睛说："这个谢光宁实在太可恨。"

"那赌博的事情怎么办？"加藤问。

"我们已经把钱投进去了，还能怎么办，只能按原计划进行。等把赌本收回，我们再跟谢光宁慢慢算这笔账。你马上把赵之运给我控制起来，否则，就谢光宁这种德性，怕我们投进去的赌本都收不回来。"

面对谢光宁在报上发表的声明，潘叔才感叹道："谢光宁这人不简单啊，做事从来不择手段，不讲情面，说翻脸就翻脸，想必，现在山本肯定气得吐血了。"单印倒不是担心这个，而是他心里有个郁结："师座，属下关心的不是那个，属下怀疑像谢光宁这么无赖的人，会故意输给我们吗？如果说之前他跟咱们合作是为达到让山本出资的目的，那么当山本真出资之后，他们会不会改变计划谋求让赵之运胜出，因为这样，他们就可以得到百分之百的利润，还有效地遏制我们的实力。"

"贤弟说得并不是没有道理。其实，从谢光宁的本意讲，他肯定不希望咱们赢的。如果赵之运赢了，他完全有可能把所有的钱都给控制起来。"

"那我们也不能被动地等着，得想想办法。"

潘叔才让警卫把付营长叫来，命令他要加强对单印的保护，任何人要见他，都要确保安全。并对单印要求，在赌之前任何活动都不要参加。为了鼓励付营长好好做事，潘叔才说："付营长，等这件事过去，本座提升你为团长。"

长篇小说 赌道

"谢谢师座的看重，属下一定会保护好单部长的安全。"

"还有，密切联系线人，关注谢光宁的动向。"

"是，师座，属下现在就去安排。"

付营长与单印向潘叔才告辞后，来到单印家里，两个人商量有关安全的问题。单印说："小付，你对当前的形势有什么看法？"付营长想了想说："属下想过了，可以肯定这次的赌资是日本人提供的。他们想通过帮助谢光宁赌博争取与谢的合作，但他们没想到谢光宁达到目的之后，马上跟他们翻脸。山本虽然气愤，但已经把钱投上了，现在他们肯定会全力支持赵之运胜出，只有这样他们才可以收回赌本。属下认为，他们会不择手段地前来对付您，所以，这段时间我们必须围绕着您与家人的安全做好工作。"

"你认为现在的谢光宁，有什么样的想法？"

"谢光宁这个人太狡猾，从来都不按常规出牌，现在属下真的不好猜测他的真实想法。不过，属下认为，如果说他之前是真心跟咱们联手的话，可是当山本真的出资之后，他肯定会改变计划。因为，如果他能胜出此局，可以有更多的收益，还能把咱们给逼上绝境。"

单印笑道："现在我岂不是很危险了？"

付营长也笑了："按说是的，现在山本、谢光宁，都会想办法对付您。不过您放心，您在军营之中，又有我们一个加强营的兵力保护，他们没有任何机会。"

单印说："这点我是相信的，不过，你应该考虑考虑，如果他们想对付我最有效的办法是什么？对了小付，你家人在成都吗？"

付营长神情黯然："属下原来姓周，父母过世之后被付姓商人收养。后来，养父在做生意的路上被杀，养母不久过世，属下参军了。"

其实付营长明白单印的说法，那就是如果他们想谋杀他，最有效的办法就是要挟与收买他。突然，付营长愣住了："属下告辞。"说完匆匆离去。付营长带着一个排的兵力火速赶往女子学校。因为他突然想到在成都他只有田静这个亲人，极有可能被他们绑架。当他赶到女子学校，田静的同事说："有人来找田静，她去后就没有回来，还是我给她代的课。"

"什么？"付营长顿时呆住。

"对了对了，田静去后不久，有人送来封信，说要交给您。"

付营长把信打开，看到信里就有一句话："想升官发财娶妻生子请到闻香茶楼。想霉运横生让爱人成为慰军之妇请马上回军营汇报。"他握着这张纸，眼睛顿时潮湿了。当初付营长还是个小排长，负责帮陈副官接送孩子上学，一来一往就与当老师的田静认识了。一天，田静把他叫到操场外面，对他说："校长非要把我介绍给他弟弟，他弟弟是花花公子，不务正业，我只好说自己有男朋友了，可校长非要我把男友领来看看。你能不能帮我个忙，冒充我的男友，如果她发现我有个军官男友，就不敢对我怎么样了。"

付营长点头说："好吧。"

田静问："你是什么官？"

付营长不好意思地说："是个排长。"

田静看看他的匣子枪："管多少人？"

付营长说："有三十多个人。"

田静摇摇头说："太少了，你能不能说自己是大官？"

付营长说："这不太好吧？"

田静说："她又不会调查你。"

那天，田静挽着他的手走进校长办公室。校长站起来问："小田，这位是？"田静说："校长，这位是我男友，是营长。"校长点点头说："如此英俊有为，小田你眼光不错。"这件事情过后，校长再也没有跟田静提起弟弟的事情。一天，田静堵着付营长问："哎，你有没有对象？"付营长摇头说："没有。"田静歪着头问："想不想吃我做的饭，穿我给你打的毛衣？"付营长用力点点头，脸都红了。田静说："那我做你的女朋友。"就这样他们恋爱了。田静对他百般照顾，可以说是她弥补了他缺失的那份爱……

面对现在这种情况，付营长真不知道怎么办了。理智告诉他，应该回去向师座与单印汇报，但他又怕有人盯梢，发现他直接回军营后会对田静不利。考虑再三，他认为还是先去闻香茶馆看看情况再说。至于对方的目的，付营长是明白的，选择他是与赌有关。无论是山本还是谢光宁，想达到不战而胜，必然会千方百计对付单印，而他全面负责单印的安全，自然成了最佳人选。付营长来到闻香茶馆，找个位子坐下，叫杯茶，细细地观察着周围的人。没多大会儿，有个戴着礼帽的人过来，问："先生，这里有人吗？"

"没有，请坐。"付营长说。

那人坐下说："换下军装，我们去看田老师。"

自山本被谢光宁忽悠之后，心情本来就不好，为了能够成功地收回投资，派加藤去接赵之运，谢光宁却说，你们自身难保，还怎么能够保证之运的安全，所以坚决不同意，把他给推向更加被动的局面。原则上讲，山本倒不希望谢光宁能够胜出，但这关系到他的五百万大洋，他还必须让赵之运胜出。

自把田静抓来，山本就给她做工作，给她勾画美好的前程。比如出资给她办所学校由她担任校长。可以帮助付营长当上师长，甚至是成都市的市长。田静是直脾气："我们不稀罕这个。"山本便恶狠狠地说："如果你不配合，我们只好把你送去当慰军妇。你知道什么叫慰军妇吗？部队常年在外征战，难免寂寞，因此我军为了稳定士兵情绪而设立慰安所，让里面的女人以慰军人之寂寞。像你这么年轻漂亮的女人，肯定非常受欢迎，一天安慰五十个士兵是没有问题的。"听到这里田静就真的害怕了，只能同意。

当付营长便装来到之后，山本热情地迎上去："付君，欢迎欢迎。"

付营长平静地问："我先要看到田静。"

山本点头说："加藤，让付营长去跟田小姐见个面。"

加藤把付营长领到暗室里，然后退到门口。付营长进门后，田静哭着向他扑来，两人抱在一起。付营长在田静耳边小声说："不要害怕，我会想办法救你。"这时，加藤进来说："付君，若是两情相什么时，何必在那个朝朝的一暮。"付营长把田静推开，扭头走去，并没有回头去看满脸泪水的田静，因为他怕自己会忍不住流泪。

当大家坐下来，付营长说："山本君，请说说你的计划吧。"

山本哈哈笑几声："付营长是个聪明人。我们请田小姐前来，是想让付营长帮我们个小忙。当然，这个小忙的回报不只是你们可以团聚，我们还会大力扶持你，在最短的时间内让你代替谢光宁与潘叔才，成为成都的主宰者。将来，在我们的扶持下，你的前途会非常远大。如果你不肯合作，那就听听后果。"

"后果就不要听了，我知道你们合作的意向是想除掉单印。这件事咱们一会儿再谈，现在本人想问山本几个问题，请用心回答。"

"请讲请讲。"山本摊开双手。

"就算你把单印除掉，保证了赵之运能胜出，你认为谢光宁会把本钱还给你们吗？你们这起投资本来就是错误的。但凡有点脑子的都不会跟谢光宁合作。他是什么人，他是土匪出身，贩毒、挖祖坟、抢劫、欺骗，无所不为。可是呢，你们臭味相投，狼狈为奸，结果怎么样，被人家给算计了吧？你们不去对付谢光宁，现在却对付我这个小人物，你们认为有意思吗？所以，请你们把目标校准好了再行动才有效果。"

山本听了这通话感到脸上有些发烧，他捋了几下胡子，干笑几声："那付营长有什么好的办法？"

付营长说："本人没有好的办法，只是提醒你们。你们不是想让赵之运赢吗，我可以办到，我可以谋杀单印，可以以保护为名让他错过赌博的时间，不过你们不要为难田静，如果让她受了任何委屈，那么我将不惜付出自己的生命，带兵血洗你们租界。"说完站起来，"告辞。"他们见付营长站起来，头也不回地走了，山本愣在那里，回头看看加藤。加藤叹口气说："付营长非常的不简单。他把自己想说的我们想说的，以及合作的结果都讲了，然后一句废话都没有，可以见此人的果敢。在下认为，将来付营长的前途将会在谢光宁与潘叔才之上……"

单印想找付营长商量点事情，听说他去女子学校后至今没有回来，便知道自己所担心的事情，可能已经发生了。他独自坐在客厅里待着，在考虑着两种可能，如果付营长像没有事似的回来，那说明事情很严重。如果他愁眉不展地回来，说明事情没有想象得那么坏，还是可以商量的。

一直到了晚上，付营长回来了，脸上没有任何表情，单印有些失望。他多么想付营长能够与他坦诚相待，然后共同想出办法去搭救田静。因为，如果付营长隐瞒事情，他必须向潘叔才汇报，换别人前来保护自己，那么付营长的前程也许就折了。想想之前两人同心协力，取得了那么好的效果，单印心里隐隐作疼。付营长突然笑了，只是那笑比哭都难看，叹口气说："单部长，真像您说的，果然出事了。这件事我应该早想到的，可在下给忽略了。"

"你确定出事了吗？"单印平静地问。

"是的，属下刚从山本那回来。还有，单部长，这件事情先不要告诉潘师长与其他人，如果走漏风声，山本发现事情失败，认为田静没有作用，极有可能会杀人灭口。"

单印终于松了口气："小付，放心吧，田静不会有事的。"说着，从沙发后背把一个袋子拿起来，递给他，"去跟山本说，是你偷出来的，让他看看就马上拿回来。对他们说，如果想收回他们的成本，首先要做的是把赵之运找到，否则，就算把我给杀掉他们同样弄不回自己的投资，并且谢光宁可能会杀掉他们掩盖事实。"

"单部长，他们找到赵之运，可能还是要求属下对付您。"

"那你就答应他们帮他们做事。对了，这次去了要跟他们要钱，说你需要找人合作，需要经费。记住，可不能要少了，最少要十万大洋，要少了显得我就不值钱了。"笑了笑，"我们正好用这笔钱作为费用，营救小田，岂不是两全其美。"

"单部长，谢谢您，跟着您干心里真踏实。"说着，付营长眼里蓄了泪水。单印拍拍他的肩说："小付，有你这样的部下我也很安心。你做事有谋有略，大胆果断，判断准确，义节分明，相信你将来肯定前途无量。"当天夜里，付营长便带着这份合同来到租界。当见到山本之后，山本有些怀疑地说："付营长你如此不怕暴露，难道你已经跟他们说了？"付营长心中暗惊，这山本太狡猾了，判断这么准确，他冷笑说："见不得人的事情，我晚上不来，难道要白天大摇大摆地来吗？如果没有要紧的事情，你认为我会往这里跑吗？"

山本点点头："付营长，你的回答我非常满意，请讲。"

付营长从包里掏出那份文件递给山本："这是我偷出来的，让你明白你们有多么傻，让你们明白你们需要对付的敌人是谁。"

山本把蜡封打开，抽出合同来看了看，那脸色越来越暗，咬牙切齿道："谢光宁，我跟你没完。总有一天我让你付出代价。"

付营长说："当前，你们的任务不是杀掉单印，而是先把赵之运找到。否则，就是杀掉单印，你们还是得不到任何钱，那就等于在帮了谢光宁的忙。如果谢光宁让赵之运赢了，他为了得到全部的钱，肯定会杀人灭口，那时候你们就真危险了。如果你们不相信这个可能，这说明你们真的没脑子。"

山本听着这话感到有些难受，但还是点头说："付营长的放心，赵之运的一定要找到，我们的计划一定要落实。因为，我们拥有了赵之运，单印胜出之后我们就收不回成本。所以，赵之运的要，计划的也要落实。"

付营长说："单印这边没有问题，不过在下需要经费。"

山本愣了愣："经费，这个，你想要多少？"

付营长说："十万大洋。"

山本摇头说："我们现在没有这么多钱。"

付营长冷笑说："请山本君想想，你们帮助你们的敌人出了五百万大洋，现在面对冒着生死给你们办事的人，不只把他的爱人给抓起来，并且连十万大洋都舍不得，你们还能成什么大事。怪不得你们处处被动，被谢光宁玩于股掌。"

山本听到这里，有些痛苦："加藤，给他十万大洋，让他写个收条。"

长篇小说
赌道

加藤拿出十万大洋的银票，让付营长写了收条，然后说："那个文件我们的留下。"付营长说："你们可以留下，那在下不回去了，就在这里替你们跑腿得了。山本君，现在我终于明白，你们为什么处处被动，因为你们不动脑子。你们把这个文件留下，他们发现丢失，必然会怀疑到我的头上，我不只没法下手，怕是性命不保。再者，你们要这份合同有什么用，去找谢光宁理论去？你认为跟谢光宁还有必要理论吗？"

山本挥挥手："拿走。"

付营长气呼呼地走了，山本看看加藤，有些不好意思，说："最近让谢光宁把我搞得焦头烂额，这脑子越来越不好用了。加藤君，分析一下付营长今天来的事情。"加藤说："付营长今天来是很正常的，没有什么可让人怀疑的。他需要经费这是正当的要求。其实，就像他说的那样，我们用五百万大洋帮助我们的仇人，给我们自己设置了障碍，如果想收回成本，十万大洋都舍不得出。这确实说不过去。再者，付营长去做这么大的事情，必然要找人配合才能做成。"通过加藤的话，山本听到了其中的讽刺，内心感到很不痛快，说："时间不早了，休息吧。明天早来开会。另外，跟大家说，不要对田小姐有任何的不利，如果谁敢动她，格杀勿论。"

第十八章　美女人质

由于这次的赌约规定的时间较短，眼看着赌期迫近，谢光宁犹豫着是否改变自己的计划。他经过慎重的思考与权衡之后，决然地选择按最新的计划去推行，握着赵之运，保证他的胜出，把山本与潘叔才的投入全部切过来。这样，自己不只可以增加收入，还可以有效地遏制潘叔才发展的势头，致使他陷入经济困境，重新归服于他的旗下。为了能够稳住赵之运，谢光宁把豪胜大赌场的产权转到他的名下，并对他说："之运啊，从今以后我们就是一家人了。"

这句话有两层意思，真正的意思是，等赌完这场我就把你的女儿给娶过来，你就变成我老丈人。

赵之运得到豪胜大赌场的产权，非常高兴："师座，我们从来都是一家人。"谢光宁意味深长地笑着："是的是的。之运啊，一家人不说两家话，这段时间哪儿都不要去，安静地待在师部里。需要什么就让警卫去办。你放心，家里的事情不用你操心，你的亲人就是我的亲人嘛，我会照顾他们的。"赵之运不解地问："师座，之前您说在下没有安全问题，因为我们与单印达成了合作，他们不可能对付我。对于日本人来说，他们为收回成本只能保护我。现在怎么在下的人身安全又出现了这么严重的问题？"

"这个嘛，之前本座认为与潘叔才合作，拿到七成就是十分可观的收入，可是随着事情的发展，本座突然想到，如果单印输了，本座可以把山本与单印的钱全部拿来，还可以让潘叔才陷入经济危机，所以，本座改变了计划。"

赵之运愣了好一会儿，点头说："师座的狡猾是没有人可比的。"

谢光宁瞪眼道："你说什么？"

赵之运忙说："在下用词不当，应该说师座的计谋赛过诸葛孔明，天下无人可比。请问师座，您有什么办法让在下赢得此局。说实话，在下很久都没有动过麻将与扑克了，现在可能只能算二流的赌徒，没有任何把握去赢单印，您最好不要让在下跟单印去赌。"

谢光宁满脸的自信："这个你放心，我们已经想到办法了。"

其实，谢光宁自从决定推行新计划后，就让刘副官研究怎么对付单印。他们想来想去，要想让单印不能到达赌场只能把他给解决掉，想解决掉他最有效的办法就是收买付营长，或者对他构成要挟。上来就收买，肯定是不会有效果的，必须要对他构成威胁，恩威并施，让他就范。刘副官派人对付营长进行调查后，发现他家里已经没有人了，但他有个女朋友。

谢光宁让刘副官把田静请来，跟付营长谈合作。刘副官派出去的人回来说，田静没有上班。谢光宁知道这件事后遗憾地说："真没想到他们想得如此周到。看来，想着图谋单印这并不是简单的事情，我们还得想出更好的办法来，毕竟赢下单印，我们的收获是非常之大的。"刘副官说："其实，咱们也不必刻意为之，反正无论哪方输我们都是赢。还有，相信日本人也会想方设法去对付单印，保证他们的赌本。以下官之见，我们没有必要采取什么行动，只要把赵之运看好，我们等着收获就行了。"

谢光宁摇头："在我的理念里，就没有坐收其成这么便宜的事情。现在的情况如此复杂，瞬息万变，如果我们不想办法采取主动，到时候还指不定出啥事儿。所以，日本人是日本人的事情，我们要按着我们的计划去行事。这样吧，你设法与付营长联系联系，从侧面与他谈谈，就说本座非常看重他的才气，如果肯到咱们这里可以任命他为旅长，顺便听听他的想法……"

刘副官说："这个下官可以问问，不过，现在山本每天派人要赵之运，怎么办?"

谢光宁闭上眼睛想想，说："就说，我们也在找他。"

随后，刘副官以合作方的名义前去拜访单印，向他表明谢光宁的意向，双方要保持畅通的联系，一致对付山本，因为现在山本已经失去理智。在告辞的时候，刘副官对付营长说："这样吧，你送送我，我们就保护单部长的安全问题再探讨一下。"

单印点头说："小付，去吧。"

两人慢慢地在军营走着，刘副官说："付营长，你年轻有为。我们师座常对我说，潘师座太不重视人才了，如果你在我们军最少要让你担任旅长的职务，可是在这里却屈身做个营长，为人家看家护门。"

付营长笑道："在下没有这个福气为谢师座尽力。"

刘副官哈哈笑几声："其实呢，道路是自己选的。如果，以后有什么新的计划，我们欢迎付老弟加盟。相信，我们合作，你的前程无量。"付营长也哈哈笑着，应付着。送走刘副官之后，回到单印家里，单印笑着问："如果我没猜错的话，副官肯定会说你年轻有为，如果到他们那儿将会受到重用。"

付营长吃惊道："单部长难道您真开了天眼了。您跟在下说实话，上次去庙里开悟，是不是已经把天眼给打开了? 以前属下不相信这种事情，自跟随您以来，发现您料事如神，什么都瞒不过您，属下就不得不怀疑了。"

"小付啊，什么天眼啊，那些都是迷信。"他做了个请坐的手势，"其实，很多事情呢，是可以根据果推断出因的。自然，原因也能推断出结果。谢光宁这种人，当他有了两种选择的时候，他必然不顾诚信，选择对自己有利的那面。如果赵之运胜出，他就可以图谋双方的钱，还能让潘师长陷入经济问题。至于怎么才能保证赵之运赢，必然要想办法对付我，而你又是最方便动手的人，所以他们都在想办法贿赂你。哈哈小付啊，我的命就掌握在你手里了。"

付营长笑了笑："他倒没直接说，只是投石问路，说了说如果在他们

长篇小说 赌道

那里让我当旅长。别说让我当这个，就是让我当副官属下都不会动心。像谢光宁这种人，跟着他干没有任何前途，说不定哪天就被他卸磨杀驴了。"

单印点头："说得很对。我能保证你明天当上团长，你信吗？"

付营长说："单部长，别别别，属下还年轻，提得太快了不是好事。您说过，您不拔苗助长的，千万不要这么做。这时候得到提拔，山本可能会怀疑，势必会影响到田静的生命安全。所以，千万不要提。"

单印说："不能这么想，提拔你还是有好处的，不会影响到田静。"

付营长摇头："没有多少过程的提拔，不太好吧。"

单印说："放心吧，大哥我不会害你的。"

随后，单印前去见潘叔才，跟他提出让他提拔付营长。潘叔才想了想说："提拔没有任何问题，出于对他的保护，不能提得太快了。贤弟你知道，提得太快别人就会忌妒，所以对他不利啊。"

单印点点头说："师座考虑得非常周到，不过，现在提拔他对我们的形势是很有利的，可以杜绝谢光宁打他的主意，也是对他的保护。现在，由于这场赌局，大家都把矛头对准了我，都想把我杀掉达到不战而胜的目的。在这时候提拔付营长，至少让谢光宁死心。师座，千军易得，一将难求，付营长确实是个非常好的人才。您想，在面对十万大洋的诱惑下，在自己的爱人被当成人质的情况下，他还能够冷静地处理，坚持自己的原则，这实在是难得，请师座考虑考虑。"

"贤弟，你认为，这样做后山本会不怀疑？"

"这时候提拔他山本会感到这是正常的，因为他的身份特殊，受到重用是合理的。再者，山本可能会考虑到，付营长并没有暴露自己。这对我们的整个计划都是有利的。"

"既然单贤弟这么认为，那就这样做吧。"

随后潘叔才召开了会议，在会上提名付营长为团长，并说明，提拔他是为了加强对单部长的保护力度，让对手们知道我们对这件事的重视，打消他们对付单部长的想法。大家要明白，自单部长加盟我部，我们师的日子才好过，保护好他的安全，这对于我们师是极为重要的事情。大家都知道，单印在军中的作用性是极大的，就算有人心里不服，也不会提出来。就这样，大家一致通过了对付营长的提拔，随后在报上进行报道……

面对付营长得到提拔的消息，谢光宁感到有些失望，因为他认为潘叔才这么做，极有可能是考虑到他想收买付营长的动向，提前做的预防工作。这件事对于山本来说，也是颇费心思。他跟加藤分析，付营长为什么在这时候得到提拔。

加藤说："这很正常啊。潘叔才又不是傻子，难道不知道付营长所担负的重任，这时候对他进行提拔，让他更好地保护单印，这是非常正确的。通过这件事情，我们也可以得知付营长伪装得非常好，说明并没有引起上层对他的怀疑，这对我们的计划也是有利的。"

"那么会不会是，他向潘叔才汇报了我们绑架了田静的事情，对他进行奖赏呢？"山本捏着眉心说。

"如果汇报了此事，付营长就不会同意被提拔，因为这时候得到提拔，会让我们怀疑他背叛了咱们。现在，付营长得到提拔后，他不好拒绝，因为他不能说，别提拔我，提拔了我会让日租界怀疑，可能对田静不好。所以呢，这件事并没有我们想象得那么复杂。我们当前主要的任务是，把赵之运给弄过来。否则，我们把单印干掉，等于又愚蠢地帮了谢光宁。"

山本感到一筹莫展，他知道自己现在是越来越被动了，怎么做都不能赚到好，无论怎么做好像他谢光宁都能赢。杀掉单印，在不能握有赵之运的情况下，等于帮了谢光宁。当谢光宁得到双方的资金后，极有可能会杀他们灭口。如果赵之运有什么意外，他谢光宁又与潘叔才有秘密的合约，还会拿到五百万大洋的七成。由于这段时间山本不停地掐捏着眉心，眉心都给掐紫了。他叹口气说："加藤君，你还有什么好的办法？"

加藤说：“现在唯一的办法就是杀掉谢光宁。”

山本愣了愣说："杀掉他，是可以解决很多问题，但这件事不是那么容易做的。他的车上有最先进的防弹装备，再者，他身处军营之内，出行都有护卫队。"

加藤冷笑说："再难也要杀掉他，只有杀掉他，找到赵之运，我们才能争取主动，否则我们就输定了。"

山本感到很累，他说："这件事情，等我想想再做决定吧。"说完站起来，迈着拖沓的步子回到休息室。回想自来成都，事事都不顺心。自己机关算尽，最终作茧自缚。如果这次不能够把成本收回，他的前途就会折在成都。因为，上层早就对他颇有怨言，说他来成都之后，没有任何的成绩，如再看不到效果，就要免他的职，重新派人前来开展工作。这不是山本想要的结果。他经过慎重思考，最终还是决定干掉谢光宁，然后握着赵之运，再谋求赵之运的胜出，拿回投资与利润。

他召开了会议，研究谋杀谢光宁的办法。

山本说："自我们来到成都，多次与谢光宁表示友好，与他进行合作，可是他利用我们的善良与友好，多次设计谋害我们，导致我们在成都寸步难行，几近到了逃离的程度。今天，我决定，要把谢光宁谋杀掉，打开我们的新局面。不过大家要明白，谋杀谢光宁，要做到隐蔽、准确，如果被他发现，那么他极有可能会报复我们，那我们就危险了。"

大家都认为，操作这件事是很困难的。谢光宁这人太狡猾，做事不按常规出牌，摸不到他的规律性。他的规律就是变得太快，快得他自己都不能预见，何况是别人呢。有位武士说："我们埋伏于师部周围，只要他一出面就对他进行狙击。"

加藤说："他的车是专门改装的，玻璃是防弹的，百米之外就算打穿玻璃，也没有力量伤害于他，所以，这个办法并不可行。"

大家七嘴八舌地说了很多办法，都不太成功。有人说："如果有什么大的活动，需要他出席，我们就有机会。"

由于大家都没有说出满意的方法来，山本有些失望，他见时间不早了，说："今天的会先开到这里，如果谁有好的办法，及时向我汇报，我会重重有赏。"当大家离去后，整个会议厅里只剩下了山本与加藤。加藤说："其实谋杀谢光宁，没有那么复杂，我们只要把他约到租界，直接打了就行了。"山本摇头说："万万不可，如果在租界杀掉他，我们将在成都无法立足了，说不定会遭到屠杀。"

加藤说："我们把他约过来，胁迫他把赵之运交给咱们。咱们掌握着赵之运，就掌握着一定的主动。属下可以去对他说，我们掌握着田静，并与刚刚提拔的付团长有合作，让他过来商量下图谋单印后的分成计划，那么他可能会过来。再者，他相信我们不敢在租界对付他，所以他会来的。"

山本没有别的办法，只得同意把谢光宁约过来。

加藤见到谢光宁后，谢光宁皱眉头说："加藤君，现在我没有时间跟你聊天，本座正在全力搜寻赵之运。没有赵之运我们的计划就完全失败了。"加藤说："师座，至于您的计划，我再明白不过了。要不要我分析一下，让您听听是否准确？相信我的分析对您的成功是非常关键的。"

谢光宁点头说："请坐，愿意洗耳恭听。"

加藤并没有坐下，而是倒背着手仰着头看着房顶："谢师长本来的计划是与单印合作，想从山本手里套钱。至于具体的计划，如果我没判断错的话，是这样的，到时候让赵之运故意输给单印，你们把从山本手里骗来的钱做三七分成，当然您占七成。"

听到此言，谢光宁心中暗惊。他没想到加藤竟然能想到这事。他深深地呼口气说："加藤君，你说得非常正确。本座这么做，也是针对山本的失信去的。你想过没有，上次他主动要求帮助我，结果插了笼子让我钻，让我损失惨重，差点就到街头上要饭。所以说，本座设计他是完全有理由的。"

加藤依旧看着房顶："可是，当师座发现，你的计划初步成功之后，突然又想到，我为何不把双方的钱都给弄过来，这样就可以把单印与潘叔才逼上绝境，然后把他给收编过来，自己岂不是成了川军中最有实力的武装力量，那么在上面考虑军团长的时候不能不考虑自己的力量。所以，您现在的计划是想着握着赵之运，谋害单印，要完成您的终极目标，最后再杀人灭口。”

听到这里谢光宁感到心里嗵的一声，因为他没想到自己的想法完全被加藤看得窗明几亮，便开始有些心虚。既然他加藤看得如此明白，必然会有更深的计划。谢光宁有些不自信了：“加藤君，请继续讲。”

加藤低下头，紧紧盯着谢光宁说：“在敝人跟你的交往中，突然明白了一个道理，那就是人不为己天诛地灭。自己想要的，绝不能等别人施舍，要自己想办法争取。所以，我这次前来是想跟谢师座谈合作的。”

谢光宁感到越来越摸不着头脑了：“请讲，怎么合作?”

加藤接下来的话，谢光宁不敢相信自己的耳朵。原来，加藤是想帮助他完成他们的计划，目的是让山本彻底失败，以至被上级免职，并由他向日方举荐他成为领使，表明愿意与加藤合作，共谋大事。这样他加藤就可以取而代之。

谢光宁本来想自己够阴险的，没想到这个加藤并不比自己差。不过，面对这么好的事情，他为什么不做呢，便爽快地答应了。

加藤说：“您现在就给我们的上峰写封信，表明为什么与山本的合作失败，就说山本自来到成都之后，不顾当地民众的感受，做事张扬，错误行事，惹得民怨四起，根本就没法与他进行合作……”

谢光宁开心地笑了：“没有问题，请问你的诚意是?”

加藤冷冷地说：“现在山本想谋杀于你，并且要把你给钓到租界。再者，现在租界已经扣留了付营长，不，也就是刚被提拔的付团长的爱人田静，并跟他达成合作，要求谋杀单印，达到让赵之运必胜的结果。如果您派人出奇不意地把田静掌握在手，相信付团长不敢不与您合作。”

谢光宁感到用个女人要挟付团长这太牵强了。

加藤摇头说：“如果她在山本手里这个理由可能牵强些，但是付团长跟山本要了十万大洋，这个污点在您手里，田静的作用就会变得很强。记住，在落实这件事时，不要伤及我们租界的人，特别是山本，如果取了他的性命，那么您将变成整个日本帝国的敌人，您以后的日子会非常不好过。我们这么做，是要获得我们各自需要的利益，并且以后我们还会有更好的合作，请您明白。"

山本等到加藤回来之后，急着问事情谈得怎么样。加藤说："谢光宁是非常感兴趣，说一定过来跟您进行谈判，至于他到底怎么想的，在下并不知道。不过，谢光宁这人的野心很大，他为图谋潘军，会不择手段的。听说，他已经想好了置单印于死地的办法，但他还是对田静这个人质非常感兴趣。再者，他前来租界是有可能的，因为他知道，在这种时候我们不可能在租界把他杀掉，而置租界二百多口日本人的生死而不顾。"

"加藤你想过没有，如果我们掌握了赵之运，在这种形势下保护他的安全也是个问题。就算谢光宁在人身安全受到危胁的情况下，把人交出来，可是他回去后，马上派兵前来，我们还不得把人交回去，这不等于我们白费事了吗？"

"这个我们不能排除，但是在下认为，就算他对咱们不利也不会光明正大带着人来。毕竟他不想挑起两国争端，这个责任他担不起。他只能偷偷地派人来做这件事。当我们得到赵之运后就把他转移到安全的地方，还有，您也可以躲起来，在下就说您已经回国了，至于赵之运的去向，属下并不知道。"

他们一直等到傍晚，有个武士匆匆地赶来汇报："谢光宁带着一个连的队伍闯进租界，直奔这里来了。"山本打个哆嗦："加藤，我们马上转移。"加藤摇头说："现在转移已经来不及了，如果他想对付咱们，肯定会在租界外设有埋伏，出去反倒性命不保。我们不如在这里等着，看他想干什么。属下认为，他没有胆量取咱们的性命。"

山本重新坐下，面如死灰，感到事情越来越麻烦了。加藤坐于旁边说："这个谢光宁真是太流氓了，跟他什么道理都讲不上去。本来他说得好好的要来跟咱们谈合作，却带着这么多人闯进来，真不知道他是怎么想的。"

没多大会儿，谢光宁带着人冲了进来，对山本叫道："今天我们前来是因为公务。"山本站起来，说："谢师长，我们的租界是受国际保护的。"谢光宁冷笑道："受国际保护，并不是说你们就可以随便抓我们的人。"山本怒道："你，你血口喷人，我们什么时候抓了？"谢光宁说："抓没抓人，等我们搜过再说。来人啊，给我细细地搜，看看他山本有没有抓人，如果没有抓人，本座会在报纸上公开声明向他山本道歉。"由于之前加藤已经告诉他们田静藏身之地，刘副官他们很容易就把田静给搜出来了。谢光宁对山本说："山本，这怎么解释？"

山本叫道："他是我们请来的客人。"

谢光宁问田静："你是他们的客人吗？"

田静摇头说："不是，是他们把我给抓来的。"

谢光宁冷笑："山本，你知道你来成都最大的失败是什么吗，是你根本不懂得尊重当地民众，想杀他们就当街开枪，想抓谁就抓谁。这件事请你在报上发表声明，公开道歉。还有，本座定当把你的所作所为向你们的上峰汇报，让他们知道本座为什么跟你合作不成。"说完，招呼人押着田静走了。

山本颓然坐下，抹抹额头上的汗，愣在那里说不出话来。加藤吼道："谢光宁太不守信用了，我一定将他碎尸万段。来人，扶山本君下去休息。"两个武士架起山本匆匆去了后室。加藤的嘴角上泛出一丝冷冷的笑容……

现在，谢光宁虽然把赵之运与田静都握在手里，但他知道离真正的胜利还远呢。毕竟，所有的成功都必须在赵之运赢得最终胜利之后才算。至于怎么使付团长为他们所用，他没有任何把握。在他的原则里，为一个女人违背自己的原则与前程，这几乎是不可能的，至少他从没有这么做过。不过他认为，付团长接受山本十万大洋的好处，这个还是有力度的。人都是有贪心的，接受这么多钱，他肯定怕潘叔才与单印知道，用此要挟，比用女人要挟要好得多。

"刘副官，把田静还给付团长。"

刘副官不解地问："为什么？"

谢光宁叹口气说："我可没他山本那么傻。一个女人根本就起不到作用，还给付团长，就等于让他欠个人情，还能让单印他们认为咱们之前的合作没有改变。等付团长来领人时，咱们再做做他的思想工作，用十万大洋的事情说事儿，说不定会很有效果。"

刘副官点头说："师座说得是，属下现在就给他打电话？"

谢光宁说："给他打电话吧，等他来了领他到我的书房。"

刘副官给付团长打了电话，没过多大会儿，付团长就开着吉普车来了。他见到刘副官后，就对他千恩万谢。刘副官把他引到谢光宁的书房，然后退出去把门撞上。谢光宁笑着站起来："付团长，快快请坐。"付团长忙抱拳道："下官十分感谢师座，友情后补。"

谢光宁笑着点点头："付团长啊，说实在的，我有点嫉妒潘师长啊。你说为什么我就没有遇到像付团长这么能干的人呢？俗话说得好，千军易得，一将难求，本座真想把你给抢过来。"

"师座太抬举在下了，像你们师的刘副官才是真正的贤才。"

谢光宁点上支雪茄吸着，眯着眼睛端详着付团长。他有些消瘦，皮肤白净，眼睛虽然是单眼皮，但是属于好看的那种，两道浓眉微微向发际处翘起，显得整个人都很硬朗。谢光宁叹口气说："为了把田小姐给救出来，本座是不惜得罪山本啊。"

"太感谢师座了，属下一定要报答您。"

"好啦，你去找刘副官带着田静小姐回去吧。"

付团长走出门外，见刘副官在外面等着。刘副官领着他来到自己的办公室，说："付团长，这做人呢，千万不要太死板，兔子都有三窟，何况我们人呢。所以，有些时候是需要给自己留条后路的。"

"刘副官能不能告诉属下，您有几条后路？"

"哈哈，付团长你可真有意思，后路在自己的心中，岂能轻易说出来

长篇小说
赌道

呢。不过，这次能把田静小姐救出来，师座可是冒着大风险的，你应该要报答师座。只要你肯与我们合作，你放心，我们给你的份额要比山本的多得多。他不就给你十万大洋吗，师座说了，跟我们合作我们给你三十万大洋。"

付团长听到这里，故意惊慌："可不能乱说，什么钱，下官啥时候得到十万大洋了？这事要传出去，会把小弟给害死的。"

刘副官说："只要我们合作，你不会死的。"

付团长想了想，叹口气说："说实话，下官并不是爱财之人，但是下官很爱田静。她的理想是创建一所学校，让穷人都有书念，为了她的这个理想呢小弟确实那个。对了，您刚才说给下官多少钱？"

"师座说三十万大洋。"刘副官说。

"这个，能不能容我考虑考虑？"付团长装出为难的模样。

"当然，不过最好尽快给我回复。"

"那是当然，您放心吧。"

"这个你放心就是了，没有任何问题。"

付团长开车拉着田静往回赶，田静在后面搂着他的脖子说："小付，我想死你了。"付团长板着脸说："别胡闹，我开车呢。"当经过学校时，田静说："小付，我想我的学生了，把我放下。"付团长说："把你放下，然后让山本再把你给抓去，逼得我当叛徒是吗？"田静听了这话愣了愣说："这么说，你为了救我当叛徒了？小付我可告诉你，就是为了救我当了叛徒，本姑娘也不能原谅你，照样跟你吹，你说你当了没？"

"反正快了。"

"没当就好。"她抿着嘴说。

他们来到单印家，刘芳拉着田静进内房了。付团长坐下后，单印给他泡杯茶："这个谢光宁做的事就是不同常人。他费了这么大的周折把田静抢到手里，我本想他会用来要挟你，没想到他这么大方地就让你去领回来。"

"单部长，没那么简单。他之所以把田静还给小弟，是以为我把从山本那儿要回的十万大洋据为己有了，是想用这个来要挟我。还有，刘副官说，如果我跟他们合作，他们给我三十万大洋。"

"那就跟他们合作。"单印笑道。

第十九章　神秘合约

在单印的授意下，付团长偷偷地拜访了谢光宁。见面之后，付团长严肃地说："属下一夜没有入睡，在考虑是否到您的帐下听命，想来想去没有别的选择，只能投奔于您。"

谢光宁笑道："这个，你是不是听刘副官说什么了？"

付团长冷笑道："师座请不要再跟属下绕了，如果属下不按着您的要求去做，后果很严重，所以属下没有别的选择。"

谢光宁脸上泛着意味深长的笑容，用手指轻轻地扣着膝盖，说："付团长是个痛快人，那本座也明人不说暗话了。帮我们赢得这局，本座给你三十万大洋，并保证人的安全。"

"请问，先预付多少。"

"这个，事情完成后，本座把三十万现洋当场给你。"

"属下想问您，您在跟别人合作的时候会相信口头承诺吗，会相信合同吗？如果属下只是嘴上说为您效力，您认为这么做对吗？如果您没有诚心，属下实在没有办法，只有把钱交给潘师长说明自己对他的忠心。"

谢光宁听了这番话，倒没怀疑付团长的诚意。因为，只有爱钱的人才会被别人利用，不爱钱的人就有原则，有原则的人是不会轻易违背自己的信念的。问题是，他手里确实没有钱，但又不能说自己没有钱，于是说："放心吧付团长，钱还是有的，明天你过来咱们签个合同，顺便把预付资金给你。"

"师座，属下老这么来回跑，很不方便的。"

"明天过来把事情办妥，以后就没必要来回跑了。"

付团长回到单印那里，说了这次与谢光宁交谈的情况，单印明白，谢光宁并没有怀疑付团长，所以让他明天再去，是他当时确实拿不出钱来："付团长，这段时间我们太被动了，似乎是等着别人来对付咱们，这样下去不行，我们也要采取点行动了。这样，你今天晚上带兵去赵之运家，把他的家属全部带到我家里。记住，一个都不能少。还有个事情要对大家提前说，不要伤害他的家人，更没有必要拿家里的东西。相信，赵之运输了后，家里也没有几件值钱的物件了。只要我们把握着赵之运的家人，赵之运必然无心恋战，可以促使他们按原计划进行，这样我们才有安全保障。"

　　"好，属下这就安排。"

　　"付团长，跟手下说好不要伤着他的家人。"

　　"放心吧单部长，属下办事，您尽管放心。"

　　就在当天夜里，付团长让部下换上便装，包围了赵之运的家，先把谢光宁设的四个守门兵制伏，把家里的所有人都带回了单府。单印让刘芳给他们安排食宿，并对她说："跟家里的人说，任何人不能对他们冷言冷语，要像对待家人那样对他们，不要把男人的恩怨强加到家属身上。"刘芳点头说："夫君放心吧。"

　　单印对付团长说："小付，还有件事情你得跑一趟。现在离天亮还有五个小时，事情还来得及。我负责对赵之运家的卫兵做工作，你去山本那儿对他说，如果他们能找到赵之运，我们一方可以解除赌约，这样就可以让谢光宁的计划落空，他们就可以原封不动地拿回赌资。然后，借机提示他们，如果赵之运的家属被控制起来，他们才有机会得到赵之运。"

　　"单部长，明白了，属下这就去。"

　　"付团长，麻烦你了，让你不停地来回跑。"

　　"单部长，跟着您做事，属下得到了锻炼，不怕辛苦。"

　　现在的山本已经到了山穷水尽的地步了。前天，上峰突然来电，让加藤回去有事，他预感到肯定是在调查自己的问题。这段时间，由于烦心事太多，心情不好，他患上了神经衰弱的毛病，常常失眠，偏头疼。就算勉强入睡，也会噩梦不断。当听下属说付团长求见，他坐在榻上，眨巴着眼睛，预测付团长这时候来是什么意思？特别是在谢光宁把田静还给他之后。

当他听了付团长的说法后，内心又燃起一丝希望。毕竟，如果解除这次的赌约，他就可以完整地把赌资给退回来，自己还有翻身的机会。他也相信，潘叔才知道谢光宁想吞掉双方的赌资，肯定也急着解除赌约。不过，让他感到为难的是，如果带人去抢赵之运的家人，势必会与谢的人发生冲突，有可能引发严重的后果。如果不是担心这个他早下手了。付团长似乎看透了他的担心，说："山本君您想过没有，谢光宁就派了几个兵守着，你们如果连这几个兵都对付不了还能做成什么事情。要做就尽快决定，最好今天晚上就把事情给做了，因为谁都不知道明天会发生什么事情。"

山本捏着已经紫得发黑的眉心："问题是就算把赵之运的家人带来，谢光宁还是不肯交出赵之运。"

付团长说："当赵之运知道家人被抓，会想办法来找你们的。"

山本点点头："好吧，付君回去跟潘师长说，我们会尽力而为，破坏谢光宁的恶毒计划。"

等付团长告辞后，山本没有多想，马上招集二十个武士，让他们火速前去赵之运家，把家人全部带来。并要求他们这件事情在天亮之前必须完成……

谢光宁正在三姨太房里睡得香，听到门外有人敲门，便问什么事。刘副官说："师座，帮赵之运守家的卫兵说，山本的人去抓他的家人，他们没法阻挡。"

谢光宁说："那就让他们抓吧。"

刘副官说："师座，如果赵之运的家属被抓走，那么赵之运必然会心灰意懒，影响他接下来的计划。"

谢光宁说:"你马上带兵前去,保护赵之运的家属。"

刘副官得到命令后,马上带着兵奔向赵之运家。当他们赶到时,正好武士们从家里出来,双方当即开火。二十多个武士哪能与一个连的兵力较量,他们只得边打边逃,当逃到租界时就只剩六个人了。当山本听说赵之运家里没有任何人,并且遭受到谢光宁的狙击,他认为自己上当受骗了。就在这时,刘副官带兵冲进使馆,要求把人交出来。山本的头就像霜打的茄子,有气无力地说:"刘副官,我们去晚了,家里根本就没有人。"

刘副官叫道:"来人啊,去搜。"

大家分头去找人,刘副官倒背着手来到山本跟前,冷笑道:"山本,如果我们搜出人来,只能把你同时带走。你想过没有,这毕竟是在我们的国家,哪能任由你们胡作非为。"

山本垂头丧气地说:"刘副官,有件事情我必须告诉你,这件事情的起因,是潘叔才手下的付团长前来,说潘叔才想解除赌约,破坏谢光宁的计划,要求我们找到赵之运,并建议把他的家人全部抓走,逼迫赵之运出面。"

刘副官点上支烟吸着,说:"山本,你很可怜。"

山本叹口气说:"刘副官,其实你也同样。你想过没有,跟着谢光宁这样干,将来怎么死的都不知道。刘君应该多想想自己的未来,不要一条路走到黑。"

刘副官冷笑道:"本官的路,本官自己有数。"

他们搜遍了整个租界也没见着赵之运的家人,刘副官明白赵之运的家属不在这里。回到师部后,天已经大亮了,刘副官向谢光宁进行了汇报:"师座,可以确定赵之运的家属不在租界。再者,我们去的时候,他们刚刚出来,不可能有时间把二十多口人进行转移。"

"那么赵之运的家人呢?"

"属下得到了个消息,山本之所以要抓赵之运的家属,是因为潘叔才想跟他进行合作,让他找到赵之运,他们共同解除赌约,把之前投进去

长篇小说
赌道

的赌资撤出来。"

"噢，是吗?"谢光宁平静地说，"潘叔才的决定是可以理解的。如果我是他我也会这么做的。那么，赵之运的家属究竟去了哪里?"

"师座，至于赵之运的家属现在究竟在哪里，其实意义并不大。我们可以封闭消息，不让赵之运知道就行了。"

谢光宁脑海里立刻映现出赵之运的长女赵小娟那姣好的模样，感到非常可怜:"这个这个嘛，毕竟赵之运是为我们出力，我们也不能面对他的家人被劫而无动于衷，你要派人去查，他们到底去了哪里? 等找到他们，及时告知本座，咱们再想办法去处理。"

一个晚上发生了这么多事情，谢光宁隐隐感到有些不快。因为，他担心潘叔才知道他的阴谋之后，肯定不会在那儿等着被算计。让他想不透的是，如果说潘叔才抓走赵之运的家属，为何还要嫁祸山本，现在的山本还有利用价值吗? 如果不是他们抓去的，那么二十多口人能去哪儿? 谢光宁突然感到，想要落实自己的计划，还真不是件容易的事情。

就在谢光宁在考虑怎么落实自己的新计划时，有个消息传来，说是山本被责令回国，接替他的正是加藤。谢光宁跟刘副官分析，加藤上任后，会不会对他们的新计划落实有影响。刘副官说:"加藤借用您的力量不惜出卖山本，达到了自己的目的，他上任之后，肯定会转变做法，然后寻求与咱们合作。但是，有件事情属下认为，日方是不会轻易放弃五百万投入的，这点我们要有心理准备。"

"五百万大洋，他们想拿回去没那么容易。"

"要不要属下去跟加藤接触，摸摸他的想法?"

"没有必要，相信他会来找咱们的。"

让谢光宁感到意外的是，加藤上任后连着三天都没有来找他，谢光宁便感到有些不对劲了……

加藤成为领事之后，忙着亲善当地的老百姓。他们召开记者会，表明之前山本的目光短浅，行为粗暴，并没有尊重友好善良的成都人，因此破坏了两国的友谊，已经被上峰给免职。现在委派他担任领事，着重搞好两国的友谊，加强贸易往来，为成都的经济发展发挥他们应有的力量……他们还拿出很多财物帮助穷人，资助学校，并把曾开枪伤人的日本人抓起来进行游行，搞得倒真像是和平使者了。加藤经过一系列的活动，认为现在与成都人的关系改善了很多，这才拜访谢光宁。

这次加藤回日本，上峰给他的任务是，尽快收回五百万大洋，并且努力改善与当地老百姓的关系，要有计划有目的地与驻军建立良好的合作，争取为我们所用。

加藤见到谢光宁后什么话没说，双手托着把战刀举到他面前。谢光宁说："加藤君，这样不好吧，本座没有派兵打你，你投什么降啊？"加藤严肃地说："师座想错了，这把战刀是我们帝国的首相让在下转交于你的。"

谢光宁接过刀来看看，点头说："这刀看着挺快的。"

加藤严肃地说："师座，有件事情还需要您的配合。我本意是极力隐瞒有关五百万去向的事情，不幸的是这件事情被上峰知道了。上峰的意思是，要让在下收回成本。"

谢光宁点点头："你们上峰的想法是对的。"

加藤说："属下想过了，如果您肯合作，我就可以跟上峰打个报告，说这些钱用来支持您的军队，以达到相互的合作。如果您不与在下合作，并不排除派出杀手取您的性命。我的意思是您是友好的，是肯合作的。"谢光宁把刀放到桌上，冷冷地问："你们的上峰拿着大咪咪吓吃奶的孩子呢，既然加藤君说到合作，那你说我们怎么合作？"

加藤说："合作是非常简单的，五百万算我们送给你的费用，以后我们有什么需要你们要紧密配合，要维护大日本帝国的战略计划。这样，我们整个帝国，就变成了您的靠山，您就可以大展宏图。"

谢光宁听明白了，意思就是让他变成傀儡，变成他们日本的前沿部队。这个是他不能接受的，再说了，这些钱并不是直接放进他的账上，而是投入到赌博上了。"加藤君，本座帮助你成为领事，就是想跟你合作的。只是这些钱现在并不在本座这里，而是赌资，本座没见到钱，真不好跟你表态。如果你们能够帮助我把钱取回来，咱们再谈合作的事情比较好。不过本座认为，这个好像并不容易。"

"师座，我们当然要帮你挫伤潘叔才，不只要把钱赢回来，还要把你给推到川军领袖的位置上。实话告诉你，我们的高层与蒋的内部是有所联系的。让他们对你进行推荐，效果是非常好的。"

"这个本座相信。不过赌期很近，现在我们当前的任务是怎么让潘叔才与单印输掉这局。如果输掉这局，潘叔才将会陷入经济问题，而他又不像本座这么有办法，他根本就应付不了这种困境，极有可能会归附于本座，那时候我在成都就有绝对权力，将来咱们再进行合作，就没有人敢左右了。"

"这件事情说难很难，说简单很简单，只是怕师座怀疑我别有用心，所以我不想说。"

"这有什么，加藤君说说看嘛。"

谢光宁听到加藤的办法是，把赵之运交给他，去跟潘叔才商量解除赌约，退回本金，然后钓出单印对他进行谋杀。他虽然感到这个办法确实有可行性，但他并不敢相信加藤。如果他把赵之运带回去掌握着赌的主动权，自己就很被动了。他点点头说："你的建议非常好，容本座商量商量再给你答复。"

送走加藤后，谢光宁问刘副官："你看他加藤的诚意有多少？"

刘副官说："属下看加藤上任来的表现，好像做好了长居久安的准备，并且有与我们合作的意向，不像是欺骗咱们。再者，潘叔才知道师座想图谋这起赌局所有的资金后，肯定会急于解除赌约。因为解除赌约，可以让咱们重新陷入经济困境之中，我们的生存将会极为困难。"

"加藤这人如此阴险，如果他把赵之运握在手里，会不会有别的花样？比如说，他会操作这起赌局，就没有咱们的份了？"

"现在这种情况下加藤是不会得罪您的。他刚刚上任，如果租界遭遇动乱，岂不是很失败。他知道您的为人，如果不把赵之运送回来，您肯定不会放过他们的。"

"如果加藤把赵之运弄去，加藤与单印私下里解除了赌约，那我们岂不危险了，这件事情有风险。"

"师座，我们不排除加藤有这样的想法。"

"那如果他们解约成功，我们不白忙活了？"

"师座您想，租界在我们的辖区里，我们把赵之运放到租界，我们派便衣埋伏在四周，一旦他们约好，我们对单印进行狙击，他们根本就来不及签约。把单印干掉，我们把赵之运握到手里，双方的钱都是咱们的。否则，我们没有任何机会动得了单印，动不了单印就凭着赵之运现在这种状态，没有任何把握能赢单印，所以您的计划就不会得到落实。"

经过了慎重的思考，谢光宁还是同意把赵之运护送到租界，让加藤负责把单印给钓出来。毕竟，这是除掉单印最有效的办法。再者，日本的租界就在他的辖区里，他有能力把握局面……

当潘叔才接到加藤的电话，说他们已经掌握了赵之运，为了尽快收回他们的投资，破坏谢光宁的计划，要求近期安排解除赌约。并表明为了双方的安全，不选择赌场或者公共场所，暗里把事情办了就行了。潘叔才问单印："贤弟，这件事你看着办吧，你认为加藤是真心想解除赌约，还是想把你给钓出去进行打击？"

单印想了想，说："属下认为，山本因为错误投资，没有收到预期的效果，被上级免职。加藤上任后，上级肯定让他想办法把钱收回来。这毕竟是五百万大洋，他们不会用来打水漂的。至于谢光宁为什么敢把赵之运交给他们，想必谢光宁认为，日租界在他的辖区里，他们感到能够把握得了局势。"

潘叔才说："这件事呢，无论贤弟有什么决定，本座都支持你。"

单印回到家里，把付团长叫来，商量说："想必加藤是真的想跟咱们解除约定，否则，他就不会要求暗里做这件事情。你前去跟加藤进行交流，先去摸摸情况咱们再做决定。"

"单部长，我们没必要跟他们谈，不如我带兵去把赵之运给夺过来，把他掌握在我们的手里，我们就有主动权了。"

"不行，谢光宁又不傻，他把赵之运交给加藤，肯定会派兵在四周埋伏，如果我们出动，不会占到便宜的，可能效果更差。"

"您说得也对，那我马上去。"

"去了你要求见见赵之运，见到他要跟他说，他的家人已经在我的手里，让他考虑考虑以后的打算，何去何从。"

"好的，属下一定把话带到。"

付团长来到租界，加藤对他阐述了解除赌约对双方的好处。付团长说："慢着慢着，如果你们没有赵之运，说再多也是废话。如果他确实在你们手里，咱们再谈合作不迟。"加藤点点头，领着付团长来到密室。付团长见赵之运被两个东洋女人夹在当中，看上去很幸福的样子，便冷笑说："赵先生，在下来之前单部长让我给你捎句话，你的家人已经在我们的掌握下，何去何从，请您要考虑考虑再做决定。"赵之运笑道："那你回去跟单印说，既然他喜欢抓我的家人，很好，他可以把我的老婆当自己的老婆，也可以把我的女儿当成他儿媳妇，这没有什么，反正我不缺老婆。"说着伸手抓住东洋妇女的胸部，对付团长得意地笑。

听到赵之运这么说，付团长冷笑说："真没有想到天下还有这么无耻之人。你就好自为之吧，我懒得跟你废话。"说完头也不回地走了。加藤走几步，回头对赵之运竖起大拇指："赵君，你的够狠。"

当他们重新来到桌上，就具体合作的事情进行了商谈。加藤要求必须尽快解除赌约，因为赌期马上逼近，谢光宁不可能把赵之运放在这里太久，说不定什么时候就把人带回去。

"加藤君，我们还是不太放心，谁知道你是不是借着这件事谋杀单部长，帮助谢光宁来赢得此局。如果这样我们不就上当了？"

加藤冷笑道："付君，其实我就是用这个理由说服谢光宁把赵之运送来的。之所以急于解除赌约，是因为我对谢光宁太了解了，他心狠手辣，一旦赢了此局，肯定会翻脸不认人，为了达到吞掉我们投资的目的，他肯定会杀我们灭口，并且会嫁祸到潘师长的头上。为了不导致这么严重的后果，只能解除赌约。"

"没问题，我回去马上汇报，尽快给你们答复。"

当单印听说赵之运搂着东洋妇人说出了那番话，脸上泛出很难受的表情。付团长说："属下听到他说这样的话，感到非常不舒服。真没有想到还有这么不知廉耻的人。"单印叹口气说："是啊，想想我们从小一起长大，可谓情同手足，可是由于他的欲望过大，最后发展到现在这种情况，真是让人痛惜。好了，不谈那个了，还是说说你的想法吧。"

"属下认为这是他们的阴谋，是想把您钓出去好趁机下手。"

"其实，赌约把迟到、单方毁约等作为胜负的条件写进去，就注定了这份合约是生死之赌，签完合约便开始赌上了，至于赌约的期限，就变成了生死期限。唉，其实真正的赌博不在赌台上。人生何处不在赌啊。"

"是的，单部长，属下现在明白了，真正的赌不在牌桌上。"

"看来，我们要尽快想办法，因为谢光宁不可能把赵之运放在加藤那里太久，如果没有效果，他会把人接走的。"

"那我们怎么办？"

"你给加藤打个电话，说我们没法保证安全，如果他们有诚心就偷着带着赵之运来我们这里。"

解除合约，退回投资，可以说是加藤最想做的事情。因为他把握不了谢光宁，他宁可相信谢光宁在走投无路时会有求于他，还可以利用他做些事情。他才不像山本那么傻呢，把自己搞得处处被动，最后失败而归，还要接受军事法庭的审查与审判。对于安全地与潘叔才合作，解决赌约，加藤也是非常重视的。可是，他明白，谢光宁肯定在租界周围布满便衣，想把赵之运带到潘营，还真不太容易。他给付团长打电话说："不是敝人不想带着赵之运过去，而是谢光宁的人盯得紧，我们没法前去，你们可以想想办法，无论什么办法只要安全就行。"

单印感到加藤现在是真的想解除赌约了，于是说："这样吧小付，你

长篇小说
赌道

找个可靠的黄包车去一趟租界，把赵之运签章的解约合同带过来，我们签好后再想办法传回去，然后马上在报纸上发布解约声明。"

"好的，属下现在就过去。"

"小付，你得把安全措施想好了。说不定谢光宁的人会对你进行搜身，如果把合同搜出来，这件事情就危险了。"

付团长回到营部后，冥思苦想，终于想到好办法。他打发人到街上买了辆二手黄包车，把车把处掏空，用木质相同的塞子封口，再缠皮条，将来用来装合同。又选了个长相很土的兵冒充车夫。为能够直接进入租界，不在门口费口舌，他提前给加藤打电话，让他把解约合同写好，让赵之运签章，并要吩咐好门卫，到时候为他们放行……

当付团长坐着这辆改装过的黄包车靠近租界时，有些便衣在墙角处扒墙露脸的。付团长就装作没有看到，但心里在考虑，出来时他们肯定要检查，至于能否蒙混过关，这个谁都不敢说。车子来到了租界门口，付团长还没开口，两个卫兵就大弯腰说："请进。"黄包车来到使馆门口处，付团长见加藤正在门口站着，便知道现在加藤有多么想尽快解除赌约。来到客厅，付团长说："加藤君，我们把合同带回去，签上章后就生效了，如果方便，我会亲自把另一份送来，如果不方便我们登报声明后再送来。你不会怀疑我们别有用心吧？"

加藤当然不怀疑，因为他认为潘叔才如果不想解约，他拿着这合同也没有用的，但他相信，当潘叔才知道谢光宁想霸占双方的钱的时候，肯定急于想解除赌约。解除赌约之后，不只破坏了谢光宁的计划，避免自己遭受损失，还可以有效地抑制谢军的实力，让他们重新面临经济危机。他说："放心，我们相信。合同的已经写好，并且由赵之运签章，只要单君签章后就是有效的解约。如果你们现在不方便送来，可以登报后再转给我们。"

当加藤从保险箱里把两份拟好的合约取出来，付团长接过来看了看，发现确实是解约合同，便把它们卷成筒。

加藤担忧地说："付君，有个问题让我担心，现在谢光宁在外面布下了便衣，你怎么把它给带回去。如果让谢光宁的人得到了这份合同，我们的计划就泡汤了。"

付营长说："办法我倒想过了，只是不知道能否蒙混过关。"

当加藤发现付团长把车把处的塞子拔出来，把合同塞进去，并把塞子塞上用枪柄敲了进去，便竖起了大拇指。付团长把原来的皮条缠好，用脚底蹭蹭车把的顶端，说："可以了。"付团长坐着黄包车从租界里出来，刚拐过巷子，十多个便衣便围上来，用枪把他们止住。付团长说："你们想干什么？别怪我没有告诉你们，我可是潘师长手下的团长，你们敢动我吃不了兜着走。"几个便衣也不答言，在他们的身上细细地搜。然后对黄包车夫，以及车子都进行细致的搜查。他们把车胎用刀子剥下来，还把车座用刀子划开查看。当他们确定没有发现什么可疑的地方这才放行。车夫拉着车刚走几步，突听身后传来："慢着。"付团长心里咯噔一下，心想坏了，他回身瞪眼道："你们有完没完了，告诉我，你们是哪个部分的？"

那个便衣直接奔车把去了。付团长心里嘀嘀直跳。冒充车夫的兵鼻尖上的汗都下来了。便衣用匕首把缠在把上的皮条挑开，见里面没有东西，这才说："滚！"

付团长说："真是土匪强盗。"

便衣瞪眼道："再废话小心对你们不客气，滚！"

由于车胎被剥了，车子也没法拉人，付团长只得跟在车子后面，走回了营地。来到单印的府上，付团长把合约掏出来递给单印。单印见确实是赵之运的笔迹，拍拍付团长的肩说："太感谢你了，有了这件东西，我们就安全了，也可以说，我们已经胜利了。"

"解除合约之后，谢光宁肯定发疯，您得跟潘师长说好。别到时候他们又发动战争，事情又有什么变故。谢光宁这人太流氓了。他为了生存什么事都做得出来。"

"是啊，这个问题我已经考虑到了，潘师长已经在做工作。"

"单部长，如果您领兵打仗肯定是最好的指挥官。"

"哎哎哎，老弟，这话可不能乱说啊。记住，如果你们的同僚中有人在潘师长面前说，付团长的能力何止当团长，当师长都不为过。要记住这个人是你的敌人。"

"太感谢单部长了，跟着您这段时间，属下学到了很多东西。"

"好了，去给加藤打个电话，就说没禁得住谢光宁的人搜查，合约最终被他们抢去了。等你打完电话之后，咱们去谢光宁那儿坐坐，我要去解决一项个人恩怨。"

"好的。"付团长点点头，随后瞪大眼睛，"什么什么？咱们去谢光宁那里，这不是送死吗？"

第二十章　最后底牌

谢光宁做梦都没有想到单印打来电话说，要前来拜访，还强调说，只带着付团长与一个警卫前来，让他做好接待工作。单印这个举动超出了谢光宁的想象，他百思不得其解，表情显得非常痛苦："单印打电话来说拜访本座，就带两个人，刘副官你认为这正常吗？"刘副官点头说："极不正常。不过，他们既然敢来就有敢来的理由，所以呢，我们不要冲动，要热情招待，把情况弄明白再说。"

"命令下去，在没有搞清真相以前，任何人不能伤害他们。"

"好的师座，属下马上就去。"

谢光宁独自坐在客厅里，把军帽摘下来，在茶几上摔得啪啪响，随后扔到茶几下，哧哧地挠着头，脸上的表情很是复杂。他想不通在这种关键时候，单印为什么敢带两个人抛头露面，难道单印不知道我做梦都在掐他的脖子吗？难道他就没有怀疑过我的新计划是奔着他死去的吗？这不可能啊。因为有着很多疑问堵在心里需要解开，谢光宁等得有些焦急，他几次站起来到窗前张望。终于，在他的焦急等待下，警卫进来汇报说，潘军后勤部部长单印求见。

"过来过来。"等警卫走近，他压低声音，"来了几个人？"

"报告，单部长带着付团长还有个兵。"

"你马上出去看看，外面是不是有兵，然后打电话告诉我。"

当单印与付团长进来后，谢光宁忙站起来，笑道："贤弟，很久不见了，想死我了。"

单印也笑着说："师座，在下也想死您了。"

谢光宁拥着单印的肩："快快请坐。付团长，你也坐啊。"

当大家坐下后，警卫员把茶端上来，谢光宁突然眯着一只眼睛，不怀好意地笑着，问："单贤弟啊，有个问题呢本座想得非常痛苦，苦于没有答案。你应该知道，本座是多么想取你的性命，为什么你还带着两个人来拜访？本座在想，是不是贤弟认为我们的枪不会走火，或者我们师里没人了？"

单印笑道："师座您可真幽默。如果在昨天，您喊我亲爷爷，用八台大轿抬我，我也不会来您的阎王殿啊。今天不同了，今天您不只不动我，还会好酒好菜地伺候我，甚至还得保护我们的安全，并且会派人把我们送到我们的营区。"

谢光宁苦笑道："噢，贤弟这么有把握。"

单印向付团长点点头，付团长从文件夹里掏出份协议，递给谢光宁。谢光宁看着看着那脸上的汗就流下来了，随后干笑几声，伸出大拇指说："贤弟，你太有才了。我谢光宁打小就没有佩服过谁，但今天我敢说，您是我最佩服的人。您今天能够到府上做客，本座太感动了。对了，我府上还有几罐百年的女儿红，就是曾主任来了我都没舍得让他喝，今天我就让贤弟与付团长，还有那个警卫尝尝。另外呢，再让你们带一罐回去让潘兄尝尝。"

单印笑道："今天过来，小弟我有个要求。您也知道，现在赵之运对于你们来说，已经没有任何用处了，把他交给我，我要用他来解决我们之间的个人恩怨。当然，在交给小弟之前，您应该让他与您签一份委托合约，委托您全权处理他的事务与财产，以及赌博事宜，这样他对您来说就真的没用了。"

谢光宁点头："没问题没问题，贤弟先喝茶，我马上打个电话。"这时电话响了，是他的警卫，他喝道："挂掉电话。"随后把电话摁下，重新拨了个号："刘副官啊，马上去加藤那儿把赵之运带回来，领到我的书房。"放下电话，坐到沙发上，谢光宁挠挠头说："贤弟啊，面对您的大义，本座突然感到有些惭愧。"

"师座没什么可惭愧的，乱世之中，每个人都在赌，只是赌的方式与目的不同罢了。小弟我对得起您，就对不起加藤，所以您不必惭愧，要惭愧的话，咱们大家都得惭愧。"

谢光宁站起来，说："差点忘了。"对门口的警卫喊道："让跟随单部长来的那兄弟进来喝茶，马上去准备酒菜。对了，跟三太太说，把我的女儿红搬出来，我要待客。"说完，回到座上，干笑几声，嗍嗍牙花子："贤弟，说句实话，我非常忌妒潘兄，能够拥有你这样的人才。"

"师座过奖了，您的手下也是人才济济。"

"差得远呢差得远呢！"

单印只是笑笑，没再接着说什么。像谢光宁这种人，有人才他也用不好。他从来就没有真正相信过一个人，也没有尊重过一个人，完全凭着自己的喜好做事，就是有人才也养不住。

快开饭的时候，警卫员前来汇报说，赵之运已经带回。谢光宁站起来说："你们先喝着茶，本座去跟他订个合同。饭后，我派刘副官把你们送回去，确保你们在路上的安全。哎呀哎呀，现在看来，贤弟你是真开了慧眼啊，把结果早就给看到了。"

走出客厅，谢光宁脸上的笑容顿时抹下，心里就像打翻了五味瓶似的。他没想到事情会发展到这种程度，不过想想单运能够前来，就算自己很幸运了。如果他们暗里把赌约解除，自己就真的输惨了。来到书房，谢光宁对赵之运说："贤弟，让你受委屈了，加藤有没有为难于你？"赵之运摇头说："没有，对我太好，受不了，没想到东洋的女人这么温柔。"

"是啊，东洋女人很好，贤弟尽情地享受过，也不枉此生了。"其实他这句话的意思是，我马上就把你交给死敌单印了，此去可能性命难保，享受一下是应该的。"贤弟，现在情况越来越复杂了，为了你的安全，你给本座写个委托书，委托我全权处理你的赌博与财产。有了这样的协议，就没有人敢加害你了，因为加害你并没有什么用处，因为你已经找好了委托人了。"

长篇小说

赌道

"小的写好之后，您是不是要把小弟给杀掉？"

"看吧看吧，你这是什么话？订这个合同是防止有人谋杀你的。"谢光宁摇着手说。

"那好吧，就按师座说的做。"

谢光宁叫来文书，拟了合约与委托书，让赵之运在上面签字。谢光宁把合同放进保险箱，顺便拿出原来的那份合约看了看上面的蜡封，见蜡封如初，又小心地放进去。关上保险箱后，谢光宁说："贤弟，一会儿给你送点好酒好菜，这可是百年女儿红。"

赵之运痛苦地说："师座，好像这酒是砍头之前的送别酒啊。"

"你可不要多想，是我有重要的客人要招待，把私藏的好酒拿出来了，顺便让你尝尝。"

"那小的感谢师座了，真的很感谢。"

谢光宁热情地招待了单印，说了很多感谢话，然后对刘副官说："把赵之运装到单部长的车里，你亲自带人把他们送到辖区，一定要注意路上的安全。"谢光宁回头看着单印："贤弟，为了怕之运乱喊乱叫，本座给他下了点迷药，几个小时就会醒来。省得他在车上大吵大闹，吵了您的清静。至于您怎么处理，本座就不问了，不过，本座认为要快刀斩乱麻，然后把他身上圆的东西放到你师父的墓前祭奠一下，表示清理了门户嘛。"

"感谢师座的建议，在下也是这么想的。"

"噢，对了对了，还有件礼物要送给贤弟。之前我给之运的扳指嘛，其实是个赝品。他根本就没有担当袍哥会舵把子的能力，给他也是白糟蹋了。所以，这件信物的真品本座一直留着，想抽机会送给弟弟你。稍等，我去去就来。"

付团长扭头看看单印，见他喝了点酒后，面色红润，表情如此淡定，景仰之情油然而生。虽然单印的有些做法他并没有想通，但他明白单印肯定是胸有成竹的，是做出最正确的选择的。没多大会儿，谢光宁手里握着那个玉扳指与刘副官来了。刘副官手里还抱着相机。谢光宁小心地捏着扳指，把单印的手拾起来，套在单印的拇指上，这时闪光灯响了。谢光宁说："刘副官，一定要确保单部长的安全。你们去吧，本座马上打发人找记者进行报道，贤弟才是袍哥会大哥，并倡导袍哥会的会员向贤弟靠拢……"

对于与单印解除赌约的合作失败，加藤感到非常遗憾。因为，只有解除赌约他们才能把投入的资本收回来，这件事不但没有成功，反而赵之运让谢光宁给弄回去了。当加藤发现报纸上有谢光宁亲自给单印戴扳指的报道后，突然感到有些不对劲。因为这表明着单印与谢光宁又开始合作了，对于他们的合作内容加藤早就看过，那就是把他们的钱故意输掉，两家分成。加藤感到这太被动了，应该去跟谢光宁谈谈，重新刺激起他的贪欲。

加藤坐车来到谢府，要求见谢光宁，但府上的人说，谢师长出外有事，三天之内回不来。加藤感到不好了，再过三天就是双方的赌期，一旦让赵之运与单印赌完，他们投进去的钱就输掉了，想再要回来就太困难了。加藤又前去潘营，要求拜访单印，听说单印去庙里进香了。加藤随后又奔到庙里也没有找到单印，只得失意而归。

回到使馆，他召集内部成员进行协商，怎么阻止单印与赵之运开局，以达到他们无法赌博的目的，争取收回五百万大洋。但这面临着要把双方的赌手都给控制住才成，而双方赌手的后台又都是军方，这几乎是不可能成功的事情。加藤说："困难是有的，不过我们也不能知难而退。这样，我们组织狙击手，兵分三路，埋伏于赵之运与单印的必经之道上，另一路埋伏于豪胜赌场附近，对他们进行打击……"

对于单印来说，他感到自己的计划已经慢慢地逼近终极目标，应该向潘师长汇报一下了。在汇报之前，他对付团长说："小付，你把我最近做的事情向潘师长做个汇报，然后我再去汇报，否则他会埋怨你之前没有向他说起。"当然，单印还是教他应该说什么不应该说什么的……付团长心里感激啊，单印处处都为他着想，跟着这样的上级他感到踏实。付团长来到潘师长的办公室，把单印教他的全盘端出来。潘叔才抚抚光亮的头皮，笑眯眯地说："小付啊，之前我曾对你说过，完全听单部长的安排，不必事事都向我汇报嘛。本座做事的风格就是用人不疑，疑人不用，他采取的任何办法本座都是认同的……"

"师座，现在属下终于明白，为何单部长愿意追随于您，这是由于您人格的魅力。"

"哈哈，咋学会拍马屁了，这该不是单部长教你的吧？"

"报告师座，绝对不是，这是属下有感而发。"

"好啦小付，好好干，以后呢，本座会对你委以重任。"

付团长去后，潘叔才轻轻地呼了口气，脸上泛出舒心的笑容。自从单印担任后勤部长以来，他的日子越来越好过了。他感到像单印这种人才是很难得的，但他始终担心留不住他，不过，他已经做好了留下他的所有准备……

在单印前来汇报时，潘叔才打断他的话说："贤弟，你想做的事情都是本座想做的，不必解释。不过呢，本座倒是有个打算，想跟你商量。等你与赵之运的赌事过后呢，本座想招兵买马进行扩编，分成三个师的编制。这样，本座就可以自封个司令。"

"师座，完全有这个必要。当您有三个师的编制，就会吸引很多零散的武装力量，那么就会形成向心力。"

"这个将来呢，我们兄弟可以共同闯番天地。"

"师座，属下帮您弄点粮草还是能做到的，至于军事上的事情，属下不太懂。不过，属下认为，当您拥有了三个师之后，您就是名副其实的军团长了。"

"如果本座成为军团长，啊，这个……"

回到家里，单印闷闷不乐，因为他似乎听出了潘师长为他留的位置，那就是让他担任副官，因此不快。他认为现在的军队与赌场上的赌王没有什么区别，但他分明厌倦了赌博。他的最终目的是，为师父报了大仇，了却恩怨，带着家人去过平静的生活⋯⋯

事情突然有了这样的变异，谢光宁从一个做梦都想谋杀单印的人，变成了做梦都担心单印安全的人。他知道，赵之运现在也许已经没有命了，单印只要在赌场里坐着，等赌约的时间过去，就会赢得赌赛，他就可以得到合约中的七成。如果单印出什么问题，两位赌王都没能到现场，赌约就作废了，自己就会白忙活一场。

为了确保单印的安全，他亲自前去拜访潘叔才，要求跟他共商单印的安保问题。"潘兄，这件事关系到我们能否把山本的投资切过来，所以，我们还是共同协商单贤弟的安保问题为好。"

潘叔才说："小弟认为，为阻止这起赌局的完成，加藤肯定会全力以赴对付单部长。因为，赵之运不可能再出现在赌桌上，单部长的安危关系到我们合作的成功与否，我们双方都多费点精力吧。"

"小弟的车是经过改装过的，具有较强的防弹功能，让单贤弟坐我的车去赌场。另外，从明天开始，小弟派工兵连去清理豪胜赌场内外，要对方方面面都进行检测，以防加藤暗里搞什么阴谋。如果我们两个师都保证不了单贤弟的安全，那我们可就丢人了。"

现在的谢光宁，表情就像面对着老师，三角眼眯成两条缝儿，说话的声音柔和了，不乏讨好的意味。潘叔才对他这种变化感到非常不适应，就像看到一只狼脸上露出笑容似的别扭。当谢光宁告辞之后，潘叔才马上派人把单印、付团长、陈副官找来开会。

潘叔才说："虽然现在谢光宁对单贤弟的安全格外重视，但他的目的不是为了保护贤弟的安全，而是保护他的分成。再者，像谢光宁这种人，绝不能把他的话当真。我们在考虑安保措施时，千万不要依赖于他，而是按着咱们的计划进行。"

陈副官说："师座说得非常对，像谢光宁这种人，我们不只不能相信他的话，还要提防他。"

潘叔才点点头："付团长，说说你的计划。"

付团长站起来："报告师座，属下已经派出人对沿途的房子进行了排查，并特别关注了出租房屋，并已经确定有两处租房可疑，因为这两处房的位置十分便于狙击。不过，属下已经在该房的隔壁布上人，一旦发现有人入住，马上把他们控制起来，安插上我们的人，俯视着街道。为了确保沿途的安全，我们对于单部长坐的车进行了改装，安装了高强度的防弹玻璃，并尽量保持普通车的外形。届时，让这辆车拉着单部长走在前头开路，把谢师长的车夹在当中，对方肯定会以为单部长在谢光宁的车里，因为，全成都人都知道那辆车的防弹玻璃是最先进的，引擎马力是最大的。"

潘叔才点头说："好，不过呢，要细细地思考，我们有没有忽视细节，要确保万无一失。陈副官你去趟豪胜，再对赌场进行检测。不是我们不相信谢光宁，而是我们要做到相信自己。单贤弟呢，不用有任何担心，只要休息好就行了。"

在书房里，谢光宁与刘副官谈了谈单印的安全，他用指头轻轻地点着桌面，眯着眼睛说："单印的安全不只在路上，而是回到潘叔才那里。"刘副官不解地问："师座，此话怎讲?"谢光宁冷笑说："潘叔才这人虽然表面上和善，但城府极深。我们不敢保证，当单印完胜之后，他会不会杀掉单印，把所有的财产据为己有。"

刘副官想了想，摇头说："属下认为这种可能性不大。毕竟咱们与单印是订有合同的，并且所有的赌资由第三方核算后分配，赌场上不会出现大洋的。再说，赌完还要有几天核算的时间，钱不可能马上到位，潘叔才杀掉他，想把钱全部提出来也非易事。"

谢光宁叹口气说："不是本座多心，但我们应该做到我们能够有百分之百的把握拿到分成。所以呢，我们不只要保证单印的安全，还要考虑，在单印赌完之后，我们怎么才能把他给握在手里。"

刘副官想了想说："赌完之后，我们以护送为名把他给劫持过来。相信，潘叔才他们不会怀疑咱们的动机，所以这件事成功的几率很大。"谢光宁点头说："好吧，就这么决定了。如果到时候潘叔才不高兴，我们可以对他们说，这么做也是为了保护他的安全，等结算完后就把人还给他。"就在这时，警卫敲门进来，说："报告，加藤又来求见。"

谢光宁皱眉道："这个加藤真讨厌，跟他说本座不在府上。"

刘副官忙说："慢着师座，属下认为在这时候听听加藤怎么说，这对于保证单印的安全并没有坏处，我们说不定能从他的话里，听出什么端倪来，可以想到我们的安全工作有什么不足。"

加藤这段时间的日子非常难过，他的脸色灰暗，嘴上都起泡了。见到谢光宁后，说："师座，敝人多次求见，你为何避而不见，难道你不想跟我们合作了吗？"谢光宁笑道："说实在的，这段时间本座太忙，都没几天在府里，并非有意躲着你。我们的合作当然得继续，对了，请你说说我们的合作意向吧。"

加藤并没有坐下，站在那里盯着墙，绷着脸说："师座要明白，就算你们让单印赢得此局，你得到的也仅是百分之七十，何况你没办法削弱竞争对手的实力。像师座这么聪明的人，为何不求全胜，而追求这种微利呢？"

听到这话，谢光宁不由火了，猛地站起来，梗着脖子叫道："想啊，本座做梦都想，可不是没有办法嘛。如果不是你忽悠老子把赵之运弄过去，要偷着解除赌约，老子能这么被动吗？事情发展到这种程度，你说说你还有什么好办法让本座实现自己的计划吧，来来来，你说说。"

加藤冷笑道："其实很简单，只要我们之间签个合约，共同把单印干掉，你就可以得到五百万，而不是其中的七成。"

谢光宁问："本座没时间听你废话，你说明白点。"

加藤说："赵之运的赌资收据，至今在我们手里。如果我们把单印干掉，解除赌约，您可以拿着收据，取回押金，单印那方没有任何收益不说，还得搭上代理的费用。"

谢光宁有些心动，因为他真的不想让潘叔才从这个赌局中受益。自己能得到五百万大洋，为何只要百分之七十呢，而且那百分之三十还要落入对手的兜里。只是，他担心加藤太过狡猾，肯定没有这么简单，便

长篇小说 赌道

说："说说你这么做的理由吧。"

"师座，理由很简单，如果这笔钱被你们骗去，这是我们大日本帝国的耻辱，上级肯定会认为我处理不当所导致。如果解除赌约，赌本退回来归您，这是合作的结果，我们的心理上也能平衡些。"

谢光宁感到这段时间自己的计划转变得太快，都有些转不过弯来了，他搓了把脸，呼口气说："你的说法本座倒是可以理解。那么，请问，你们的上峰同意你们这么做吗。难道，他们真的想把这五百万给舍掉？"

加藤点头说："上峰的意思是，既然要不回来，那就选择保住颜面。我懂得上峰的意思，如果这么多钱被骗走，我的上层也没法向他的上级交代，所以，他们同意把赌资退回来归您。"

"那好，请你说说具体操作方案。"

加藤倒背着手，来回踱着步子："由于潘叔才与单印认为，您不可能再改变计划了，是诚心与他们的合作，并且双方都在为了单印的安全去努力。在这种情况下，出其不意地图谋单印，把这起赌局解约，是非常容易操作的。现在，我已经把收据带来了，只要咱们签个协议，就可以把收据转交给您，您就可以得到五百万，不，您不可能拿回完整的五百万。"

"你的意思是，我们还得分？"

"我的意思是，人家不会白给我们保管钱的，就算要退回赌约，人家也是会收代理费的，除此之外，全部都是你的。"

"本座感到，这个我们可以合作。"

刘副官忙劝道："师座，这样翻了翻糊了糊的好像不太好吧？"

谢光宁冷笑说："有什么不好的，我们能够得到五百万大洋，为什么只要七成，并且还要把三成的钱送给我们的对手。"

刘副官没有再说什么，只是轻轻地叹了口气。谢光宁决定之后，立马与加藤签订合作协议。协议上明确表明，共同谋杀单印，结束赌约，加藤把投资的收据交由谢光宁，由谢光宁领取并拥有这笔赌资。从此之后，谢光宁须保证租界的安全，并加强合作……

当两人签订合约之后，加藤从文件包里把收据取出来，递给谢光宁。谢光宁见确实是赌资的收据，得意地说："刘副官，从明天起，重新部署。这次，要奔着取单印的性命去安排……"

第二十一章　临阵变异

　　谢光宁多次派副官到潘叔才的营地，共同研究单印的安保问题，不过，现在他们真实的目的是来了解潘叔才制定的安保措施，以便于更准确有效地对单印进行打击，解除赌约。

　　一天，当刘副官告辞后，付团长突然提出了自己的质疑："属下认为，以谢光宁的为人，他肯定会担心单部长赢了此局后，我们不可能给他百分之七十的份额，为了保证他们的利益，极有可能在宣布单部长胜出后，又会玩什么花样。"

　　潘叔才认为这种担心不是多余的，他说："单贤弟，付团长的这个提议不能不考虑。对于谢光宁这个人，我们不能用常规的想法衡量他。无论在什么时候，当谢发现对他有利的事情，他都会不顾交情，不顾道义，迅速改变计划。以本座之见，贤弟可以写份委托书给付团长，表明在你不到场的情况下，他可以全权为你处理有关这次赌局的任何问题，然后让谢光宁看到这份协议，让他不要有什么别的想法，这样对你的安全是有利的。"

　　单印点头说："属下感到有这个必要，我马上去做。"

　　散会后，单印给付团长写了委托书，拿去让谢光宁看看。当谢光宁看到这件委托书后，生气道："付团长这是什么意思？是不是潘师长与单部长把本座当成小人了，认为我会对他不利？本座是那种不讲道义不守信用之人吗？他们是以小人之心，度君子之腹，真是让人气愤。"听着谢光宁这通话，付团长都忍不住笑了："师座，其实这也不能怨单部长想得多啊，您的变化太快。您自己想想，自我们订了合作协议以来，您的计划改变过多少次？"

谢光宁能够听出话里的讽刺，但他的脸皮厚，并不在意，而是说："你回去跟单印说，本座对他是绝对放心的，是绝对不会在赛后绑架他的。当前，我们不应相互猜测，相互提防，而是应该把精力放到安保上，确保平安胜出。"突然谢光宁沉默下来，因为他想到，既然他付团长持有单印的委托书，可以全权去办理单印的所有事务，为什么不把他握在手里，谋杀单印成功后，由付团长把全部的资金提出来呢？这么想过，他缓慢地回过头盯着付团长，目光显得非常诡异。付团长摊开双手，表示不理解他的这种举动。

谢光宁说："付团长，本座突然想到了个问题，单印的意思是委托你全权处理他的事务，那么就是说在单印不到场的情况下，你就能把赌博的赌本与赢利全部办出来？"

付团长点头说："请看看委托书。"

谢光宁接过委托书来仔细看了看，发现确实是这样写的，便有些心动。如果握着付团长，赌后杀掉单印，那么就可以把所有的钱弄过来，那就太完美了。他把合同递给刘副官，挨着付团长坐下，拍拍他的肩，脸上泛出和蔼的笑容："有个事情呢想问贤弟。如果你有个能获得三百万大洋的机会，你会怎么做？"

"那属下肯定晕了。"付团长说。

"请你告诉我，你想不想得到这么多钱？"

"属下做梦都想，可是哪有这个机会。"

"现在就摆着这样一个机会，不知道你想不想握住。"

刘副官突然说："付团长请稍等。师座，属下有点事想跟您说。"两人来到客厅的隔壁，刘副官忧心忡忡地说："师座，属下知道您的意思，但您要考虑明白了，如果您把事情说出来，付团长不同意，或者表面上同意，回去把事情告诉单印，单印一气之下解除赌约，咱们可没有任何收益了。您也知道，单印手里有着赵之运之前签的解约协议，他只要在上面签章，就会生效的。"听到这话，谢光宁说："那我们把付团长给控制起来，不放他回去呢？”

“不放他回去，单印会想到您的目的。”

“太可惜了，这可是很好的机会啊。”

“机会确实不错，问题是他付团长是不是真的想要这笔钱。”

“本座认为，面对这么多钱任何人都会动心。这样吧，我们再跟付团长谈谈，套套他的真实意思。如果他真想跟我们合作，就太好了。就算付团长心口不一，回去跟单印他们说了，单印解除了合约，那我们可以拿着收据，把山本投进去的五百万取出来，还省得再去杀单印了，最少也得省颗子弹吧。”

两人回到客厅，谢光宁笑着问：“贤弟，刚才本座说到哪儿了？”付团长说：“您说有个机会可以让在下得到几百万大洋，请师座说说，是什么样的机会。”谢光宁摇头说：“不行，你没有这个勇气，再说你也不想赚钱，说出来也白说。”付团长冷笑道：“您的意思是属下跟钱有仇？属下为什么从军，为什么想得到提拔，难道是为了在战场上杀人吗？属下当兵是为了混口饭吃。想攀升是为了升官发财。”

“那么你说说，有这样的机会摆在面前，需要你杀掉潘师长你敢干吗？当然，这只是我打个比方，并不是说非让你去杀他。”

“那属下也打个比方，师座您敢做的，属下有什么不敢的？”

谢光宁哈哈笑几声：“贤弟，本座就喜欢你的风格。那么，如果让你从今天开始不再回潘叔才那里，你同意吗？”

“如果真有发财的机会，属下不回去也行。”

“这样吧，你把这个委托书放在这儿，到时候本座会告诉你怎么拿到属于你的三百万。其实，你需要做的很简单。如果你不想要这个机会那么就可以拿走了。”

“师座能不能说得明白点，让在下有个心理准备。”

谢光宁说：“本座有个会要开，让刘副官跟你说吧。”他倒背着手走后，刘副官把谢光宁的计划做了详细的介绍。付团长考虑了很久，显得很纠结，最终他表情很困难地说：“机不可失，失不再来，这个，属下决定把委托书留在你们这里……"

　　眼看着赌期越来越近，加藤急得就像热锅上的蚂蚁。上峰的意思是，让他想办法尽量减少山本错误投资的损失，如果这五百万全部落到谢光宁手中，上峰肯定是不满意的。虽说这个责任并不由他承担，但他刚刚上任，还是想做出些成绩，证明自己要比山本强得多。他把收据送给谢光宁，并不是说真的想把钱送给他，而是有更深的目的。

　　加藤的目的是，要用他与谢光宁的合约，让潘叔才与单印彻底对谢光宁失望，然后同意解除合约，然后自己发表声明，投资赌博的收据丢失作废，然后由单印他们作证，这笔钱确实是他们日方出的。这样，谢光宁的阴谋就会彻底失败。

　　当加藤偷偷地来到潘营，要求拜见潘叔才，遗憾的是潘叔才避而不见。他要求见单印，单印认为加藤肯定是有什么事情要说，还是应该听听他的想法的。见面后，单印笑道："听说加藤对山本取而代之，实在是值得祝贺。"加藤舔舔干燥的嘴唇："客气的不要，我的今天前来，是想跟你们合作的。"

　　"加藤君，上次的合作我们已很抱歉了，这次您还敢跟我们合作吗？再说，我们还有必要合作吗？"

　　"单部长，上次的事情是可以理解的。你毕竟与谢光宁都是中国人，一致对外，骗取我们的大洋，是你们义不容辞的事情。但是，你们却忽视了一个问题，就是你们帮助谢光宁获得巨款之后，将来他会用这些钱扩编队伍，购买先进武器，说不定会用这些钱来打你们。可以说，你们现在的行为是搬起石头砸自己的脚。"

　　"那么您的建议是？"单印平静地问。

　　"现在有个机会摆在您面前，您可以得到更多的钱，还可以有效地抑制谢光宁，让他继续陷入经济危机，甚至会沦落到投奔你们的程度。不知道你们是否对这个机会感兴趣？"

　　"有点意思，这样吧，您把这个观点给我们师座说说。"

"潘师长根本就不见在下。"加藤摊开双手，满脸的遗憾表情。

单印马上联系潘叔才，说有点重要的事情，要跟加藤过去。见面之后，加藤把自己的想法全部摆出来，并说："如果你们解除赌约，我可以从赌资中拿出五分之三送给你们，这样你们就可以得到三百万大洋，而不是五百万中的三成。最重要的，解决赌约之后，谢光宁将没有任何收获，经济问题会越来越严重，到时候为了生存极有可能归附到你们部下。"

潘叔才感到难以抉择："加藤君，可以说你的想法极为诱人，不过这样做，好像不太好吧。本座初来成都之时，曾得到过他的帮助，现在突然出卖他，这个确实，啊！"加藤脸上泛出冷笑："潘师长您的意思是，您已经习惯于寄人篱下了吗？"潘叔才的脸拉长了，气呼呼地起来，叫道："送客。"

加藤叫道："慢着慢着，有件东西你们看过后再说。"他把与谢光宁订的合约拿出来，用力拍到潘叔才的桌上，然后抱着膀子撇着嘴，眼睛盯到天花板。潘叔才看着看着叫道："真是土匪流氓。"单印看后气愤地说："师座，谢光宁太恶毒了，他的计划变来变去的就没正辙，跟这样的人合作太没保障了。"回头对加藤说："加藤君稍等，我跟师座商量商量马上回来。"说完与潘叔才走到隔壁的房间。没多大会儿，单印自己回来，点头说："好吧，我们接受你的条件。可是问题是，你已经把收据给谢光宁了，解除赌约，你根本就没有办法拿回赌资，更不用说要给我们三百万了。"

"解除赌约，我马上发表声明，投资赌资的收据被盗，声明作废。然后由你们证明，这些钱确实是我们出的。"

"这个我们可以证明，当天确实是你与赵之运前去签的合约，并且是你亲自把钱放到赌台上的。再者，就算他谢光宁说是他们出的钱也没有人相信，因为他们根本就拿不出这些钱来。"

当他们签订了协议之后，单印说："我们将在赌约前一天向外界公布，我与赵之运经协商决定解除赌约。等到那天，是因为我们在其间要部署兵力，以防谢光宁狗急跳墙前来攻打我们。当然了，你们也要做好安保措施，一旦谢光宁知道自己费尽心机最终没有任何收获，必然会变成疯狗乱咬人的。"

由于付团长把单印的委托书留下了，谢光宁又重新面临了两个选择，一是拿着加藤给的收据，等解除赌约后领回山本投进去的五百万大洋。二是在单印胜出后出其不意地干掉他，由付团长拿着委托书，把单印的赌本与赢得的钱全部提出来。面对这两个选择，他感到脑子有些混乱，不知道按着哪条路走最好，便问刘副官，他是怎么看的？

刘副官摇头说："属下只执行您的命令。"

谢光宁说："说说你的看法，本座用来参考。"

刘副官说："师座您变得太快了，属下的脑子都跟不上了。属下认为无论哪个方案，都要把单印干掉才能完成。不同的是，如果赌前把单印干掉，将会得到山本的五百万赌本。如果我们在赌后杀掉单印，就得到五百万的七成，当然，如果付团长肯合作，我们可能把双方的赌资与抽水全部捞在手里。只是，我们并不知道，付团长会不会跟咱们合作。"

谢光宁说："付团长面对这么大的收益，本座认为他完全有可能与咱们合作。再说，就算他不合作，我们还是可以拿到七成的份额，也没有什么损失。"

刘副官问："如果付团长不肯合作，我们只能拿到七成。如果赌前杀掉单印，解除了赌约，我们可以拿到五百万。"

谢光宁叹口气说："是啊，本座就是纠结在这里啊。"

正在他们左右为难之时，付团长前来求见。谢光宁高兴地说："来得正好，听听付团长的说法再做决定吧。"两人来到客厅，付团长从沙发上站起来，说："师座，现在突然发生了个新的情况。"谢光宁并不紧张，问："噢，是吗，那你说说看，是什么样的情况。"

"昨天晚上加藤去找单印了。"

"是吗，这么说加藤想跟潘师长合作？"

"据小道消息说，他们要取消这次赌约。"

谢光宁愣了愣，随后又笑起来："好啊，现在本座就希望他们解除赌约，这样本座就不用再浪费精力，直接拿着收据去领回赌本就行了。当然，本座还是想跟付团长合作，取得更多的利润。再者，付团长也会因此获得巨大的财富。"

"师座，加藤给您的那张纸，真的就管用吗？如果加藤发表声明，说他们的收据已经丢失作废，然后找人证明，那天确实是他与赵之运前去交的钱，并且有在场的人为他们做证呢？再者，就算您说这些钱是您出的，或者是赵之运出的，大家也不相信啊，谁不知道赵之运之前已经输掉了家业，而您穷得都去抢银庄了。"

"你这话说的，谁去抢银庄了？"谢光宁瞪眼道。

"属下只是打个比方，说明你们拿不出五百万来。"

"付团长，你说的那些问题，本座都不担心，因为我与加藤有协议，协议是加藤表明，把收据给本座，领回赌资也属于本座。"

"师座如此有把握，属下也就不多说了。不过，有个事情呢，属下还是要向您汇报的。加藤与单印订的协议是，取消赌约，由单印他们作证是日方为赵之运出资，加藤取回赌资之后，把其中的三百万送给单印。对于您手里的收据，本来就不是您的，人家发表作废声明之后，就等于一张白纸。"

刘副官对谢光宁递个眼色，走出门。两人来到隔壁的房间，刘副官说："师座您可想好了，您与加藤订的合约是谋杀单印的，这样的合约不能出示于人，再者也不会有效用的，而恰恰证明了钱不是咱们出的。到时候加藤如果说是您逼着他写的，您能说得清楚吗？师座，属下害怕您费尽心机，最终将会一无所获。"

"什么什么？你说明白点，本座现在头脑有点乱。"

"师座，事情再明白不过了。单印向外界宣布，经过他与赵之运协商，两人决定取消赌约。然后，单印他们证明赵之运的资金确实是加藤出的，然后把赌资退回去。您想想吧，您手里就剩几张不起作用的协议了，这些东西不当钱花。"

谢光宁还是不死心："有这么严重吗？"

刘副官叹口气说："有时候你想要的越多，就越得不到。属下已经把想说的说完了，您自己决定吧，将来无论有什么样的后果，可不要埋怨属下没有提醒您。"

谢光宁说："你先去跟付团长聊着天，本座在这里想想这个问题。"刘副官出去了，谢光宁皱着眉头来回地踱着步子，不时用手拍拍脑袋，不停地嗑牙花子，就像喝面条似的。最终，他感到刘副官说得有道理，等赌局解约后去领赌本，确实不如拿七成的收益保险。他快步来到客厅，对付团长说："贤弟啊，非常感谢你把这么重要的消息告诉本座。现在呢，本座决定，马上去拜见潘叔才，把本座与加藤签订的合约当场撕掉，表明我是真心跟他们合作的，打消他们想取消赌约的想法，按最初的计划进行。"

"然后呢？"付团长问。

"这个就看贤弟的了。如果你真想得到三百万大洋，那么你有两个选择。在宣布单印胜出后趁着保护之便把他绑架过来。或者当场把他干掉，前来投奔本座，咱们用委托书去领取单印的资金。如果你不想发财本座也没什么办法，本座就委屈点，只拿属于本座的七成，也是可观的收入。"

"好吧师座，到时候属下看情况吧。"

等付团长告辞后，谢光宁很是不痛快，他没想到事情有这样的变化，便骂道："这个加藤真是太狡猾了，没想到他跟我们订协议，是有更深的目的，等事情过后，看老子怎么治他。"

刘副官忧心忡忡地说："师座，属下突然想起件事来，上次属下去跟单印交流安保措施，说起付团长的年轻有为，单印好像说过，付团长他最可贵的是忠诚，因为他把从山本那儿要来的十万大洋，当天就上交了。通过这件事情，我们可以判断，现在他来报信，可能只是摸摸您的情况，然后决定是否真解除赌约。他回去把情况说明，单印认为您至今还想图他的性命，那么他们就没有必要再费尽周折，冒着生命危险去为您赚三百五十万大洋了，如果他们与加藤合作，凭空就能得到三百万大洋，还有效地抑制咱们的势力，让咱们面临绝境。"

谢光宁拍拍头："有点乱了。"

刘副官说："是有点乱，因为师座转变得太快了。"

谢光宁说："那你说我们现在应该怎么办？"

刘副官说："以属下之见马上去见潘叔才，当场把您与加藤订的合约撕掉，并向潘叔才告密，说付团长想跟您合作图谋本次赌博的资金，最大限度地表明，您在坚持最初的计划，这样也许可以打消他们取消赌约的想法。"

谢光宁脑子是有点乱了，但还是有些不甘心："可是你想过没有，如果我们与付团长合作是有机会取得全部的钱的。再说，就算付团长不配合，我们还是有我们七成的份额。"刘副官急了："问题是人家感到你太贪心不跟你合作了，要取消这起赌约。如果取消了我们怎么跟付团长合作？取消了赌约还有什么份额？"谢光宁没想到刘副官会这么大声跟他说话，脑子稍微清醒了些，说："就，就，就按你说的，咱们现在就去拜访潘叔才，表明咱们的诚意。"

当他们来到潘叔才的办公室，发现单印、陈副官、付团长都在那里候着。潘叔才并没有站起来，而是坐在桌后，脸上泛着淡淡的笑容，问："谢兄这么晚来，请问有什么赐教？"

谢光宁表情严肃地说："潘兄啊，小弟今天赶过来，是想表明我们的诚意的。"说着，从兜里掏出他与加藤订的合约，"当初小弟与加藤订这份合约，其真实目的是想摸清加藤的想法，更好地保护单贤弟的安全，今天拿来让潘兄看看，是表明我们的诚意的。"说着，放到了潘叔才的面前。

潘叔才拾起来看了看，递给了单印。单印看了看又递给谢光宁："师座，您把这个带过来是什么意思？"谢光宁把合约撕掉撒在地上，拍拍手说："本座岂能与他加藤合作。日本在成都建立租界，真实目的并不是为了友好，极有可能是为他们侵略我们的国土做准备的，所以，就算小弟我分文不得也要爱国。"

单印说："那么请问谢师长，您现在还有几套计划？"

谢光宁愣了愣，扭头看看付团长，忙说："潘兄，请借一步说话。"他与潘叔才走出会议室，低声说："有件事情呢，小弟得向您提个醒。小弟曾试过付团长，问他如果有个得到几百万大洋的机会，让你杀掉你们的师长，你敢吗？他竟然当即说敢。小弟认为，这样的人留在身边早晚是个祸害，不如把他毙了。"潘叔才笑道："谢兄，谢谢您的提醒。不过呢，付团长还是经得起考验的，之前他收到山本的十万大洋，当天就上交了。至于你们的合作意向，他早就向我汇报了。我们在这里等着，是看看你的态度，如果你不来，明天我就在报纸上发布赵之运与单印解约声明。"

谢光宁听了这番话，心中暗暗庆幸自己今天来了，否则就真的麻烦了，他说："付团长如此忠诚，潘兄应该好好珍惜。"潘叔才点点头，说："付团长跟随单印以来，现在进步很快，是可以对他进行重用的。本座想过了，将来，他有可能会成为我的接班人。"

谢光宁用力点头："应该的应该的。"

两人回到会议室，潘叔才从抽屉里拿出与加藤订的合约，递给谢光宁："请谢兄看看加藤的用心吧。"谢光宁看着这张合同，想想自己与加藤订的合约，心里对加藤气愤之极，恨不得现在就赶过去把他杀掉。潘叔才接过合同，撕掉撒在地上。"谢兄亲自前来表明诚意，我等十分感动。从此之后我们没有必要相互猜疑，而应该按最初拟订的计划落实，争取把山本投入的赌资给赢下来。然后，我们按照之前的约定，各得其所。本座放弃更多的优惠选择拿少的份额，是因为我们都是同胞，面对外敌应同心协力，一致对外。"

回到府上，谢光宁拍拍刘副官的肩说："这段时间本座想得太多，结果思维混乱，差点酿成大错，多亏你及时提醒，才得以纠正，本座十分感谢。"

刘副官问："师座，现在我们的任务是?"

谢光宁想了想，神情黯然："这个，时间紧迫，我们来不及多想了，按着之前的计划，保护好单印的安全，让他顺利胜出。我们安心地接受七成的份额吧，至于以后的事情以后再说。"

第二十二章 戒赌之石

一场豪赌在大家的期盼中开始了，都想凑个热闹，见证这起成都历史上赌资最大的赌战，遗憾的是，豪胜大赌场周边的街巷全部被戒严了，没有邀请函的人无法靠近。就在大家的猜测中，结果让人更加失望，因为赵之运又像上次那样没有到场，单印因为赵之运的缺席而获得胜利。

大家开始议论，赵之运连续两次都没到场，肯定是有什么内情，说不定他们策划的是老千局，是用来骗大家钱的。那些因为押注赌局而输钱的人，闹着要退钱。报纸上也对这起异常的赌局进行了分析，说赵之运与单印的赌战从始至终都是阴谋，是军政界共同策划的骗局，是向广大赌民抽了天大的老千，并要求查出真相，还赌民一个公道。

面对这样的议论，谢光宁终于坐不住了，他把赌协的会长叫来，让他联系几个赌坛的元老，公开向大家说明，有关单印与赵之运的赌战，跟驻军没有任何关系。单印与赵之运为争夺袍哥会大哥位置，早就变成了死对头，他们之间绝对不会有合作的，更谈不上抽老千。再者，上次赵之运不能到赌场并不是他不想到，原因是山本把他给绑架了，因此让他输掉家业。至于本次赵之运为什么不能参加赌战，也许是由于日方出资，赵之运故意报复他们。

谢光宁也在报上发表声明，他们正在调查赵之运这次为何缺席，其间谁制造舆论，扰乱社会治安，危及民众安全，要对他进行严惩。他派出狙击手，对那位呼吁声最高的记者进行了谋杀。

谢光宁如此用心辟谣，是怕大家怀疑单印胜出的合理性，暴露他参与赌博共抽老千的事情，影响他的收益。因为，只有证明单印胜出的合

长篇小说
赌道

理性，他才能顺利拿回属于自己的七成与抽水的钱。为避免大家闹事，他让刘副官亲自带队去巡逻，遇到活跃分子就把他们给抓来，如果有人抵抗，直接就用枪打。

由于那些输掉押注的赌民都到豪胜大赌场门前游行示威，要求退回押宝资金，谢光宁感到不应让他们这么闹下去，于是派出便衣，对那些游行的队伍用机枪扫射，打死了二十多口人。等便衣们脱身之后，他又亲自带兵前来救场，劝大家马上回家，以免受到不法分子的伤害。一场变味的赌局终于在血腥中平静下来，从此再没人敢议论这件事情了。

自从赌局结束之后，单印待在家里深居简出，很少走出家门。付团长几乎每天都到家里坐坐，有时候会买些酒菜，跟单印共饮聊天。其间，谢光宁曾带着不菲的礼品到家里拜访，那样子就像下级到上级家探望，是非常谦虚的。其实，单印明白，谢光宁有这样的表现，是因为他挂念那七成的利润。

半个月后，代理公司把赌资审核完毕，通知单印前去转账。单印放下电话后，沉默了会儿，摸起电话拨打了谢光宁的办公室，结果办公室里没有人接，便想到他们可能已经得到消息，去代理公司了。单印把付团长叫来，对他说："贤弟，可能谢光宁已经在代理公司等着了，我们并不确定他们去了多少人，不管怎么样，咱们还是要做好最坏的打算，以防谢光宁有什么企图。"

付团长说："单部长请放心，属下早就派人过去了，如果发现谢光宁的兵力，我们会不惜对他们进行打击。"

美国的审资机构租的警察厅的房子。他们在这里租房，主要是考虑到经手的资金数额较大，与警察同楼办公，会相对安全些。单印与付团长来到审资办公室，发现谢光宁与刘副官已经在那里等了，便笑道："师座，您早来了？"

谢光宁说："贤弟啊，我们出去办事，顺便过来的。"

单印点点头问："师座您过来有事啊？"

谢光宁听到这句话，愣了愣，说："贤弟，您的意思是？"

这时，有位老外手里拿着一个表来到单印面前，用流利的中国话说："单先生，本次赌博所有的资金往来都在这张表上，如果您感到没有问题就在上面签字，我们进行转账。"

单印仔细看了表上的收益与费用，没有任何问题，于是就签上了名字，摁上了手印。那老外从保险箱里取出个古铜色的皮箱，放到桌上，把盖打开："请单先生核对。"单印对几张通汇银票进行核算，发现没有问题，把箱子盖上了。谢光宁笑着凑上来："单贤弟，我们就在这里进行结算吧？"

单印问那洋人："这里面有谢师长的资金吗？"

那洋会计摇头说："NONONO。"

单印问付团长："潘师长借过谢师长的钱吗？"

付团长摇头说："从没有听说过。"

谢光宁听到这里有些急了："贤弟，你不会忘了咱们的约定吧？当初咱们订的合约我可带来了。"单印吃惊道："是吗，您手里有合同？什么合同？"谢光宁心里那个气啊，当初是他单印亲自签的，现在又装疯卖傻了。他压着性子说："贤弟，你不会忘了吧？"单印说："最近我脑子不好用，如果真跟您签过什么协议，那我必须要履行的。"谢光宁听到这句话心里才好受点。他让刘副官把那个封着蜡的信封拿出来，小心地接过来，对单印说："你看好了，上面的蜡是不是没有动过？"

"是的，确实没有动过。"

"那我就当着你的面打开了？"

"好的，打开让我看看是什么样的合同。"

谢光宁把蜡撕掉，打开信封，从里面掏出张纸来："贤弟，本座知道你是个守信的人，今天咱们按合同把事情办完，本座请客，饭店、娱乐，随你们点。"

"好，那请师座当着大家的面把合同念念。"

谢光宁把合同展开，念道："谢光宁你……"随后就哑了，回头盯着刘副官，"是不是拿错了？"刘副官摇头说："没错，这份合约一直由您保管，上面的蜡封也是对的，不可能拿错。"谢光宁的额头与鼻尖上顿时冒出密集的汗珠，瞪着眼睛说："不可能，这不可能啊。"刘副官凑过去看了看，发现上面写着："谢光宁你不得好死。"

单印冷冷地问："谢师长你怎么不念了？"

谢光宁急得脸都红了，他故作镇静道："贤弟，单方出示合同这个不太好吧。你能不能把你们存档的那份找来咱们核对一下？"

单印摇头说："师座，您说跟在下签过合同，那么就得按合同办事。如果您没有合同就跟我要钱，当着外国友人的面就是开国际玩笑。如果没有别的事，我们就先回去了，你们在这里坐会儿。"

谢光宁的脸红得都发紫了，额头的汗珠开始往下流，汇集到下巴上滴着，把手里那张纸抖得哗哗响。回想自己苦心经营，盼星星盼月亮，就盼着今天来拿钱，合同竟然变成这样了。他看看手里的合同，再看看单印冷漠的表情，嘴鼓了鼓，一口鲜血喷出来，身体剧烈地晃了晃，昏倒在地上。刘副官马上把谢光宁送到医院进行抢救，直到第二天早晨，谢光宁才醒过来，醒过来就急着问："我们的合同为什么变了，为什么啊？"

刘副官平静地说："属下想过了，当初赵之运把合同装进了包里，您说放在他那里怕把蜡封搓掉了，让他交给属下拿着，他就从包里把合同掏出来，递给了属下。可能在这个环节中，他把合同给调包了。"谢光宁哇地又吐了口鲜血，昏过去了。当谢光宁再次醒来，发现房里静悄悄地，便喊道："来人啊，来人啊，把刘副官叫来。"有个小护士推门进来，问："您醒了？"

"卫兵呢，把他找来。"

"您昏迷的三天里，没有任何人来。"

"什么什么，不可能？"

"谢师长，您的住院费已经没了，还是尽快交些钱吧。"

谢光宁顿时愣在那里，心里嗵嗵直跳。他衡量着这些异常，预感到发生了什么大事。他摇摇晃晃跑到医生办公室，给刘副官打了个电话。刘副官说："下官马上就到。"谢光宁这才稍微松了口气。等刘副官来到后，谢光宁说："事情已经很明白了，自始至终，都是潘叔才与单印策划的骗局，他们合起伙来对付本座。我们绝不能这么忍了，必须让他们付出惨重的代价。你回去召集各部，带兵前去攻打潘叔才。以潘叔才的性格，他为了避战，定会把这次赢得的钱劈给咱们一半。"

刘副官摇头说："师座，有件事情您并不知道。由于各部听说您这次输得吐血了，认为您不可能弄到钱让他们吃上饭，大家都纷纷投奔潘叔才了。现在，咱们师已经没有了，这仗怕是永远也打不起来了。师座，下官无能为力，因为他们都造反，属下根本就管不了他们，还差点被他们用枪打了。"

谢光宁感到嗓子里一痒，一口咸的涌上来，他硬是把血咽了下去。面对这么大的变故与打击，他突然平静下来，点头说："这样也好，至少他们跟着潘叔才不至于饿肚子。刘副官，你去对潘叔才说，从今以后我谢光宁愿意追随他，为他效力。"等刘副官走后，谢光宁衡量着这次的变故，知道自己已经输惨了。他感到当前不应该懊恼与气愤，不应该大呼小叫，应该做的是保住自己的性命，然后再东山再起。他相信自己，能够在最短的时间内，发展起自己的武装力量，只有这样，他才可以报今天的大仇。

他对自己说，谢光宁你要冷静，无论受到什么样的屈辱，你都要冷静，要卧薪尝胆，奋发图强……门开了，谢光宁抬头见是单印与付团长，忙坐起来说："单部长、付团长，谢谢你们来看我。快快请坐。"

单印说："现在付团长已经被提拔成师长了。"

谢光宁点头说："祝贺您了。"

单印说："师座，有些事情你可能不知道，在下跟您做个汇报吧。现在，我们潘师长已经是司令了，下面有三个师。你原来的部下刘副官负责一个师，陈副官负责一个师，付师长拥有一个加强师。如果我愿意的话，将会担任司令部的副官。"

长篇小说
赌道

谢光宁脸带笑容，点头说："这是值得庆贺的事情。"

单印走到病床前，脸上泛着淡淡的笑容，盯着谢光宁那张灰白的脸庞，微微笑着说："师座，今天在下来不是听你祝贺的，是有些事情想告诉你。"说着踱到窗前，盯着窗外的风景，见有几个病人在花池旁聊天，"你知道你为什么输得这么惨吗？其实你根本就不知道。这么说吧，你在杀掉我师父裘玉堂的时候，就已经注定今天的失败了。你利用我与赵之运赌钱进行抽水，并且蓄意图谋我们两家的赌产。当时，我们为什么要赌老婆赌祖坟，其实目的很简单，就是让你尽可能少得抽水，并用这种方式，表明我与师哥的不共戴天。说白了，整件事情就是一场赌博，而我与师哥跟你谢光宁抽了个天大的老千，让你最终输掉自己的性命。"

现在谢光宁终于明白，原来赵之运与单印一直是在唱双簧，目的是为师报仇。他充满期望地盯着付师长："付团长，不，付师长，我要见潘司令，让他看在以前的情分上，一定过来。"

单印摇头说："潘师长应曾主任之约去开会了，你应该知道会议内容。"谢光宁愣了愣，随后沉默在那里。他知道自己生的希望很渺茫了，突然，他仰头哈哈大笑，然后猛地收住笑，冷冷地盯着单印，说："实话告诉你吧，你师父是我杀的，你师父家是我派人洗劫的。我为什么要杀他，因为他不识好歹。现在，本座既落到你手里，没什么说的，愿赌服输，动手吧，老子二十年后又是一条好汉。"说着把病服猛地撕开，挺挺胸膛，闭上了眼睛。

单印摆摆手说："你的血太脏，我怕沾到手上会中毒。"说完领着付师长走了。谢光宁坐在病床上，眼睛急促地眨巴着，在想自己的出路。他认为应该尽快离开医院，投奔赵师长。想到这里，他忙从病床上爬起来，趿拉上鞋就往门口跑，打开门，顿时就愣了。因为，加藤就站在门外，手握刀柄，目光泛着冷光，嘴角上泛着讥笑。

"加藤君您来得正好，本座正想前去奔靠于您。"

"谢师长，您不去领您的钱，在这里干吗？"

"我们都被单印骗了，一分钱都没有拿到。不过您放心，本座还会东山再起的。要不这样，本座加入你们租界，为您效力。再怎么说本座与川军中很多武装力量都有交情，我可以游说他们与你们进行合作，帮助你达成愿望。"

"谢光宁，就算我们去跟阎王合作，也不会跟你合作了。今天我来是想让你知道，负我们大日本帝国会是什么后果。"谢光宁还想说什么，加藤刷地抽出战刀，嗨的一声，照他的头劈去。谢光宁头一偏，整个膀子被砍掉了，血顿时喷发而出，他发出了杀猪似的嚎叫。加藤又把战刀举起来，照他的头劈去，半个脸顿时落在地上……

著名的豪胜大赌场开始装修了，大家都在议论，看来又要举行什么盛大的赌事。让大家意外的是，当赌场装修完毕，门口竖了块牌子，上面用黑体字写着"兴国平民学校"几个字。行人路过时，都会停下来看。由于赌场突然变成了学校，他们感到有些不太适应，还指指点点的。随后，大家发现学校里有了老师，有了学生，并传出朗朗的读书声。

当单印听说豪胜赌场变成学校后，对付师长说："贤弟啊，听说豪胜大赌场变成学校了，不知道是谁开的。"付师长摇头说："属下也是刚听说，不知道是谁办的。不过，据说现在已经开课了，收的学生都是些穷苦人家的孩子。"单印点头说："既然是给穷人的孩子办的学校，我们应该做点什么。这样吧，你陪我过去看看，我们顺便捐些钱。"单印与付师长开车来到学校，下车后，单印站在那块牌子前，回忆起在这里经过的那些惊心动魄的赌局，不由感慨万千。他深深地叹口气，说："往事不堪回首啊。"

付师长点点头："是的，时间过得太快了。"

单印说："这个牌子上的字非常好看。"

付师长点头说："是的，写得非常板正。"

两人走进大厅，见大厅经过装修后隔出很多房间，变成了教室，并传出了朗朗的读书声。来到二楼，他们发现原来的赌厅被隔成几间，变成老师的办公室了。早先赌王的休息室，挂上了"校长办公室"的牌子。

两人敲敲门，听到里面传来女人的声音："请进。"两人推门进去，付师长顿时目瞪口呆，因为迎接他们的是他的女友田静，便问："你什么时候来这里教书了？"

田静拍拍头，表情痛苦地说："我哪知道啊。早晨吧，校长突然对我说你不用上班了，当时我还跟她争论，为什么要辞退我。她只是说不为什么，反正不能留你了。当我收拾东西来到校外，见门口停了辆黑色的轿车，从里面出来个三十多岁的女人，对我说，你是田老师吧，我刚成立了一所学校，收的都是贫民家的孩子，你到我那里教书吧。我跟她来到这间房里，那女的递给我一本聘书就走了，我打开聘书，发现是聘我当校长，我就愣了。我问这里的教师，这是谁办的学校，他们都说是田静办的，你说邪门了吧！"

付师长说："你说梦话吧？"

田静痛苦地说："太不真实了，我都把自己的腿掐肿了。"

单印笑道："小田，疼吗？"

田静说："生疼，但我还是不相信这是真实的。"

单印从兜里掏出张银票放到桌上："田校长，这些钱等于我跟付师长捐的，为你当校长助一臂之力。对了，你可别以为这是做梦，把银票撕了。如果你还怀疑自己是在做梦的话，就别掐自己，过来掐小付，看他疼吗。"

田静说："小付，过来。"

付师长说："干吗！"

田静说："让我掐你一下，看看你疼吗。"

单印笑道："不用掐了，这是真实的。可以断定，请你当校长的那人肯定非常讨厌赌博，所以才把豪胜赌场改造成了学校。至于为什么请你来担任校长，这个我就不知道了，我相信，用不了多久就会真相大白的。不过小田，既然人家这么相信你，你就当好这个校长，好好教这些穷人家的孩子，让他们都有好的前途。"

回到军营，单印听说潘师长开会回来了，前去拜访。潘叔才叹口气说："贤弟啊，这次让我去开会，上面对我说，现在川军是一盘散沙，群龙无首，你的实力在川军是最强的，有责任维持好蜀地的安定团结。自始至终，他都没有提军团长半个字，真不知道他是怎么想的。"

单印问："曾主任呢？"

潘叔才摇头说："就没见着他的面。"

单印笑道："师座，提不提无所谓。事实上，您已经是名副其实的川军领袖了。整个川军中，没有人比您实力强，资金雄厚，将才多。相信，无论将来谁主乾坤，都不会轻看您，都会给您留个重要的位置。所以，您只要坐在这里等就行了。"

潘叔才笑着点点头："让贤弟这么一说，我心里好受多了。本座永远都不会忘记，我潘叔才有今天的造化，是来自于贤弟的协助。"

单印忙摇头说："应该这么说，由于您的大度与宽容，让属下完成了心愿，此生再无遗憾了，所以，属下应该感谢您。"

潘叔才笑道："贤弟，太客气了，客气也是一种距离啊。"

单印叹口气说："从今以后，属下帮不上您什么忙了，属下应该跟您说声告辞了。"

"不不不！"潘叔才用力摇头，"现在由你做我的副官，咱们同甘共苦，共图大业。"

"师座，属下非常感谢您的看重，但属下已经下定决心了。"

"太遗憾了，真是太遗憾了。"潘叔才抚着脑瓜子说。

"师座，有个人可以当您的副官，他就是付师长。属下在跟随您的这段时间里，已经为您考察好了，小付虽然年轻，但他忠义两全，足智多谋，做事果敢，可以说是难得的将才。无论您将来想要追求多大的业绩，他都会帮助您完成的。"

"难道贤弟就没有商量的余地了吗？"潘叔才不停地嘞牙花子。

"是的师座，属下已经下决心了。请成全属下。"

"唉！那好吧，本座现在就去安排，把属于你的那份资产兑成金条进行封箱，让小付带人带车保护你们全家，到安全的地方。不过，本座还

长篇小说 赌道

是给你留着副官这个位子呢，等你回来。"

在单印辞别的那天早晨，原来的刘副官、陈副官，还有很多军官都来送行了，唯独潘叔才没有来。付师长说："单部长，潘司令说了，怕来了忍不住会流泪，就不过来送行了，他让属下把您送到安全的地方，并说您不久还会回来的。"

单印向大家抱拳告辞，然后钻进了车里。付师长带着车队，拉着十个盛黄金的箱子，与单印的家人，缓缓地出了成都。他们往北走了两天，在经过一个崭新的村落时，单印说："贤弟，就在这里吧。"付师长扭头看去，发现这个村子依山傍水，环境非常优美。村里的房子都是新盖的。当士兵把装黄金的箱子搬下来，付师长与单印依依惜别，他眼里蓄着泪说："单部长，属下有件事，一直瞒着您，也是出于无奈，请您原谅。过段时间，属下会亲自登门，向您赔礼道歉的。"单印笑道："放心吧贤弟，在现在这种年代，我们都有着很多无奈，所以我都能理解，不必介意。"

付师长上车后，单印想起件事来，喊道："贤弟，慢着，有件事情差点忘了。"付师长跳下车，跑到单印面前："单部长，如果您有什么未了之事，属下回去帮您办好。""你与小田结婚的时候我可能不能到现场了，有件礼物呢，就当我送给你们的贺礼。"说着，从包里掏出个信封。付师长接过来，把信封打开，发现是豪胜大赌场的产权，顿时明白，为什么有人请田静去当校长了。他想说什么，但嗓子被堵住了，眼里蓄满了泪水。

单印拍拍他的肩："什么都不用说，上车走吧，路上小心点。"

付师长用力点点头，爬上车，挥着手远了。单印坐在箱子上抽着烟，不时摸摸孩子的头，扭头问刘芳："这个地方你满意吗?"刘芳端详着这个新的村落，依山傍水，就像幅水墨画似的，用力点头："我曾多次梦到过这个地方。"

新村里冒出几十口人，向他们跑来，越来越近，领头的是赵之运与光头，当他们近了，单印迎上去。他和赵之运与光头拥在一起，眼里都闪着泪花，什么话也没有说，只是紧紧地拥着。

在回村时，大家分头去抬箱子。单印说："没必要抬了，把箱子打开吧。"大家把箱子打开，不由吃惊，原来里面都是石头。单明说："父亲，箱子里有封信。"单印接过来看了看，信上说："单部长，家父这么做并非想吞掉你的财产，而是让您能回去……"

单印这才明白，原来付师长竟然是潘叔才的儿子。他笑着摇了摇头，对愣着的人说："每个人拿块石头，回去用毛笔写上'戒赌石'三字，要收藏好了，谁要是弄丢了就把他赶出新村。"女人孩子们都去箱里摸石头。单印问："师哥，单明与小娟的婚礼准备好了吗？"赵之运抠着眉毛里的黑痣，笑着说："早准备好了，就等你回来主持婚礼呢。"单印想了想，突然停下来。赵之运与光头回过头，疑惑地看着他："是不是还有什么未了之事？"单印从兜里掏出师父那枚扳指，沉默了会儿，摇摇头，抬手扔到身后那堆碎石上……